BURNING LAMP
by Amanda Quick
translation by Kanako Takahashi

虹色のランプの伝説

アマンダ・クイック

高橋佳奈子［訳］

ヴィレッジブックス

兄のジム・キャッスルに。
おおいなる才能の持ち主へ、愛をこめて。

〈ドリームライト・トリロジー〉について

読者のみなさんへ

アーケイン・ソサエティは秘密を礎とした組織です。それでも、シルヴェスター・ジョーンズの最大のライバルだった錬金術師、ニコラス・ウィンターズの子孫によって守られている秘密ほど危険なものはあまり多くありません。

バーニング・ランプの伝説はアーケイン・ソサエティの創設期にまでさかのぼります。ニコラス・ウィンターズとシルヴェスター・ジョーンズははじめは友人同士でしたが、しまいには命を狙い合うほどの敵同士になります。どちらも超能力を強める方法を見つけたいという同じ望みを抱いていました。シルヴェスターは化学的な方法をとり、めずらしい薬草や植物を使った秘密の実験に没頭していきます。しまいに彼は欠陥のある秘薬を生み出し、それが今日にいたるまでソサエティを悩ますことになります。

ニコラスは装置を使う方法をとり、未知の力を持った装置、バーニング・ランプを作り出します。ランプが発するエネルギーが彼のDNAをねじ曲げ、遺伝する超常的な〝呪い〟を生み、それがニコラスの男の子孫へと受け継がれていくことになります。

ウィンターズの〝呪い〟が現実となることはほとんどありませんが、それが現実となれば、アーケインにとって大きな問題となるのはたしかです。ニコラスのせいで変化した超能力を受け継いだウィンターズ家の男はケルベロスになると言い伝えられています。ケルベロスとは、複数の超能力を持つ危険な超能力者にアーケインが与えた呼び名です。ジョーンズ・アンド・ジョーンズとソサエティの理事会は怪物と化したそうした超能力者をできるだけ急いでつかまえて始末しなければならないと考えています。

バーニング・ランプの呪いが降りかかった人間にもひとつだけ希望はあります。呪いによってもたらされる危険な変化を押しとどめるために、ランプとランプが発するドリームライトのエネルギーをあやつれる女性を見つけ出すことです。

〈ドリームライト・トリロジー〉（第一作『夢を焦がす炎』、第二作・本書、第三作 MidnightCrystal）では、バーニング・ランプにかかわる過去、現在、未来の三人の男性が登場します。みなニコラス・ウィンターズの子孫で、危険と情熱に満ちた男性たちですが、それぞれがランプの危険な秘密を知り、自分の運命を変えてくれる力を持った女性と出会います。

そして最後には、遠い将来、ハーモニーと呼ばれる世界で、子孫のひとりがランプの最後の謎、ミッドナイト・クリスタルの謎を解き明かすことになります。ジョーンズ家とウィンターズ家の運命がそこにかかっているわけです。

読者のみなさんがこの三部作をたのしんでくださるよう祈っています。

かしこ

ジェイン

ニコラス・ウィンターズの日誌より。一六九四年四月十四日

私は長くは生きられないだろうが、復讐ははたされるであろう。今のこの時代でなくても、将来、どこかで必ず。というのも、三つの能力が血のなかに封じこめられ、私の子孫へと受け継がれていくからだ。

どの能力も高い代償をともなう。力とはいつの世でもそういうものだ。

第一の能力を使うと、心が高まる不安で満たされてしまう。それは研究室ではてしなく時間を過ごしてもやわらがず、強い酒やケシを煎じたものを飲んでもなだめられるものではない。

第二の能力は暗い夢と恐ろしい幻覚をともなう。

第三の能力はもっとも強く、もっとも恐ろしい能力である。あつかいをまちがえると、この最後の超常的な能力は非常に危険なものとなり、まずは正気を奪われ、次には命を奪われることになるだろう。

この最後の能力の表出には大きな危険がともなう。私の血を受け継ぐ者は、生き残るためにバーニング・ランプとドリームライト・エネルギーをあつかえる女を見つけなければならない。その女だけが、最後の能力へとつながる扉の鍵を開けることができるのだ。その女だけが、〝変化〟がはじまったときにそれを止めるか、翻させることができる。

しかし、気をつけよ。力を持つ女が裏切ることもあり得る。私は身をもってそれを知った。多大なる代償を払って。

ニコラス・ウィンターズの日誌より。一六九四年四月十七日

終わった。最後にして最大の発明品、ミッドナイト・クリスタルが完成した。それをほかの水晶とともにランプのなかにはめこんだところだ。なんとも驚くべき石である。石のなかにおおいなる力を封じこめたが、私自身ですら、その力がどれほどのものか想像もつかず、その光がどのように解放されるものかわからない。それについては、私の血を引く子孫に解明をまかせねばならぬ。

しかし、これだけはたしかだ。ミッドナイト・クリスタルの光を思いのままにできる人間こそが、私の復讐をはたすことができるだろう。というのも、私はその石にいかなる魔術や妖術よりも強い超常的な使命をこめたからだ。この水晶の働きによって、その力をあつかう人間はシルヴェスター・ジョーンズの子孫を滅ぼすことになるだろう。

それによって私の復讐ははたされる。

虹色の
ランプの伝説

おもな登場人物

- **アデレイド・パイン**
  社会改革者の女性
- **グリフィン・ウィンターズ**
  ロンドンの暗黒街の大物
- **デルバート・ヴォイル**
  グリフィンの右腕
- **ピアース**
  アデレイドとグリフィンの共通の知人
- **アダム・ハロウ**
  ピアースの親友
- **ルシンダ・ジョーンズ**
  毒物を感知できる女性
- **ケイレブ・ジョーンズ**
  ルシンダの夫
- **ラットレル**
  グリフィンのライバル
- **ベイジル・ハルシー**
  科学者
- **バートラム**
  ベイジルの息子
- **スーザン・トレヴェリアン**
  アデレイドの家政婦
- **ジェッド**
  デルバートの同僚
- **レギット**
  デルバートの同僚
- **アイリーン・ブリンクス**
  元娼婦
- **ノーウッド・ハーパー**
  古物商

プロローグ

ヴィクトリア女王朝後期　ロンドン

ローズステッド・アカデミーが身よりのない上流階級の若い女性のための学校ではないことにアデレイド・パインが気づくまで、ほぼ四十八時間かかった。そこは娼館だった。しかし、気づいたときには時すでに遅く、ミスター・スミスという名の恐ろしい男に身を売ることになっていた。

ろうそく一本で照らされた〝悦びの部屋〟は濃い闇に包まれていた。天蓋《てんがい》のついたベッドの上の鋳鉄製の枠から垂れるクリーム色のサテンのカーテンに、ろうそくの炎が揺れる光を投げかけている。ぼんやりとした明かりのなかで、雪のように白いキルトの上にまき散らされた真紅のバラの花びらは血のしみのように見えた。

アデレイドは狭い衣装ダンスの暗闇のなかにしゃがみこんでいた。恐怖に超常感覚が研ぎ澄まされる。扉の隙間からは、部屋の様子はわずかにしかうかがえなかった。

スミスが部屋にはいってきた。カーテンの垂れたベッドにはちらりと目を向けただけで、すぐさま部屋に鍵をかけ、帽子と黒い鞄《かばん》をテーブルの上に置いた。どこからどう見ても、患者を往診する医者のように見える。

恐怖に鼓動は速くなっていたが、なぜかアデレイドは男の鞄に気を惹かれた。その黒い鞄からドリームライトがもれていたのだ。自分の感覚が信用できないほどだった。不気味なエネルギーの大きな力が、鞄の革からにじみ出している。それがさまざまな形で自分に訴えかけているような気がして心が騒いだ。しかし、そんなことはありえない。

その謎をじっくり考える暇はなかった。状況はこれ以上ないほどに差し迫ったものになっていたのだから。逃亡計画は——そんなものがあるとすれば——相手がロッサー夫人の館の常連客であるという前提にもとづいたものだった。憂慮すべきほどの超能力を持たない、欲望にぼうっとなった紳士。この二日ほどのあいだにわかったのは、ふつうの頭脳を持った紳士は、性的な欲望が募ると、少なくとも一時的には常識を失い、知的能力が減退するということだった。アデレイドは今夜、その隙を狙って逃げ出すつもりでいたのだ。

しかし、スミスは娼館の常連客とは明らかにちがった。彼が部屋にはいってきたときに残したドリームプリントの燃え立つようなエネルギーは驚愕《きょうがく》すべきものだった。その熱い超常的な痕跡は鞄全体にもつけられていた。

誰もが触れたものにドリームライトの痕跡を残すものだ。靴の革や手袋越しでもそれは簡単にしみ出す。アデレイドはそうしたエネルギーの痕跡を感知する能力を持っていた。

たいていの場合、ドリームプリントはかすかでぼんやりしている。しかし、例外もある。強い感情にとらわれたり、興奮したりしている人間は非常にはっきりした感知しやすい痕跡を残す。強い超能力を持った人間も同様だ。スミス氏はその両方にあてはまる。興奮しているだけでなく、強い超能力の持ち主でもあるのだ。非常に危険な組み合わせだ。

彼のドリームライトの波形にどこか異常なところがあるとわかって、さらに心が騒いだ。ねっとりとした玉虫色のドリームプリントの波形がかすかではあるがゆがんでいたのだ。

スミスが衣装ダンスのほうへ顔を向けた。ろうそくの淡い光が、彼の顔の上半分を隠している黒いシルクのマスクに反射して光った。この部屋で何をするつもりでいるにしろ、この館にいる誰にもけっして身分を知られたくないと思うほど、おそろしい類《たぐ》いのことなのだろう。

彼の身のこなしは男らしい活力にみなぎっていた。背が高く引きしまった体つきで、着ているものは高価そうに見える。生まれながらに裕福で、社会的地位の高い特権階級特有の傲慢さを持つ人間のようだ。

男は革の手袋を脱ぎ、激しいほどの性急さで鞄の金属のバックルをはずした。ほかの男だったら、性的欲望のせいに思えたことだろう。それについてはアデレイドはまだじっさいの経験がなかった。娼館の女主人であるロッサー夫人から、スミスが最初の顧客になると言われただけだ。しかし、過去二日のあいだに、女たちのあとから部屋へと階段をのぼっていく紳士たちが残す痕跡は目にしていた。男が燃やす情熱がどういうものであるかはすでにわかっていた。

スミスの不気味に光るドリームプリントはそれとはちがった。彼のなかで暗い渇望が脈打っているのはまちがいなかったが、それは性的な興奮によるものではなさそうだった。その奇妙でまぶしいほどのエネルギーは、今夜彼が別の種類の情熱にとらわれていることを示していた。恐ろしくてじっと見つめることができないほどのエネルギーだ。

アデレイドは息をつめ、彼が鞄を開けてなかに手を入れるのを見つめていた。何が出てくるかはわからなかった。突拍子もない異常な遊びを好む顧客が多いと言っていた女たちもいた。しかし、スミスが鞄からとり出したのは鞭《むち》でも、鎖でも、革の手錠でもなかった。揺れるろうそくの明かりを受けて金色に光る金属でできた、花瓶のような形の奇妙な工芸品だった。底がどっしりしていて高さが十八インチほどあり、上に行くほど口が広がっている。てっぺんの縁には色のない大きな水晶がぐるりとはめこまれていた。

その工芸品が発する危険な力の波がアデレイドのうなじの産毛を逆立てた。激しいドリームライトが抑圧されてそこに封じこめられているようだ。機械のようなものね、と彼女は驚愕しながら胸の内でつぶやいた。ドリームライトを発生させるために作られた機械。

そんな超常的なドリームライト発生器など、存在するはずがないと自分に言い聞かせながらも、昔、父から聞いた話が――アーケイン・ソサエティの言い伝えが――亡霊のように心をよぎった。詳しいことは思い出せなかったが、それはランプと呪いに関する言い伝えだった。

スミスはその工芸品をテーブルの上のろうそくの隣に置いた。それからすばやくベッドに近づいた。

「さあ、さっさとすませようじゃないか」彼は小声で言った。緊張と苛立《いらだ》ちに声が太くなっている。

男はサテンのカーテンを払ったが、しばらく、当惑した様子で誰もいないシーツの上をじっと見つめた。やがて、怒りに体をこわばらせた。カーテンを片手できつくつかみ、くるりと振り向いて暗闇に目を走らせる。

「ばかな女だ。どこにいる？　ロッサーに何を言われたかは知らないが、私はここの常連客ではない。娼婦と寝る習慣はないんだ。お遊びをするために今夜ここへ来たわけではない」

その声は低く、恐ろしいほど冷たいものになっていた。男のことばを聞いてアデレイドの背筋に悪寒が走った。同時に部屋の温度が何度か低くなった気がした。アデレイドは震え出した。恐怖からだけではなく、部屋が急に冷え冷えとしたからだ。

まずはベッドの下をたしかめるはず。

彼女がそう心のなかでつぶやくあいだにも、スミスはテーブルからろうそくを手にとってしゃがみこみ、ベッドの下のくらがりをのぞきこんでいた。

ベッドの下に隠れていないとわかったら、すぐにでも衣装ダンスを開けるにちがいなかった。人が隠れるだけの大きさのある家具はベッド以外は衣装ダンスしかなかったからだ。

「ちくしょう」スミスがすばやく立ち上がったため、手に持ったろうそくの炎が揺れ、消えそうになった。「出てこい、ばかな女め。すばやくすませると約束する。こういったことにあまり時間をかけるつもりはないんだ、信じてくれ」

男は衣装ダンスを見て黙った。

「見つからないと思っていたのか？　能なし女め」

今やアデレイドは息もできないほどになっていた。逃げる場所はどこにもない。

衣装ダンスの扉がさっと開いた。ろうそくの明かりが暗闇を照らす。黒いマスクに開いた穴からのぞくスミスの目がきらりと光った。

「ばかな娼婦め」

そう言って彼はアデレイドの腕をつかみ、衣装ダンスから引っ張り出した。アデレイドの超能力が荒々しく燃え立った。一年前にその片鱗を見せてから、それがここまで高まることははじめてだった。その結果どうなるかは予測できた。そうやって腕をつかまれたことに、彼女は目に見えない雷に打たれたかのような反応を見せた。その衝撃はあまりにすさまじく、悲鳴をあげることもできないほどだった。

アデレイドは必死に自分の超常感覚を抑えようとした。その感覚が高まっているときに人に触れられるのは大嫌いだった。ほかの人間の夢の影や痕跡にほんのわずかに触れただけで、胃がよじれるほど密接にその人物の感覚とつながり、白昼の悪夢に悩まされることになるからだ。

息を整える暇もなく、鍵穴に鍵が差しこまれる音がした。部屋の扉が勢いよく開き、入口にロッサー夫人が姿を現した。背後の廊下を照らしているガス灯のほの暗い明かりがその骨ばった体を黒い輪郭として浮かび上がらせている。その瞬間、娼館の女たちがつけたあだ名がぴったりの姿に見えた――禿鷹《はげたか》。

「残念ながら、予定に変更がありましてね、お客様」ロッサーが言った。声は体同様刺々しく容赦なかった。「すぐにここから出ていってもらわなければなりません」

「いったい何を言っている?」スミスが訊いた。アデレイドの腕をつかむ手に力が加わる。「この女のためにクイントンに法外な料金を支払ったんだぞ」

「たった今、この館が新しい所有者の手に渡ったという知らせを受けとったんですよ」ロッサーが言った。「どうやら、前の経営者が亡くなったようでね。心臓麻痺《まひ》だそうで。それで、この館もほかの人間に引き渡されることになったんです。でも、ご心配はいりません。お金はお返ししますから」

「金を返してもらう必要はない」スミスが応じた。「この女がいるんだ」

「この子以外にも女は大勢いますよ。今も階下《した》にもっと若くてきれいなのがふたりいます。

まだ男を知らない女たちです。たしか、この女は十五歳です。殿方とベッドをともにするのもはじめてかどうか」

「この女が処女かどうかを私が気にするとでも?」

ロッサーは見るからに驚いた顔になった。「でも、だからこそ、高いお金を支払ったわけでしょうに」

「ばかな女だ。これにはもっとずっと大事なことがかかっているのだ。私はおまえの雇い主と取引したのだ。彼にはそれを守ってもらう」

「今言いましたように、前の雇い主はもはやこの世にいないんです。雇い主が変わったんですよ」

「暗黒街の大物たちがどんな商売をしていようと、どうでもいい。この女は今、私の自由にできるはずだ。実験が満足いく形で実行できるようであれば、今夜ここから連れ出すつもりだ」

「その実験ってなんなんです?」ロッサー夫人は怒りに駆られていた。「そんな話、聞いたこともない。ここは娼館で研究室じゃないんですからね。とにかく、この子はあなたの自由にはなりません。もうこの話はおしまいですよ」

「どうやら、別の場所で試してみなければならないようだな」スミスはアデレイドに向かって言った。「いっしょに来い」

そう言って彼女を衣装ダンスから引っ張り出した。アデレイドは床に倒れこんだ。

「起きろ」スミスは腕をつかんで彼女を引っ張り起こした。「すぐにこの場所から離れる。心配しなくていい。おまえが役に立たないとわかったら、ここに戻ってきていいからな」

「この子は連れていかせませんよ」ロッサーは入口のすぐ脇にある呼び鈴のひもに手を伸ばした。「警備の者を呼びます」

「そうはさせない」スミスが言った。「もうこんなばかばかしいことはたくさんだ」

彼は上着のポケットからこぶし大の水晶をとり出した。石は血のように赤く光っていた。部屋の温度が何度か下がった。アデレイドは部屋のなかに目に見えない氷のように冷たいエネルギーが燃え立つのを感じた。

ロッサー夫人は口を開けたが、声は発せられなかった。飛び立とうとする大きな鳥ででもあるかのように、両腕を大きく持ち上げている。頭ががくんと後ろに傾いた。激しい震えが全身に走ったと思うと、彼女は入口のところで倒れて動かなくなった。

アデレイドは驚愕のあまりことばを発することができなかった。禿鷹が死んだ。

「まあ、いいさ」スミスが言った。「誰にとってもさほど惜しい人間でもないからな」

それはそうねとアデレイドは胸の内でつぶやいた。娼館の主《あるじ》に好意を抱いていなかったのはたしかだが、こんなふうに誰かが命を落とすのをまのあたりにするのはぞっとするような経験だった。

ひと呼吸おいたところで、たった今起こったことが衝撃となって全身を震わせた。スミスは超能力と水晶を用いて人を殺したのだ。そんなことが可能だとは知らなかった。

「この人に何をしたの?」アデレイドは小声で訊いた。

「私に従わなければ、おまえにも同じことをするぞ」ルビー色の水晶が黒っぽくなった。「こいつは長くもったためしがない」彼はそうつぶやくと、水晶をポケットに戻した。「来るんだ。無駄にする時間はない。ただちにここから出るんだ」

そう言って工芸品を置いてあるテーブルのほうへ彼女を引っ張った。アデレイドには男が高揚感に満ちあふれているのがわかった。たった今、女を殺したわけだが、たのしんでそれをしたのだ。いいえ、殺したことを喜んですらいる。

ほかにも感覚に訴えてくるものがあった。スミスが水晶を使って何をしたにしろ、それには多大なエネルギーが必要だった。超常感覚も、心や体のほかの部分と同じく、酷使すると回復するのに時間を要するのだ。スミスはすぐにも強い超能力を完全にとり戻すだろうが、今はおそらく、多少それが弱まっているはずだ。

「あなたとはどこへも行かないわ」と彼女は言った。

彼はそれにことばで答えようとはしなかった。すぐにもアデレイドは冷たい痛みが波となって全身に走るのを感じた。

アデレイドは息を呑み、冷たい苦痛のあまりの大きさに身を折り曲げて膝《ひざ》をついた。男が超能力のエネルギーを使いはたしたなどと考えたのは愚かだった。

「これで私がロッサーに何をしたのかはわかっただろう」スミスが言った。「しかし、彼女にはもっと強い力を用いた。これほどに強烈な冷たいエネルギーを受けると、感覚が粉々になり、やがて心臓も動きを止める。お行儀よくするんだな。さもないと、おまえも同じ目に遭わせるぞ」

痛みははじまったときと同じように突然おさまり、アデレイドはめまいを覚えながらあえいだ。今度こそ、罰を与えるために男は最後のエネルギーを使いはたしたはずだ。急いで行動しなければ。幸い、男にはまだ腕をつかまれている。他人のドリームライトのエネルギーをあやつるには肉体的な接触が必要だった。

アデレイドはまた自分の超能力を高め、恐ろしい感覚に備えて歯を食いしばった。それから持てるエネルギーのすべてをスミスのドリームライトの波形に集中させた。この一年のあいだに、他人の悪夢の波長を操作することはあったが、これからやろうとしていることを試みたことは一度もなかった。

つかのまスミスは自分が攻撃を受けていることに気づかない様子だった。当惑して口をわずかに開け、アデレイドを見つめている。が、すぐさま怒りに火がついた。

「何をしている？」彼は訊いた。「報いを受けることになるぞ、娼婦め。私に反抗しようとしたことで、おまえだけの地獄で凍りつくことになる。やめるんだ」

男は彼女をなぐろうともう一方の腕を振り上げたが、遅すぎた。すでに深い眠りへと落ちこんでいきつつあったからだ。男の体がくずおれはじめた。最後の一瞬、テーブルの端をつかもうとして振りまわした腕が燭台からろうそくを払い落とし、ろうそくは床に落ちた。

ろうそくは木の床の上をベッドのほうへと転がった。ろうそくの火がサテンのカーテンの端をとらえ、シュッというやわらかい音がした。

アデレイドは衣装ダンスへと急いで戻り、逃げるためになかに隠しておいた外套《がいとう》と靴をとり出した。外套を身に着けるころには、ベッドの飾りに火が移り、炎が白いキルトをなめていた。煙が廊下へとただよっていく。すぐに誰かが火事だと声をあげることになるだろう。

アデレイドは外套のフードをかぶり、ドアへと向かった。しかし、何かが彼女の足を止めさせた。いやいやながら振り返ると、工芸品が目にはいった。なぜかその奇妙な置物を持っていかなければならない気がした。ばかな考えだった。逃げる足が遅くなるだけだ。しかし、それをあとに残していくことはできなかった。

工芸品を黒い鞄におさめ、バックルを締めると、またドアへと向かった。スミスの動かない体のそばで二度目に足を止めると、急いで彼のポケットを探った。ポケットのひとつに金がはいっていた。もう一方には光を失ったルビー色の水晶がはいっている。アデレイドは金はとったが、水晶に触れるとおちつかない気分になったため、直感に従ってそれは残していくことにした。

身を起こすと、またドアへ向かい、ロッサーの死体をまたいで廊下に出た。

背後では白いサテンのベッドがぱちぱちと音を立てて燃え上がる炎に包まれていた。廊下で誰かが叫び声をあげはじめた。衣服を脱ぎかけのさまざまな格好をした男女が近くの部屋から飛び出してきて、建物のいちばん近い出口を探した。階段であわてふためく人々に合流しても、誰もアデレイドには注意を払わなかった。

数分後、表の通りに出ると、アデレイドは鞄を抱え、夜の闇のなかへと全速力で駆け出した。

1

十三年後……

「わかったぞ」グリフィン・ウィンターズはエイヴリー街に丸をつけ、ペンを真鍮《しんちゅう》のインクスタンドに戻した。机に手をつき、目の前に広げられたロンドンの大きな地図をじっと眺めると、深い満足感に包まれた。狩りはもうすぐ終わる。女はまだ知らないが、これでこの女はこっちのものだ。「彼女の次の標的は明らかだ」

「次に女がどこを狙うかどうして予測できるんです?」デルバート・ヴォイルはそう訊いてポケットに手をつっこみ、眼鏡をとり出した。

四十代前半のたくましい体つきの大男であるデルバートは、つい最近、自分に眼鏡が入り用だと判断したのだった。眼鏡は彼の外見に妙な変化をおよぼした。眼鏡がなければ、彼という人物をそのまま表したような外見だった。暗黒街の帝王の用心棒として生計を立てている世慣れたこわもての男。しかし、そのごつごつした鼻に金縁眼鏡を載せると、突然図書館や本屋のカウンターの奥に鎮座ましますす若干太り気味の学者のように変貌する。

「今朝、昨晩のエイヴリー街の娼館で起こった騒ぎについて書かれた記事を読んで一定の型が見えたんだ」グリフィンが説明した。「すべてがはっきりした」

デルバートは娼館の位置をよく見ようと机に身をかがめた。彼は治安のいい地域についても、悪い界隈《かいわい》についても、すべての路地や地図に表示されない道をよく知っていた。地図の場所を把握するのになんら苦労はしなかった。それどころか、自分で地図を描くことすらできた。

デルバートは方向感覚にすぐれ、一度訪れた場所ならどこでも正確に記憶することができた。グリフィンが思うに、おそらくは超常的な能力と言えるほどに。超能力をデルバートはあざけってはいたものの、グリフィンの能力についてはジェッドとレギットと同じように、当然のものとして受け入れていた。結局、彼らにとってグリフィンはボスであり、ボスというのは人とちがっていてあたりまえなのだ。

デルバートとジェッドとレギットは若い盗賊団の結成当時からのメンバーだった。その彼らをグリフィンは二十年前に若者ばかりを集めた組の一員として採用したのだった。三人とも犯罪からはずっと前に足を洗っていた。今はこの家を管理し、警護する役割を担っている。

デルバートは厨房の担当だった。ジェッドは地所と犬たちの管理をし、御者を務めていた。レギットはふつうならば執事が負う役割を担っている。洗濯女が週に二回通いでやってきて、ほかの使用人たちは必要に応じて雇われていたが、そうした通いの使用人たちには厳しい監視の目が光っていた。夜をこの家で過ごす者はいない。グリフィンは銀器を盗もうとする者がいるかもしれないと、それを心配しているわけではなかった。しかし、この家には秘密があり、彼は強迫的とも言えるほどにひたすらそれを世間の目から隠そうとしていたのだ。ロンドンでもっとも力を持つ暗黒街の帝王として君臨するようになったのは、注意をけっして怠らなかったからだ。

ジェッドとデルバートとレギットがこの大きな屋敷を問題なく管理してくれているのはたしかだが、それが彼らのいちばんの役割というわけではなかった。じつのところ、彼らはグリフィンの副官と言ってよかった。それぞれ、グリフィンが築き上げた帝国の特定の側面を監督する役割を担っていた。

彼が何年も前に結成した寄せ集めの泥棒集団は、今やさまざまな事業を展開する組織だった企業へと成長していた。その触手はロンドンの荒っぽい界隈の奥深くまで達し、それと同時にもっとも上品な地域にもおよんでいた。ここ数年のあいだに、グリフィンは自分に投資の才能があることに気づいていた。数多くの銀行や、海運業者や、鉄道業者の株を所有し、持ち株がふえるにしたがって、より大きな権力を持つようにもなっていた。

セント・クレア街の隣人たちは誰も、古い修道院の跡地に建っている大きな家が、ロンドンの裏社会でもっとも悪名高い人物の所有するものだとは気づいていなかった。周辺の邸宅に住む人は、通りの端にある石の廃墟の持ち主を、単に裕福で変わり者の世捨て人とみなしていた。

「その女が襲撃を組織した黒幕だと確信しているんですか?」地図を見てわずかに縦皺《たてじわ》を寄せながらデルバートが訊いた。

「まちがいないと思う」とグリフィンが答えた。

デルバートは眼鏡をはずし、それをそっとポケットに戻した。「まあ、女について言えるのは、その女が図に乗っているということですね。ピーコック・レーンとエイヴリー街の娼館は女が襲撃した最初の三つに比べてずっと上等だ。最後のふたつがラットレルの所有だとわかっていると思いますか?」

「修道院をかけてもいい。女がラットレルの娼館にずっと前から目をつけていたのはまちがいないな。小さな個人所有の三つの娼館に加えられた襲撃は訓練にすぎない。熟練した将軍さながらに、その襲撃から学んだことを実戦に活かしているわけだ。これからはラットレルの娼館に的を絞って襲ってくるだろう。女が大胆な人間であるのはまちがいないからな」

「社会改革者とはそういうものというわけですね。常識は通用しない」デルバートは歯をかたかたと嚙み鳴らした。「おそらく、自分がどんな恐ろしい人間を相手にしているかわかっていないんでしょうな」

「わかっているさ。だからこそ、ラットレルの娼館を襲撃しているんだ。社会改革者というものは、目的が正しければ、自分の身も守られると確信しているようだからな。われらが娼館襲撃者は、ラットレルが女の喉をかっ切るのを躊躇《ちゅうちょ》する人間でないとは思っていないわけだ」

「女は娼館に的を絞って襲撃をかけているようですね」デルバートは考えこむようにして言った。

「それは最初に新聞に記事が載ったときから明らかだ」

デルバートは肩をすくめた。「だとしたら、われわれが気に病む必要はありませんよ。こっちは娼館の経営はしていないんだから。賭場《とば》のクラブや居酒屋を襲うというなら、われわれにとっても厄介な存在になるかもしれませんが、娼館だけを襲うというなら、それはラットレルの問題だ」

「残念ながら——」グリフィンが言った。「女がこのお遊びをつづけるつもりだとしたら、いつか殺されることになるだろう」

デルバートはさぐるような目を彼に向けた。「社会改革者の身を心配しているんですか？連中は害虫のようなものですよ。リスやハトといっしょだ。焼いて食ったり、うまいシチューにしたりできないだけで」

「この改革者については、殺されて川に流される前に接触できれば、われわれにとって役に立つんじゃないかと思うんだ」

デルバートは警戒するような顔になった。「ちくしょう。関心を持ったってわけですね？どうしてその女なんです？」

「説明するのはむずかしい」

グリフィンは壁の肖像画に目を向けた。薄暗いなかで鏡をのぞきこむのに似ていた。ニコラス・ウィンターズは十七世紀後半の衣装に身を包んでいたが、その黒いヴェルヴェットの外套も、複雑な結び方をしたクラヴァットも、グリフィンとの外見の驚くほどの相似を薄めることにはならなかった。黒髪や明るい緑の目から、顔の険しい凹凸《おうとつ》にいたるまで、尋常でなく似ていた。

その肖像画はニコラスが第二の能力に目覚めてほどなく完成したものだった。悪夢と幻覚はすでにはじまっていた。グリフィンは肖像画に目を凝らすたびに、その後すぐにニコラスがおちいることになった狂気の兆しを探さずにはいられなかった。

肖像画に描かれた人物が突然揺らめき、ニコラスが目の前に現れ、錬金術師の目をグリフィンに据えた。

「おまえは私の真の跡継ぎだ」と言う。「おまえには三つの能力が現れる。血筋なのだ。ランプを見つけろ。女を見つけるのだ」

グリフィンは意志の力で幻覚を抑えつけた。そうした心騒がす白昼の幻覚は数週間前から現れるようになったのだったが、それは新たな能力が現れ出したのと時期を同じくしていた。悪夢もひどくなり、眠るのが怖くなるほどだった。真実を否定することはもはやできない。自分にウィンターズ家の呪いが降りかかったのだ。

ありがたいことにグリフィンの幻覚には気づいていないデルバートは、長年の友であり親友である人間特有の訳知り顔でグリフィンを見つめた。

「退屈してるんですね」デルバートはきっぱりと言った。「それがほんとうの問題ですよ。何カ月か前に付き合っていたあのきれいなブロンドの未亡人と別れてから、あなたは女をつくっていない。精力に満ちた健康な男なのに。定期的に運動する必要があるんですよ。あなたのために喜んでその物足りなさを満たしてやろうって女には困らないはずですがね。厄介事ばかり起こすに決まっている女を追いかけなくても」

「これだけはたしかだが、私はこの社会改革者と寝たいと思っているわけじゃない」とグリフィンは言った。

しかし、そう口に出しながらも、自分が嘘をついているような感覚があった。嘘をつくのは得意だった。今の仕事で頂点にのぼりつめることができたのもそのおかげだ。しかし、生きていくうえでいくつか曲げられない決まりもあった。そのひとつが、自分には嘘をつかないということだった。

そうしたことをデルバートに説明するつもりはなかったが、じっさい、自分は娼館への襲撃をくり返している女のことばかり考えるようになっていた。世間の噂《うわさ》がはじめて耳にはいってきたときから、女には関心を抱いていた。最初は女に執着する気持ちは理解不能に思えた。デルバートの言うとおり、社会改革者などというものは都会の厄介者にすぎないのだから。

「気を悪くしてほしくはないが、ボス、あなたのその顔はよくわかってますよ」デルバートは厳しい声で言った。「何かを追い求めようと決心したときの顔だ。ただ、よく考えてくださいよ。この女について——こいつがほんとうに女だと仮定して——何をご存じにしろ、じつは年老いた白髪のばあさんか、いかれた狂信者かもしれませんぜ。くそっ、男に興味のない女ということもありうる」

「それはわかっているさ」とグリフィンは言った。それでも、心のどこかではそうではないと信じていた。その心の一部はきっとすぐに崖っぷちから狂気の地獄をのぞきこむことになるだろう。

ランプを見つけろ。女を見つけるのだ。

デルバートは渋々あきらめて深々とため息をついた。「女を探すつもりでいるんでしょう?」

「ほかに選択肢はないからな」グリフィンは地図につけた丸い印をじっと見つめた。「しかも、急がなければならない」

「つまり、女がラットレルにつかまる前に見つけると?」

「ああ。女はうまくいく秘訣を見つけ、それに固執している。行動の予測がつくというのは必ずや弱点となるからな」

「女の居どころがわかったら、ジェッドとふたりでつかまえてさしあげますよ」

「いや、そういうやり方ではだめだ。女がみずから進んで全面的に協力するように仕向けなければ。この件では正式な紹介を受けることが必要だ」

デルバートは鼻を鳴らした。「上品な社会改革者が暗黒街の帝王に正式に紹介されるっていうんですか？　そうなるとしたら、金を払ってでも見たい光景ですね。どうやってそんなことを手配するつもりなんです？」

「そのご婦人と私には共通の知り合いがいるんだ。どちらの縄張りでもない場所での面談を手配してくれる人物が」

2

〝未亡人〟が救護院の厨房に姿を現したときには、アイリーンとほかの女たちは皿に山と盛られたスクランブルエッグとソーセージを夢中で口に運んでいる最中だった。女たちは驚いてフォークを途中で止め、厨房にはいってきた人物に目を注いだ。上品な貴婦人というものは、たとえ慈善にいそしむ人であっても、堕落した女たちと同席してみずからの品位を穢《けが》そうとはしないものだ。そして、未亡人がとても上品な貴婦人であるのは明らかだった。

彼女は頭のてっぺんから爪先まで、黒、銀色、灰色の人目を惹く色合いのしゃれた衣装に身を包んでいた。上等のヴェルヴェットの帽子につけた黒いレースのヴェールが顔立ちを隠している。ドレスのスカートには繊細な襞《ひだ》がつけられ、道路のほこりや汚れから高価なドレスの生地を守るために裾《すそ》には泥よけの襞飾りがついていた。上までボタンのついた華奢《きゃしゃ》なグレーの革のブーツのとがった先端が襞飾りの下からのぞいている。手には黒い手袋がはめられていた。

「おはよう」未亡人は言った。「みんな食欲があるようでうれしいわ。とてもいいことよ」

そこでようやく、アイリーン・ブリンクスはぽかんと開いていた口を閉じた。ベンチの端から勢いよく立ち上がると、どうにか軽くお辞儀をした。四人の仲間が同じようにベンチから立ち上がり、ベンチの木の足が床にこすれて大きな音がした。

「すわって朝食に戻ってちょうだい」未亡人が言った。「わたしはミセス・マロリーと話したいだけだから」

料理用ストーブの前にいた小柄で肉付きのよいほがらかな顔の女性が、手をエプロンでぬぐいながら、未亡人に輝くような笑みを向けた。

「おはようございます」マロリー夫人が言った。「今日はお早いんですね」

「昨日の晩、あんな騒ぎがあったあとで、どうしているかしらと思って」未亡人ははきはきと言った。「万事問題ない？」

「ええ、まったく」マロリー夫人は満足そうに顔を輝かせた。「ご覧のように、女の子たちはたっぷりと朝食をとっていますしね。ほとんどの子にとっては久しぶりにとるちゃんとした食事なんじゃないですかね」

「このあいだと同じね」未亡人は言った。しかし、声はだいぶ小さかった。「女の子たちは飢えかかっているわ」

「そうですね」マロリー夫人も言った。「でも、それはすぐにどうにかなりますよ」

アイリーンは動かなかった。ほかの少女たちも同じだった。どう動いていいかわからず、ぎごちなく気をつけの姿勢をとっている。マロリー夫人のような社会改革者には多少慣れていたが、これまで未亡人のような人間には会ったことがないのだ。

未亡人は少女たちに目を向けた。「すわって朝食を終えなさいな、ご婦人方」

この厨房にほんとうにご婦人方がいるのだろうかとアイリーンもほかの少女たちもあたりを見まわし、つかのまざわめきが起こった。やがてようやく、未亡人が自分たちに向かって言ったのだとわかり、みな急いでベンチに腰を戻した。

マロリー夫人は厨房を横切って未亡人に近づいた。ふたりの女性は静かな口調で話しつづけた。しかし、救護院の厨房は大きくはなかった。アイリーンの耳にもふたりの話は聞こえてきた。ほかの少女たちも耳をそばだてているのはたしかだった。しかし、アイリーンと同じように、みな食べ物に夢中になっている振りをしている。その振りをするのはさして苦労もなかった。誰もがひどく空腹だったのだから。

昨晩、燃える娼館から逃げ出したところを馬車に乗せられて連れ去られたときには、みなひどく動揺したのだった。少女たちを馬車に乗せた男たちは大丈夫だというような口調で話していたが、アイリーンも仲間たちも見知らぬ人の親切を真に受けてはいけないと身にしみてわかっていた。おそらく自分たちは競争相手の娼館の主によって拉致されたのだと推測し、すぐにエイヴリー街の娼館でしていたのと同じような仕事をさせられることになるのだろうと思っていた。女が体で生計を立てるようになったら、ほかの将来はありえないとみなわかっていたのだ。

だからといって、娼婦に夢がないというわけではない。アイリーンは胸の内でつぶやいた。若い女なら、どこかの紳士が思いを寄せてくれて、きれいな宝石をくれたり、愛人にしてくれたりすることを夢見ることもできる。そんなことになる可能性はたしかに少ないが、夢があれば生きていくことができる。夢をあきらめた女は、アヘンやジンに向かう。アイリーンはそんな末路はたどるまいと決心していた。

救護院に着くと、待っていたのはあたたかいマフィンとお茶だった。すぐにマロリー夫人が娼館の主ではなく、社会改革者であることはわかった。アイリーンもほかの少女たちも、救護院で過ごす時期が短いことは知っていたため、すぐに食べ物に食らいついたのだった。社会改革者はみな善意の人たちだが、常識に欠けているものだ。アイリーンと仲間たちの暮らす世の中の現実というものをまったく理解していない。

娼婦に社会改革者が用意してくれるのは貧民収容施設がせいぜいで、結局は雑用にこきつかわれるメイドとしての奴隷のような生活が待っているだけなのだ。そんなみじめな生活すらも長くつづかないことがある。新しく雇ったメイドが以前娼婦をしていたとわかったら、家の女主人に即座に推薦状もなく解雇される可能性もあるからだ。それに比べれば、ありえないことに思えても、夢にしがみついていたほうがいい。

「かわいそうな女の子たちの食事となると、エイヴリー街の娼館はよそよりもしみったれていますからね」マロリー夫人が未亡人に言っている。「あの娼館の主は女の子たちをやせっぽちにしておいたほうが若く見えると思っているんです。そう、あそこは若い女の子を好む顧客にたのしみを提供していますから」

「女の子たちが十八まで生き延びたとしても――」未亡人が言った。「十八になったら、放り出されてしまうのよね。ここにいる子たちのひとりたりとも失うことがないようにしないと、ミセス・マロリー。いちばん年上の子でも、十五歳にもなっていないはずよ」

未亡人の声は穏やかでやわらかく、まったく抑揚がなかった。アイリーンは未亡人がしゃれたこととみなされているから社会改革を行おうとする貴婦人とはちがうと感じた。

未亡人は厨房を横切り、テーブルの上座で足を止めた。またも少女たちはおちつかない様子で立ち上がった。

「きっとみんな不安で混乱していることでしょうね」未亡人が言った。「でも、ここは安全な場所だとわかってほしいの。ミセス・マロリーがあなたたちの面倒をよく見てくれるはずよ。この家に男の人が足を踏み入れることは許されていません。ドアにはすべて鍵とかんぬきがかけられているわ。明日の朝、きちんとした格好に着替えたら、若い女性たちのためにわたしが開いている学校に行くことになります。あなたたちのような女の子のための寄宿学校よ」

アイリーンは自分の耳が信じられなかった。ほかのみんなも同じようにぎょっとしているのはたしかだ。

みんなの疑問を口に出したのは、つい最近娼館に来たばかりの幼いリジーだった。

「すみません」リジーが言った。「でも、それはつまり、別の娼館に送られるってことですか?」

「いいえ。わたしが言っているのは、あなたたちをちゃんとした寄宿学校に送るということよ」未亡人はきっぱりと答えた。「きれいなベッドと制服を与えられて授業に出ることになるわ。準備ができたら、安心と安全が得られるだけの自分のお金を携えて世の中に出ていくことになる。タイピストや電信技師や婦人服仕立て屋や婦人帽子屋として自立する準備をすることになるわ。あなたたちのなかには、そのお金を使って自分で事業を起こす人もいるかもしれないわね。重要なのは、そうやって用意されたものを利用しようと決めた人みんなが、将来に選択肢を与えられるということよ」

アイリーンは食べかけの卵に目を落とした。ほかの少女たちも同様だった。未亡人は情熱的で、自分たちを救ってくれようという熱意の持ち主かもしれないが、上流階級のご婦人たちは思ったほどに頭がよくないことも多かった。

リジーが大胆にもみんなの気持ちを代弁した。「申し訳ないんですが、わたしたちは本物の寄宿学校には行けません」

「どうして?」未亡人が訊いた。「あなたたちのなかに、戻りたい家族がいる人がいるの? あなたたちの世話をしてくれるちゃんとした親戚でも?」

少女たちはごくりと唾を呑みこみ、互いに目を見交わした。

リジーがせき払いをした。「いいえ。エイヴリー街の館にあたしを売り飛ばしたのは父ちゃんで、あたしに戻ってほしいとは思わないはずです」

「うちの両親は去年肺炎で死にました」サリーが言った。「それで、あたしは貧民収容施設に送られたんです。エイヴリー街の娼館の主があたしをそこから出してくれました。メイドとして働くことになるんだって言って。でも、そう、そういうことにはならなかった」

アイリーンは自分の話をしようとはしなかった。みな似かよった話になるのはたしかだったからだ。

「わたしの思ったとおりね」未亡人は言った。「そう、これだけは言えるけど、これからは新しい仕事に就く機会がいくらでもあるわ」

「でも——」リジーが言った。「あたしたちは娼婦なんです。娼婦はちゃんとした寄宿学校には行けないものだわ」

「この学校には行けると保証するわ」未亡人が言った。「わたしの学校なんだから。決まりを作るのもわたしよ」

サリーはせき払いをした。「それで何かいいことでも? おわかりになりませんか? あたしたちがタイプの打ち方や上等の帽子の作り方を学んだとしても、もともと娼婦だった女を雇う人なんていません」

「わたしを信じて」未亡人は言った。「あなたは永遠に姿を消すことになるの。学校を卒業するころには、非の打ちどころのない生い立ちの立派な若い女性になっているわ。新しい名前と身分を手に入れることになる。あなたが娼館で働いていたことなど、誰にも知られることはないのよ」

これですべてわかったとアイリーンは胸の内でつぶやいた。未亡人は正気じゃない。

「将来、あたしたちのことを知っている誰かに正体を見破られたらどうするんです?」サリーが訊いた。「もとの顧客とか?」

「そういうことはまず起こらないわね」未亡人は答えた。「ロンドンは結局、とっても大きな街なんだから。それに、あなたたちも寄宿学校を卒業するころには何年か年を重ねていて、見かけもちがっているでしょうから。おまけに、あなたたちに新しく与えられる立派な生い立ちは、出生までさかのぼってしっかり書類が用意されるの。学校を卒業するときには、ちゃんとした仕事を見つけられるだけのすばらしい推薦状を与えられるしね」

サリーは目を丸くした。「あたしたちをいなくならせて、ちがう人間として戻ってこさせることがほんとうにできるんですか?」

「それこそがわたしの学校が存在する理由よ」と未亡人は答えた。

このご婦人は夢を提案しているのだ。アイリーンは理解した。将来についてのまったくちがう夢を。娼婦として働きはじめてからずっと抱きつづけていた夢とはちがう夢。しかし、これまでのぼんやりとした夢とは異なり、この夢は現実的に思えた。手を伸ばしてつかみさえすればかなう夢に。

3

「その石の壺は興味深い工芸品だが、どこか明らかに不快なところがあるだろう？　だからこそ、博物館の職員は来訪者の目にあまり触れることがないよう、この奥まった展示室に押しこめることにしたんだろうね」

そのことばは男らしい太い声で発せられ、アデレイドの超常感覚をかき乱し、血管にかすかな熱を走らせた。まわりのエネルギーが震える。この男はなんらかの超能力の持ち主だ。それも強い能力の。アデレイドはこんなことになるとは思ってもいなかったのだった。

自分がそれほどに強い反応を見せたことも予期せぬことで、思わず狼狽《ろうばい》する。狼狽としか言いようがなかった。ロンドンの暗黒街で〝協会の会長〟として知られている男には会ったことがなかったが、どこで会っても彼だとわかったことだろう。十五歳のときから心のどこかで、この男を待ちつづけていたのだ。

しばらくアデレイドは吟味するようにその古代の壺を見つめつづけていた。しかしじっさいはその時間を利用して気をおちつけようとしていたのだ。超常感覚がどれほどひどく揺さぶられたか、会長に知られてはならない。

気をおちつかせるのは至難のわざだったが、彼女は深々と息を吸うと、冷静でおちつき払った物腰に見えるようにと願いながら、ゆっくりと振り返った。わたしは世慣れた女なのよと自分に言い聞かせる。暗黒街の大物相手にびくついてはならない。

「たしか、この展示室での面談を希望されたのは、ふいの来訪者に邪魔されたくないからということでしたよね?」と彼女は言った。

「悪名高き娼館破りの首謀者にしても、ある程度人目を忍ぶ場所のほうがいいのではないかと思ったのでね」

超常感覚によって超能力の持ち主だとはわかったが、会長についてはほとんど何も知らなかった。彼にまつわる謎や伝説を多少耳にしたことがあるだけだ。救護院に現れる街娼たちが彼についてこそこそと噂し合っていた。

アデレイドは彼の顔をよく見ようとしたが、顔立ちははっきりとはわからなかった。会長は腕を組んで片方の肩を石の柱にあずけていた。影にすっぽりと包まれているように見える。幽霊のようなどこか不気味な雰囲気があった。暗い池に映った影を見ているかのようだ。

男の目が博物館の興味深い展示品を眺めるかのように自分に注がれているのがわかった。

顔ははっきり見えなかったが、男が立派な上流の紳士のように高価な装いをしていることはわかった。最高級の仕立て屋をひいきにしている紳士。

顔立ちがわからないことが気になった。もちろん、展示室の明かりは薄暗かったが、乏しい明かりに目も慣れたはずだった。何よりも、暗黒街の帝王はほんの数フィートしか離れていないところにいたのだ。顔ははっきり見えてしかるべきだった。

アデレイドは超常的な視野を開いた。石の床が暗い虹色のドリームプリントで燃え立つように光っているのが見えてすぐに理由がわかった。会長は超能力を使ってみずからの顔を隠しているのだ。彼がどんな超能力を持っているかはわからなかったが、それが強いものであるのは明らかだった。

「この面談にヴェールをかぶってきたのはわたしだけではないようですね」彼女は言った。「賢明な技をお使いですね。幻想を見せる超能力をお持ちなんですか？」

「観察眼の鋭いお方だ」警戒するでも、苛立ってもない様子だ。あえて言えば、ひややかに値踏みして満足したような様子。「いや、私は幻想を見せる超能力は持っていないが、きみの推測はあたらずとも遠からずだ。私には影のエネルギーをあやつる能力がある」

「そんな超能力なんて聞いたことがありませんわ」

「めずらしい超能力だが、役に立つのはたしかだ。それなりの超能力を用いれば、人間の目に自分が映らないようにすることも可能だ」

「あなたのような職業の方にとって、そういう超能力が役に立つのはわかりますわ」アデレイドはとがめるような口調になるのを隠そうともしなかった。

「この仕事をはじめたばかりのころには、きわめて役に立つと思ったよ」気分を害した様子もなく彼も認めた。「私のちょっとした変装にきみが気づいたことは非常に愉快だ。それを見破れる人間には出くわしたことがないのでね。きっとふたりで組んで何か仕事ができるんじゃないかな」

「そうでしょうか。わたしたちには共通の知り合いがいるだけで、ほかに共通点があるとは思えませんけど」

「ミスター・ピアース」彼は頭を下げた。「たしかに。しかし、彼とのつながりを互いに説明する前に、きみの超能力に関しての私の推測が正しいかどうかたしかめたい」

アデレイドは身動きをやめた。「わたしの超能力があなたに関係があるとは思えませんけど」

「すまないが、きみの超能力の性質と強さにとても興味を惹かれるんだ」

「どうして?」警戒を強めて彼女は言った。

「なぜなら、私の推測が正しければ、きみが私の正気と命を救ってくれるかもしれないからさ」彼はそこで間を置いた。「きみが私の正気を救うことができなければ、命を救ってもらってもあまり役には立たないが」

アデレイドは息を呑み、彼のドリームプリントの沸き立つエネルギーをちらりと見た。彼のドリームライトの渦のなかで、力と自制心が燃え立っている。精神的な不安定さを示すようなどんよりとした色はまるでなかった。

「あなたはきわめて正常に見えますわ」彼女はきっぱりと言ったが、一瞬間を置いてから付け加えた。「ただ、不愉快な夢に苦しめられているようですけど」

即座に彼の虚をついたことがわかった。

「私のドリームライトの型を読むだけでそこまでわかるのか?」と彼は訊いた。

「どんな病でも、ドリームライトにそれが強く現れるものです。あなたのドリームプリントには精神的なものも、肉体的なものも、病の徴候はまるで現れていません。でも、強い悪夢ははっきりした痕跡を残すものですから」

「私の夢が見えると?」愉快そうな口調ではなかった。

彼の気持ちはアデレイドにも理解できた。夢は人間の経験のなかでも、もっとも私的なものだからだ。

「他人がじっさいにどんな夢を見ているか、はっきりとわかる人はいません」彼女は言った。「わたしに感知できるのは、夢で経験した感情や感覚の超常的なエネルギーだけです。わたしの超能力がそのエネルギーを印象や感覚として感知するんです」

彼はしばらくじっと彼女を見つめていた。「そんな超能力を持っていていやだと思ったことはないのかい？」

「あなたにはわからないわ」アデレイドは超常感覚を閉じた。熱いドリームプリントの痕跡が消えた。「わたしに何のご用なんです？」

「興味があるのはきみの超能力だけではない。他人を救いたいというきみの情熱にも関心がある」

「何をおっしゃっているのかわかりませんわ」

「きみが娼館の若い女性たちを専門に救っているのは知っている。私はというと、若くもなければ、女性でもないことはたしかだ」

「それはたしかにそうですね」口調を鋭くして彼女は応じた。「あなたにも助けが必要だとおっしゃりたいんですの？　あなたのような……立場の方の力になるようなことがわたしにできるとは思えませんけど」

男が笑みを浮かべたのはたしかな気がしたが、彼がまとっている影のせいで、はっきりとは言えなかった。

「私はもはや救いようがないと、そう言いたいのかな？」彼は訊いた。「たしかに、きみに救ってもらえるような無垢《むく》な部分は私という人間には残っていない。しかし、こうして会ってくれるよう頼んだ目的はそういうことではない」

「でしたら、どうしてですの？」

「私は二ヵ月前に三十六になった」と彼は言った。

「それが何か?」

「うちの一族の人間には、だいたいそのぐらいの歳で呪いが降りかかるらしいんだ。降りかかるとすればの話だが。父や、祖父や、私の前の何代かの人間はその呪いにかからずにすんだ。私も逃れられるだろうと期待していたんだが、どうやら、それほど幸運ではないようでね」

「わたしがどうお力になれるのか、まったくわかりませんわ」彼女は言った。「わたしは現代的な思考の人間です。呪いや黒魔術といったものの存在は信じません」

「これだけは言えるが、魔術などとは関係ない。いまいましいほど複雑な超常現象がおおいにかかわっているというだけのことだ。しかし、きみならそれをどうにかできると期待しているんだ、アデレイド・パイン」

しばしアデレイドは彼が口にしたことの重要性を把握できなかった。が、やがてそれがわかって全身に戦慄が走った。

「わたしの名前を知っているの?」彼女は小声で訊いた。

「私は協会の会長だからね」彼はそっけなく言った。「ロンドンの暗黒街のことにはすべて通じている。そして、ミセス・パイン、きみは最近その暗黒街で派手に活動しているわけだ」

4

自分が彼女の神経に大きな衝撃を与えたことは彼にもわかった。称賛すべき抑制力だった――彼女はほとんど身じろぎもしなかった――が、動揺を抑えようと葛藤《かっとう》しているのはたしかだった。少々やりすぎたようだ。私らしくもない。

「お詫びするよ、ミセス・パイン」彼は言った。「きみを怖がらせるつもりはまったくなかったんだ」

「ミスター・ピアースがわたしの名前をあなたに教えたなんて信じられない」外面はどうにかおちつきをとり戻して彼女は言った。「彼のことは信頼できると信じていたのに」

「できるさ。私もピアースのことは昔から秘密を守る男だと思っている」彼はかすかな笑みを浮かべた。「もしくは、秘密を守る女と言うべきかな?」

「ピアースの秘密も知っているの?」アデレイドのことばには信じられないという響きがこもっていた。

「そう、ピアースが男として生きることを選んだ女性だということは知っている。出会ったのはずいぶんと昔だ。彼女は少女のころに両親を亡くし、街に出て生計を立てなければならなくなった。それで、若くして悟ったわけだ。男の格好をして歩きまわるほうが、安全であるばかりか、より力を持てるとね。きみたちふたりはどのように知り合ったんだい?」

「わたしが街の若い女性たちを救う仕事をはじめるようになってすぐよ」アデレイドは答えた。「ピアースとその相棒のミスター・ハロウがわたしの救護院に関心を持ったの。新聞の注意を惹くために娼館を襲う計画を立てていると話すと、ミスター・ハロウが支援を申し出てくれたわ。ほかにヤヌス・クラブのふたりの会員も誘ってくれた。ヤヌス・クラブのことはご存じ?」

「何年も前にピアースが設立したクラブだ。会員はすべて、男として生きるのを選んでいる女性たちさ。きみが火事を装って娼館から娼婦たちを逃れさせたあとに、彼女たちを連れ去る役目を担っているのがそのクラブから支援を申し出た人間たちなのか?」

「ええ。でも、どうしてそこまでミスター・ピアースについて詳しいんです?」

「長年のあいだに、提携関係を結ぶのがお互いの利になると気づいたわけだ」

「あなた方おふたりがある種のとりきめと相互理解に達しざるをえなかった理由はわかる気がしますわ。どちらもあれこれまっとうとは言えない事業を展開していることを考えれば。あからさまにいがみ合っても、どちらの利益にもなりませんもの」

彼はアデレイドの声に表れた、さげすむような響きが気に障ったことに自分で驚いた。他人にどう思われようと、ずっと前に気にするのはやめにしたと思っていたからだ。しかし、アデレイド・パインにあからさまに非難されて、なぜか気分が苛立った。

「きみは今の自分がどこか偽善的だとは思わないのかな、ミセス・パイン？」

「なんですって？」

「きみは自分の目的にかなうときには裏社会の大物たちともつながりを持とうとするご婦人だからさ。そうなると、きみはどういう人間ということになる？」

アデレイドがはっと息を呑む音が聞こえ、彼はようやく相手に一矢《いっし》報いたことを知った。いったい私はどうしてしまったんだ？　この女の助けが必要だというのに。辛辣《しんらつ》なことばを交わすのは、目的を達成するのに賢いやり方とは言えない。

「はっきりさせておきましょう」彼女は言った。「わたしがつながりを持っている裏社会の大物はミスター・ピアースただひとりよ。あなたとも、そういう意味ではほかの誰ともつながりを持つつもりはない」

「誤りを認めるよ」彼は言った。「きみはたったひとりの裏社会の大物とつながっているだけだ」

「ピアースと言えば、わたしの名前を彼から聞いたんじゃないとおっしゃったわね。だったら、どうやって知ったの？」

「きみの活動は新聞の紙面だけじゃなく、暗黒街もかなりにぎわしてくれた。ここ数カ月のあいだに姿を消した若い娼婦のなかには、エルム街にある救護院を訪れてすぐにいなくなった者もいるという噂が立った。少し調べてみたら、その施設は最近まで財政的に困窮をきわめていたんだが、〝未亡人〟と呼ばれる匿名の新たな資金提供者ができて、今は資金面で潤っていることがわかった」

「調べたらすぐにわたしだとわかったとおっしゃるの？」彼女はぎょっとした顔になった。

「わたしの身もとを調べるのはそれほど簡単だったと？」

「きみはその救護院とのつながりをうまく隠していたよ。ただ、個人的に身もとを隠すのは簡単でも、資金の流れを調べるのも比較的簡単だということは教えておこう。ある救護院の経費がすべて特定の銀行を通して支払われていることがわかった場合はとくにね」

「なんてこと。銀行がわたしの名前を教えたと？　秘密厳守の原則はないんですの？」

「私の幅広い経験から言って、ないね。少なくとも金がからむ場合は。きみの銀行に雇われている人間のなかに、たまたま私に恩義を感じている人間がいたというわけだ。私がある救護院の新しい資金提供者の身もとを調べているとわかったら、その人物は親切にもきみの名前を教えて恩を返してくれたよ」

「なるほどね」ひとことひとことが凍るようにひややかだった。「いつもそんなやり方で仕事をしてらっしゃるの？」

「可能な場合は。それに必要な金はあるからね、ミセス・パイン。最近は人に貸した金が非常に価値あるものだと思うようになったよ」

「それで、銀行員のような罪のない人を脅したり威圧したりするってわけ？」

「はっきり言ったと思うが、脅してなどいないさ。その銀行員は私に恩があったんだ」

「暗黒街の帝王に恩を返さなきゃならないっていうのは、脅しや強請《ゆすり》とたいして変わらないと思うわ」

「そんなふうに独善的なのは生まれつきかい、ミセス・パイン？　それとも、アメリカで暮らしているころにそういう性格が身についたとか？」

彼女は身をこわばらせた。「わたしがアメリカで暮らしていたことをご存じなの？」

「その銀行員に聞いたんだ。まあ、いずれにしても推測はついただろうがね。きみの発音にちがいがあるのがわかるから。きっとアメリカ西部でかなりの時間を過ごしたはずだ」

「そのことがこうしてお話ししていることとどんな関係があるのかわかりませんわ」

「私もだ。では、もっと重要な問題に移ろう」

「重要な問題とは？」彼女は警戒するように訊いた。

「きみがどのように私を救ってくれるかだ」

「それで、どうしたらわたしにそんなことができるというんです？　わたしがお役に立とうと思ったと仮定しても」

「運がよければ、ドリームライトをあつかえるきみの能力が私の救いとなってくれるはずだ」

「ドリームライトを読める人間であることは認めます」彼女は答えた。「でも、悪夢のエネルギーの痕跡を見極めるのと、そういう超常的なドリームライトの流れをあやつるのには大きなちがいがあるわ」

「きみにはその両方ができると思っているんだが」と彼は言った。

「どうしてそうお思いになりますの?」

「私の推測は、昨日の朝、エイヴリー街にある娼館の裏の路地で意識不明で発見された男のことを聞いて、裏付けられた」

「その人、亡くなってはいないわ」彼女は息を吞んだ。「亡くなっていたら、わたしにもわかったはず……」そこで唐突にことばを止めた。話しすぎたと気づいたのは明らかだ。

「生きてはいたが、深い眠りに落ちているあいだに見た悪夢のせいで、神経はずたずただったそうだ。仲間が起こそうとしたんだが、何時間も起きられなかったらしい」

傘をつかむアデレイドの手袋をはめた指がこわばった。「娼館から逃げて路地にはいったわたしをつかまえようとしたのよ。その日の夕方にわたしの姿を見かけて、どこかおかしいと思っていたと言って。その男が娼館の女の子たちがいちばん恐れていた用心棒であることがわかったわ。ひどく乱暴なことをする人間だという話だった。けれど、それがわたしと関係があるとどうしてあなたが思ったのかはわからない」

「噂を聞いて、そいつの意識を失わせた人間が誰であれ、超能力を使ったんだろうと思ったんだ。体には傷痕ひとつなかったそうだからね。今もその男が生々しい悪夢のことをべらべらとしゃべりつづけていると聞いて、そいつをそういう状態におちいらせたのはきっとドリームライトをあつかえる人間だと確信したわけだ」

「そう」

「その用心棒は人を殺したことがあるんだ、ミセス・パイン」彼は抑揚のない声で言った。「そいつと出くわして命があったのはえらく幸運だったと言える」

アデレイドは何も言わなかった。

このご婦人にやり方が無謀だとわからせようとしても時間の無駄だな。本題に戻ったほうがいいと彼は胸の内でつぶやいた。ばかばかしい危険を冒したいというなら、それは彼女の勝手だ。しかし、なぜか、アデレイド・パインの身を運命の手にゆだねるのは、言うほど容易なことではなかった。

「わたしの身もとをご存じなら、どうしてミスター・ピアースに接触したんです？」と彼女は訊いた。

「きちんとした紹介を受けたかったんでね。彼はこの面会を手配すると言ってくれた」

「つまり、おふたりは味方同士ってこと？」

彼女には気に入らない答えを返すことになりそうだ。

「ミスター・ピアースは私に恩義があるんでね」と彼は答えた。

「わたしの銀行の気の毒な銀行員と同じように?」

「それが気になるなら教えるが、ピアースがきみを売ることはなかっただろうよ。きみに私との面談を提案するのは承知してくれたが、きみが面会の申しこみを受けるかどうかはきみ次第だとはっきり言っていた。おそらく、もっと興味深い疑問は、どうしてきみが今日ここへ来ることに同意したかだろうね」

「ばかなことをおっしゃらないで」彼女は言った。「そういう意味では選択の余地はほとんどなかったわ。ミスター・ピアースに問い合わせをしたぐらいですもの、あなたがわたしを見つけるのに長くはかからなかったはずよ」

彼は答えなかった。彼女の言うとおりだった。ピアースが面会を手配してくれなかったとしても、きっとどうにかして彼女を探しあてたことだろう。

「あなたが抱えてらっしゃる問題って正確にはどういうものですの?」アデレイドは訊いた。「娼館を経営なさっていないのはよくわかっていますから、わたしのような社会改革者を恐れる理由もないはずだわ」

「私が娼館を経営していないと、どうしてそんなに確信をもって言えるんだい?」

アデレイドは打ち消すように手を振った。「救護院に来る女の子たちは暗黒街の情報を山のように運んでくるんです。たいていの人が想像もできないほどの情報をね。そう、顧客や娼館の経営者についての情報も含めて。体を売買する仕事に誰が従事していて、誰がしていないかもよくわかっているわ。あなたについての噂もたくさんあるけど、卑しむべき商売につながるものはひとつもない」

「きみの攻撃を心配しなくていいとわかってほっとするよ」彼は礼儀正しく言った。

「わたしをからかってらっしゃるの?」

「そうじゃない、ミセス・パイン。きみの身が心配なんだ。どうやらきみは今、ラットレルの娼館を狙っているらしいからね。彼は良心のかけらも持ち合わせていない無慈悲な男だ。悔い改めるなんてことは、そのことばの意味すらわかっていない。金銭欲と権力欲のみにつき動かされている人間だ」

「暗黒街の大物というのはそういうすぐれた資質の持ち主だとふつう思うものですわ」彼女はひややかに言った。「ご自分はちがうとおっしゃるの?」

「私が娼館を経営して金をもうけていないということについてはお互い了解したと思ったが」

彼は声が刺々しくなるのを抑えようと努めなければならなかった。もっと長くいっしょにいるようになれば、彼女を一時的にでも黙らせる効果的なやり方をすぐに見つけることになるだろう。ふと、キスをすればその目的ははたされると思った。

「すみません」アデレイドは言った。「あなたがラットレルとは天と地ほどもちがう人間であるのはよくわかっています。あの人は本物の怪物ですから。彼の娼館から女の子を助け出すたびに、彼がどれほどひどいことをしているか目にしているんです」

「きみは彼の娼館をふたつ襲うことに成功したが、次はそれほど簡単には逃れられないと思うね。私の助言を聞きたまえ、ミセス・パイン。ほかの趣味を見つけることだ」

「それって脅しですの？　あなたに手を貸さなければ、ラットレルにわたしの身もとを教えるとおっしゃりたいの？」

怒りが彼の全身に走った。この女が私を信じなければならない理由はどこにもない。私という人間に信頼を置くのはもちろん。それでも、強請を働くような人間だと思われるのは心外だった。

「きみにものをわからせようとしているんだ、ミセス・パイン」彼は言った。意志の力でどうにか忍耐力を働かせる。「きみが今やラットレルの娼館に狙いをしぼっていると私が気づくのに長くはかからなかった。すぐに彼も同じ結論に達するはずだ。すでに達していなかったとしてもね。きみの計画は明々白々だ」

「明々白々だなんてどうして言えますの？　襲った五つの娼館のうち、三つはそれぞれ経営者がちがうわ」

「きみは最初の三つの娼館で戦略を試してみたんだ。それによって準備ができたので、真の標的に的をしぼったわけだ。今きみは成功に味をしめ、ラットレルの娼館をつづけて襲おうとしている」

「どうして彼の娼館に的をしぼるんですの？」

「おそらく、彼のところがもっとも若い娼婦を雇い、もっともいやらしい顧客を相手にしているからだろう。ラットレルの娼館を襲えば、ロンドンの社会的地位の高い男たちを困惑させることにもなる。ラットレルとその顧客をみせしめにすることで、もっと小さな娼館の経営者を不安がらせようというわけだ」

アデレイドはため息をついた。「わたしの計画ってそんなに明々白々ですか？」

彼は肩をすくめた。「私にはね。ラットレルも同じ結論に達しない理由はない。ばかな男ではないからね。おまけに、彼もそれなりにかなり強い超能力の持ち主であるのはたしかだと思う。彼の洞察力が少なくとも私と同じぐらいは鋭いと思っていたほうが賢明だな」

アデレイドはしばし黙りこんだ。

「ラットレルのことはどのぐらいご存じですの？」しばらくして彼女は訊いた。

「友人同士ではない。そういう意味できみが訊いたのなら」彼は答えた。「競争相手さ。昔、争いになったこともあるが、今は休戦協定によって多少の摩擦をおさめている状況だ。そうは言っても、信頼し合っているわけではない。休戦協定というものはつねに破られるものだからね」

「その休戦協定については聞いたことがありますわ」アデレイドが言った。「噂によれば、あなたとラットレルは何カ月も縄張り争いをしていたそうですね。それでしまいにクレイゲート墓地で対面して取引をすることになった。その結果、あなたの組織とラットレルの組織がロンドンの暗黒街を二分することになった」

「まあ、そういったことだ」

「なんてこと。恥ずかしくはないんですか?」

「そういう高潔な感情はきみのような人々にまかせておくよ、ミセス・パイン。経験から言って、繊細な感情は金もうけの邪魔になるからね」

「金もうけにしか関心がないんですの?」

「関心があるのはそれと、正気を保つことだ。どちらの目的を達するにも、きみには生きていてもらわなければならない。少なくとも、きみを説得して手を貸してもらうまではね。きみがラットレルの娼館を襲うという今の趣味をつづけると言い張るなら、そのうちきみの死体が川で見つかることになると思うね」

驚いたことに彼女がひるんだ。

「たしかに、娼館を襲う戦略に二、三、心配な点はあります」しぶしぶという口調で彼女は言った。

「たった二、三かい? トロイの木馬の戦略を同じ馬を使ってくり返したとしたら、何度成功できたと思う？　遅かれ早かれ、どんな愚か者でもそれを見破るだろうさ。ラットレルが愚か者じゃないことは保証できるね」

「問題は、ぼや騒ぎがとてもうまくいくってことなんです。数分のうちに建物から人を外に出すことができるし、大きな混乱を招くわ」と彼女は言った。

「しかし、非常にわかりやすい戦略でもある。ラットレルの娼館に同じ手を使うとしたら、今度は逃げられないぞ。次は用心棒たちにきみを待ち伏せさせるだろうからね」

「それは絶対だというおっしゃり方ね」

「私が彼だったらそうするだろうから、絶対さ。私が娼館を経営しているとしたら、そう、今頃は用心棒たちに鷹のように顧客たちを見張らせていることだろう」

アデレイドはせき払いをした。「あなたってずばりとおっしゃる方なのね。でも、わたしがあなたの娼館を襲ったとしても、あなたが冷血にわたしを殺させるとは信じられませんわ。それってあなたの流儀じゃないし」

彼はそれを聞いてほほ笑んだ。「きみは私の流儀についてあまりよく知らないようだ。しかし、われわれのあいだに何が起ころうとも、それは冷血なものにはならないと約束するよ、アデレイド・パイン」

アデレイドはことばも出ないほどに衝撃を受けた様子で身をこわばらせた。

「幸い、これは仮定の話だからね」彼は付け加えた。「きみも指摘してくれたように、私は娼館の経営はしていない」

「わたしがあなたの賭け事のクラブや居酒屋を襲ったとしたら?」彼女はひややかに訊いた。「わたしの死体が川に浮かぶことになるのかしら?」

「いや。私のやり方はラットレルよりもずっと巧妙さ」

「どういうふうに?」

忍耐力を働かせるんだ。彼は自分に言い聞かせた。この仕事に従事している身には忍耐力こそが強みだ。攻撃するにふさわしい瞬間を待つ能力は生来の直感と結びついていて、これまで数えきれないほどの勝利をもたらしてくれた。衝動と強い情熱は暗黒街の帝王にとっては身を滅ぼすほどの大きな罪なのだ。もう何年も、衝動と強い情熱など自分とは無縁だと思ってきた……アデレイド・パインに会うまでは。

「話がそれたね、ミセス・パイン」彼は歯噛《はが》みしないように雄々しく努めながら言った。

「この話し合いの目的に戻ろうじゃないか」

「あなたが話し合いとおっしゃっているものはうまくいかないわ」

「それはきみが気むずかしいことを言うからだ」

「そういう性格なんです」彼女は言い返した。

「たしかにそのようだね」

アデレイドは傘の先で醜い古代の遺物を支えている台をつついた。「いいわ。差し迫った問題にわたしの助けが必要だとおっしゃったわね。わたしに何をしてほしいのか、正確に説明してはいかが？　そうすれば、お互いその取引に同意できるかどうか、話し合えるわ」

〝取引〟ということばには火花が散るほどの警告がこめられていた。力を貸してくれれば、金を払うことはやぶさかではなかったが、彼女とその金額を交渉することにはかなりのためらいを覚えた。それどころか、そういう意味では自分にはあまり選択の余地はない。アデレイド・パインが唯一の希望なのだから。

「話せばかなり長くてこみいった話となる」彼はことばを選んで言った。

「たぶん、そのお話も短くできるんじゃないかしら。わたしがあなたのものと思われる古い工芸品を持っているとお伝えすれば。おそらく、一族に代々伝わるものだわ」

今度は驚愕するのは彼の番だった。ありえない。彼は胸の内でつぶやいた。あのランプをこの女が持っているなど。

「なんの話をしている？」しばらくして彼は口を開いた。

「花瓶のような形のかなり古い工芸品のことを言っているんです。きっと二百年ほど前のものだわ。黄金のような金属で作られたものよ。縁にはくもった灰色の水晶がぐるりとつけられている」

期待が胸に広がる。いつ以来か思い出せないほど久しぶりに、自分に期待を持つことを許せた。

「ちくしょう」彼はささやくほどの声で言った。「きみはバーニング・ランプを見つけたんだな」

「そう呼ばれるものなんですの？　そう言われてみれば、たしかに古いオイルランプのような形をしているわ。でも、エジプト様式に雪花石膏で作られたものじゃない」

「どうしてそれが私のものだとわかった？」

「数分前にあなたにお会いするまでは知らなかったわ。そんなこと、考えもしなかった。でも、その工芸品には恐ろしいほどのドリームライトがこめられていて、ランプに封じこめられたエネルギーの波形があなたのエネルギーの波形とほぼ同じなんです。ランプのドリームプリントはあなたの一族の男性のものと明らかに一致しているし」

彼は自分の幸運が信じられなかった。今日はランプを探す手助けをしてくれるよう彼女を説得できたらと思ってきたのだ。彼女がすでにそれを持っているかもしれないという可能性に、最初は頭がくらくらしたが、やがて――彼の性格からして当然ながら――疑いを抱いた。

「いつからそれを持っているんだ？」彼はたんに興味があるというふうに、抑揚のない声で訊いた。

「手に入れたときには十五歳でしたわ」

そのあまりにひややかな言い方に、ほしい答えがすべて得られるわけではないとわかった。今はまだ。

「どのような経緯できみのものに?」と彼は訊いた。

「それは今関係ないことだと思います」と彼女は答えた。

一度にすべての答えを手に入れようとしてはだめだ。彼は自分に言い聞かせた。時間をかけるのだ。まずは彼女が本物のバーニング・ランプを持っていることをたしかめなければ。

「その工芸品はとくに興味を惹かれるものではないと言ったね」彼は言った。「それなのに、長年それを手放さなかったというのは驚きだ」

「厄介な持ち物であったのはたしかですわ」

「どうして?」彼はまだ、信じられない幸運と思われるものに落とし穴があるのではないかと探っていた。

「アメリカを旅してまわっていたときには、かさばる荷物だったから」彼女は答えた。「でも、もっと深刻な問題は、超能力をあまり持ち合わせていない人間にとってさえも、とても気に障るエネルギーをそのランプが発していることだったわ。マントルピースの上に飾っておくような代物でもないし。正直、処分できたらうれしいほどですわ。ミセス・トレヴェリアンもそう思うでしょうね」

「その女性は?」

「うちの家政婦です。超能力は持ち合わせていない人よ。少なくとも、ふつうの人以上には。でも、ランプの近くにいるだけで、不安でおちつかない気分になるみたいで。屋根裏にランプをしまいこんだのは彼女ですわ」

心に次から次へと疑問が湧いた。が、ひとつきわだった疑問があった。

「そんなに気に障るものなら、どうして処分しなかったんだ?」と彼は訊いた。

「わからないわ」アデレイドは台の上に飾られた花瓶に目を向けた。「でも、そういう超常的な古い工芸品がどういうものかはおわかりでしょう。ある種、惹きつける力があるんです。とくにわたしたちのようになんらかの超能力の持ち主にとっては。それに、さっきも言いましたけど、そのランプにドリームライトがこめられているのはまちがいありません。わたしはその種のエネルギーに慣れているんです。たんに手放せなかっただけですわ」

彼はゆっくりと息を吐き、圧倒されそうなほどの安堵《あんど》を抑えつけようと努めた。どうやらランプが見つかり、目の前の女性は役に立ってくれそうだ。しかし、アデレイド・パインが、ニコラスがランプに封じこめた危険なエネルギーをあやつれるだけ強い人間ではない可能性もある。

アデレイドが充分強い人間だとしても、もうひとつ、同様に不愉快ながら、おおいにありうる結果もある。彼女がランプのエネルギーを使って、まちがって、もしくはわざと、こちらの命を奪ってしまうかもしれないのだ。そうでなくても、故意であれ、偶然であれ、こちらの超能力を奪ってしまう可能性もある。

　最後に、小さくない可能性として、この女性が暗黒街の人間を道義的に認めず、ランプをあやつるのを断ってくることもありうる。しかし、取引を申し出てきたのは彼女だ。彼は自分に言い聞かせた。彼女のほうにも私にしてほしいことがあるのは明らかだ。そうなれば、こちらが優位に立てる。相手の望みがわかれば、思いのままに事を運ぶことは可能なのだ。

「どうやら、取引相手ということになりそうだね、ミセス・パイン」彼は言った。「きちんと自己紹介させてくれ」

　彼は超能力を弱め、通常の感覚に戻ると、はじめてはっきりと彼女に顔を見せた。

「私はグリフィン・ウィンターズ」彼は言った。「ニコラス・ウィンターズの直系の子孫だ」

「それってすごいことなんですの？」

　彼はわずかにまごついた。「必ずしもすごいとは言えないが、きみも聞いたことのある名前だと思ったんだが」

「どうしてですの？　ウィンターズというのはめずらしい名前じゃないわ」

「アーケイン・ソサエティのことは知っているだろう、ミセス・パイン？」

「ええ。両親が会員でした。父は超常的な現象の研究に情熱を燃やしている人でしたわ。わたしも生まれてすぐにソサエティの会員の家族として登録されました。でも、十五歳のときからソサエティとは関係を断っています」

「それはなぜ？」

「両親がその年に列車の事故で亡くなったんです。わたしは年若い少女のための孤児院に送られました。それやこれやでソサエティとのつながりが失われたんです」

「お悔やみを言うよ。私が両親を亡くしたのは十六のときだった」衝動的にことばが口から出ていた。そうとわかって不安になる。衝動に駆られた行動をとることなどかつてなかったからだ。何よりも、過去については、もっとも親しい仲間にすら話したことはなかった。

アデレイドはお悔やみの印に何も言わずに優美に頭を下げた。彼には一瞬、ふたりのあいだに細いつながりができたように思えた。

「そう」彼女は話をつづけた。「父は超常的なものにはなんであれ夢中だったわ。父が話していたことを多少覚えているけど、ニコラス・ウィンターズについては聞いた覚えがありません」

「ニコラス・ウィンターズは超能力を持つ錬金術師だった。シルヴェスター・ジョーンズの最初は友であり、のちに競争相手となり、最後は危険な敵となった人物だ」

「それってアーケインの創設者のジョーンズのことですの?」

「ああ。ジョーンズ同様、ニコラスも自分の超能力を強める方法を見つけることにとりつかれたようになっていた。そして、バーニング・ランプと名づけた装置を作り出したんだ。彼はなんらかの方法でそのなかに膨大なドリームライトを封じこめることに成功した。その装置を使ってさまざまな能力を手にすることが目的だった」

「あなたも祖先の轍《てつ》を踏みたいと?」また声にとがめるような響きが加わった。「正直、そういうことにはうといんですけど、父がよく、複数の能力を持つ人間はまれなだけでなく、必ず精神的に不安定になると言っていたのははっきりと覚えていますわ。ソサエティのなかには、そういう人たちを言い表すことばもあるって。古代の伝説に登場する生き物の名前だとか」

「ケルベロスだ。地獄の門を守っていた頭を三つ持つ恐ろしい犬の名前さ」

「ええ、たしかそうだったわ」彼女はぞっとした様子で言った。「まさかあなたもそういう超能力の化け物になりたいなんて思うほど理性を失っているわけじゃないですよね? もしそれが目的なら、手を貸すのは絶対にお断りですわ」

「きみは誤解しているよ、ミセス・パイン。私は正気を失った化け物の超能力者になりたいなどとはこれっぽっちも思っていない。逆にそういう運命におちいるのをどうにかして避けたいんだ」

「え?」

「きみはほんとうにアーケイン・ソサエティの歴史にうといんだね?」

「わたしはただ――」

「いいさ。このことについては私のことばを信じてくれていい。祖先の日誌によれば、私はランプと、複数の能力を持つ超能力者への変身をさまたげてくれるドリームライト・リーダーを見つけなければ、ケルベロスになる運命だそうだ」

「なんてこと。ほんとうにそんな話を信じているんですか?」

「ああ」

「でも、どうして変身するなんてことがわかるんです?」

「もうすでにその過程がはじまっているからさ」

ふいに彼が黙りこんだために、アデレイドは彼が正気を失っているのではないかと疑いはじめた。

「助けが必要なんだ、ミセス・パイン」彼は言った。「どうやら、私を助けられるのはきみしかいないようだ」

「わたしはほんとうには——」

相手が弱みを見せたことに気づいて彼は即座に攻撃に転じた。私はまるで捕食動物だなと彼は思った。その思いが目的を達する邪魔になるのを許すつもりはなかったが。

「きみのことは信頼するつもりだ」彼は静かに言った。「だからこそ、きみには顔をはっきり見せた。その見返りに頼みを聞いてくれないか?」

一瞬、断られるかと思った。彼女はまた傘の先で台をつつきながら考えこんでいる。

「あなたは見つけようと思えば、きっとまたわたしを見つけ出すことでしょうね」しばらくして言った。「だから、もうわたしもあなたに顔を見られても、かまわないわけだわ」

期待したほどはっきりした降伏とは言えなかったが、彼は言い返さなかった。彼女の言うとおりだ。きっとまた見つけ出すことはできる。

彼女が黒いヴェールを巻き上げて帽子のつばに載せると、彼は心がしめつけられる気がした。自分の未来が目の前に現れるように思えたのだ。

彼女の知的で表情豊かな顔立ちに目を惹かれた。ウィスキー色の髪の毛はきっちりと、しゃれた形のシニョンに結ってある。しかし、もっとも目を奪われたのは、そのハシバミ色の目だった。この世の闇を見てきた女の目。そうだとは思っていた。結局、この女は未亡人なのだから。加えて、アメリカの荒野で数年を過ごした。娼館を襲って、娼婦として短く辛い一生を終えるよう運命づけられた若い女たちを救う活動をしている。かなり危険な人物であるミスター・ピアースとも知り合いで、それはそれだけでも驚くべきことだ。

アデレイド・パインは怒れる社会改革者かもしれないが、その目を見れば、彼女のような上流階級の女性たちのほとんどが知らないような、この世の厳しい現実を知っていることがわかる。そういう禁断の知識は目に表れるものだ。

彼を驚かせたのは、彼女には明るく、断固とした精神も感じられたことだ。彼女も結局は、厳しい現実をまのあたりにしながらも、最後は正しく善良な者が生き残ると信じつづける、理想主義のばかな人間のひとりなのだからと彼は結論づけた。

それはまちがっていると言ってやることもできた。闇と光の闘いは永遠につづくものだ。

勝利はよくてもつかのまのもので、そのときどちらがより大きな力を使えるかによって決まる。経験から言って、闇の世界で栄える者が打ちのめされることがあっても、それは一時的なものだ。にもかかわらず、アデレイド・パインのような人間たちは、どれほど分が悪くても闘いつづけようとする。

そうした世間知らずの理想は彼には理解不能だったが、役に立つこともあるのはよくわかっていた。そういう人間はあやつりやすいものだ。

彼はまた満足の笑みを浮かべた。

「ミセス・パイン、きみは私の夢の女性だよ」

5

「あなたの夢の女性にはなりたくないと本気で思いますわ」と彼女は言った。

彼は目をわずかに細くした。アデレイドには彼のまわりのエネルギーが重く、不気味なものになった気がした。うなじの産毛が総毛立つ。

「気に障ったのかい?」彼はやさしく訊いた。

「当然ながら、あなたのドリームプリントを見れば、あなたが悪夢に悩まされているのはわかりますから」彼女は言った。「男性のもっとも暗く、もっとも不愉快な夢に登場する人間になりたいなんて、どんな女が思うんです?」

彼は目をしばたたいた。虚をついてやったのはたしかだ。やがて彼は笑みを浮かべはじめた。ゆっくりと口の端をかすかにゆがめただけの笑みだったが、彼がほんとうにおもしろいと思っているのはわかった。

「いいかい、ミセス・パイン、われわれは社会的立場も個人的な見解も異なるが、いい具合に協力し合えると思うよ」

グリフィン・ウィンターズが危険な錬金術師の直系の子孫であるのは容易に信じられた。今置かれている状況を考えれば、これほど強く惹かれるのも無理のないことよとアデレイドは自分に言い聞かせた。彼は強い超能力の持ち主というだけでなく、ほかの面でも力を持っている。結局、ロンドンの暗黒街のかなりの部分を牛耳っている人間なのだ。しかし、そういった事実も、彼を前にして感じる火花が散るような刺激的な気分の説明にはならなかった。

ハンサムな男ではなかったが、これまで出会った誰よりも魅力的な人間であるのはたしかだ。輝く危険な目は宝石のような緑色だった。ほぼ黒に近い色の髪は流行に沿って短く切りそろえられている。刻みつけたように高い頬骨、知的な広い額、鷲鼻《わしばな》、頑固そうな顎。そのすべてが自然に身についている権力者の雰囲気に合っていた。

彼からはそれ以外のものも感じられた。他人を寄せつけない孤独感。グリフィン・ウィンターズは秘密を抱え、それを誰にも明かさない人間だ。

彼が秘密の研究所にこもり、錬金術の極意を求めて炉の火をかき立てている姿は容易に想像できた。胸の奥深くに情熱を燃やしてはいるが、それは鋼の扉の奥にしっかりとしまいこまれている。グリフィン・ウィンターズは自分のそんな側面に行動を左右させたりはしない人間だ。妙に物足りない思いがアデレイドの心をよぎった。

ばかなことを考えてはだめよ。彼女は自分に言い聞かせた。この人は暗黒街の帝王なのよ。あたたかい炉辺とやさしい手を求める野良犬というわけではない。

「少なくとも、どうしてこれまでずっと、あのランプを持っていなくてはならないと思ったのか、理由はわかったわ」アデレイドは言った。「どうやら、正しい持ち主が現れるのを待っていたみたいです」

「きみが運命を信じる人間だなんて言わないでくれよ、ミセス・パイン?」

「言いません。でも、自分の直感にはそれなりに重きを置いていますの。直感で、ランプを安全に保管しておいたほうがいいと思ったんです」アデレイドは振り返って展示室を歩きはじめた。「路地でわたしの馬車が待っています。自宅はレックスフォード・スクエア、五番地です。そこで落ち合いましょう。あなたのランプをお返ししますわ、ミスター・ウィンターズ」

「それで、ランプを動かすことができる女性については?」彼はやさしく背後から訊いた。

「それはまだ交渉次第ですね」

彼は紋章もつけず、持ち主がわかるような特徴もない、目立たない黒い馬車でやってきた。彼のような職業の人間がイニシャルや家の紋章を入れた馬車を使うとは思えないけれど。アデレイドはおもしろがるように胸の内でつぶやいた。

彼女はグリフィンが馬車の扉を開けて降りる様子を応接間の窓から見守っていた。彼は一瞬足を止め、小さな公園があり、上品なタウンハウスが建ち並ぶ広場に値踏みするような目をくれた。

彼が何をしているのかはよくわかった。アメリカ西部にいたときに、ほかの人たち――保安官や、プロの賭け事師や、拳銃の名人や、無法者たち――が同じようにまわりの状況をすばやく把握するのを目にしたことがあったからだ。

グリフィン・ウィンターズに敵や競争相手が数多くいるのもまちがいない。つねに暴力の危険に身をさらして生きるのがどういうものか、思いをはせずにいられなかった。でも、その生き方を選んだのは彼自身よと、アデレイドはみずからに言い聞かせた。

グリフィンは五番地の石段をのぼり、扉を一度ノックした。

トレヴェリアン夫人の足音が廊下に響いた。家政婦はこの家に客人を迎えるというめずらしい事態に興奮した足取りで急いで玄関に向かっていた。

扉が開いた。グリフィンが玄関の間にはいってくる音が聞こえた。彼を自宅に招き入れたことで、奇妙な興奮に心が震えた。これから先もずっと、彼が近くに来るたびに感じるにちがいないおちつかない気分に襲われる。そして、彼が近くにいないときもそうなりそうだと思うとさらに心が騒いだ。博物館でのあの短い面談のあいだに、なぜか彼と心を通い合わせたかのようだった。

「ウィンターズだ」と彼は言った。「お待ちいただいているはずだが」

「ええ」トレヴェリアン夫人が言った。興奮と好奇心に満ちた声だ。「どうぞ、こちらへ。ミセス・パインは応接間にいらっしゃいます。お茶のトレイをお持ちしますわ」

アデレイドは急いで廊下に出た。「お茶はいらないわ、ミセス・トレヴェリアン。ミスター・ウィンターズは長居なさらないから。ご自分のものをとりにいらしただけよ。屋根裏にしまってあるから、わたしがご案内するわ」

「かしこまりました」トレヴェリアン夫人は驚いた顔になったが、すばやく言い返した。「屋根裏はほこりだらけですわ。きっと階下《した》にお戻りになったときにお茶がほしいと思うはずです」

「いいえ」アデレイドはきっぱりと言った。「ミスター・ウィンターズはお忙しい方なの。できるだけすぐにお帰りになりたいはずよ。わたしも今夜は劇場に行く予定があるから、あまり時間はとれないし」そう言ってグリフィンに目を向けた。「ついてきてくださったら、屋根裏へご案内しますわ、ミスター・ウィンターズ」

アデレイドは鍵束をしっかりとつかみ、スカートをつまみ上げてすばやく階段に向かった。グリフィンがあとに従った。

「きみの家政婦は客人にお茶を振る舞いたくてたまらない様子だな」彼は階段をのぼりながら言った。

「いつもわたしと通いのメイドしかいないので、かなり退屈しているんですわ」

「つまり、少人数で暮らしているわけだね？」

彼女は最初の踊り場に達し、また階段をのぼりはじめた。「ここにはわたしとミセス・トレヴェリアンだけですわ」

「ご主人が亡くなって辛い思いをしているんだろうね。お悔やみを言うよ」

「ありがとうございます。もう何年も前のことですわ」

「それでも、まだ喪服を着ている」

「感傷にひたっているのもありますけど、きっと今日博物館でお気づきだと思いますが、ヴェールが役に立つものですから」

「ああ」グリフィンは言った。「きみの趣味を考えれば、顔を隠す必要があるのはよくわかるよ」

アデレイドはそのことばは無視した。「この家に客が来ないのは、わたしが最近アメリカから戻ってきたばかりだからですわ。こちらにあまり知り合いもいないし、家族もいませんし」

「イギリスに縁故がないなら、どうして戻ってきたんだい？」

「さあ」アデレイドは正直に言った。何週間も同じ問いを自分に投げかけてきたのだった。

「言えるのは、そろそろ戻る頃合だと思ったってことだけですわ」

彼女はまた踊り場をまわりこみ、階段をのぼる足を速めた。

最後の階段をのぼるころにはあまりに速い足取りになっていたため、屋根裏に到達したときには少しばかり息が切れていた。しかし、グリフィンにはこれっぽっちも息を切らした様子はなかった。じっさい、彼がすばらしい健康状態であることは明らかだった。

新しく趣味となった活動のおかげで、ここ数週間、さまざまに服を脱ぎかけた紳士を数多く目にしてきたが、女性が二度見したくなるほどの男らしい体格に恵まれた紳士はほとんどいなかった。しかし、裸のグリフィン・ウィンターズに出くわしたとしたら、こっそりその体をのぞき見たくなる衝動に抗《あらが》えないであろうことはたしかだった。そして、隅から隅までじっくりと眺めたくなるにちがいない。

グリフィンが息を切らさずにいるのは不思議でもなんでもなかった。結局、何ポンドもの重さのある服を身につけているわけではないのだから。アデレイドもずいぶん前に、硬い骨でできたコルセットをつけることも、昨今はやりとなっている下着を何枚も重ねる着方をするのもやめていたが、しゃれたドレスを作るのに必要な何ヤードもの生地の重さはどうしようもなかった。ドレスをふくらませるために身につけるペティコートは言うにおよばず。男の服のほうがずっと着心地がよく、着ていて疲れなかった。

「きみの言うとおりだ」グリフィンは言った。声はとてもやさしかった。「十六のときからランプは目にしていないが、このエネルギーはまちがいようがない。外の廊下にいても、エネルギーの流れは感じられる」

アデレイドにも扉の下から危険なエネルギーがもれ出していることはわかった。そのドリームライトは超能力を働かせなくても感知できるほどに強かった。でも、わたしはランプのエネルギーには慣れているはずよ、と彼女は自分に言い聞かせた。十五歳のころから日々感じてきたのだから。しかし、グリフィンの超常感覚にはランプの力が衝撃を与えたようだった。

「わたしが嘘を言ったと思いました？」アデレイドは訊いた。彼に信用されていなかったのだと思うと腹が立ったが、腹を立てる理由などなかった。いつからわたしは暗黒街の帝王にどう思われるかなどを気にするようになったの？

「いや、ミセス・パイン」彼は鍵のかかった扉を見つめながら答えた。「真実を語っているときみ自身が思っていることについては疑っていなかった。しかし、きみが思いちがいをしている可能性はあると思っていた」

「そうですか」彼女は口調をやわらげた。「あまり期待を高めて、それを粉々にされたくなかったってわけね」

グリフィンはわずかに眉を上げて彼女に目を向けた。共感してくれるとはなんとも無邪気でかわいらしいとでも言うように。

「そういうことだね」彼は礼儀正しく言った。

アデレイドはせき払いをして言った。「言っておきますけど、このランプはベッド脇に置いておくような代物じゃありませんから」

「たしか、さっきはマントルピースの上に飾っておくようなものじゃないと言っていたはずだが」グリフィンはあたりさわりのない口調で言った。

アデレイドは全身がかっとほてるのを感じた。おそらく頬はピンクに染まっていることだろう。顔を赤くさせられるとは信じられなかった。しかし、ウィンターズに公平を期すならば、彼はベッドということばがふたりのあいだに鋭い剣のようにぶら下がっているのに気づかない振りをしていた。

アデレイドは鍵を鍵穴に入れて扉を開けた。どんよりと暗闇のたちこめた屋根裏が現れる。天井の低い部屋には、どんな家でも屋根裏に上げられるようながらくたや不要の品がつめこまれていた。あまった家具や、どっしりとした額にはいった古い絵画、ひびのはいった鏡、ふたつの大きなトランク。その多くは前の持ち主が残していったものだ。トランクだけがアデレイドのものだった。十三年も旅をつづけていると、あまり持ち物は多くならない。

「ランプはそのトランクのなかにはいっているわ」彼女はそう言って部屋に足を踏み入れ、トランクのひとつに顎をしゃくった。

グリフィンが彼女の脇をすり抜けて部屋にはいり、大きなトランクの前で足を止めた。アデレイドは部屋のなかにエネルギーが渦巻いているのを意識しながら彼を見守った。エネルギーのすべてがランプから発せられているわけではなかった。多くはグリフィンから発せられている。なぜかそれがひどく刺激的だった。

「ランプがあなたのものであるのはたしかですわ」彼女は言った。「疑いありません。たしかに大きな力を持つ工芸品ですけど、それがさらなる超能力をもたらすものだとあなたの祖先が考えていたというのは信じがたいことだわ」

「私は祖先の日誌を解読し、長年研究をつづけてきたが、それでも、ランプについて完全な真実を知っているわけではない」グリフィンはトランクから目を離せずにいた。「ニコラス自身、自分が何を作り出したのか、理解していたかどうかわからない。晩年は精神的にかなり不安定になっていたからね。しかし、ランプの力については疑っていなかった」

アデレイドは屋根裏部屋の奥へとさらに足を踏み入れた。「ニコラスとシルヴェスター・ジョーンズが最初は親しい友人同士で、あとには競争相手になったっておっしゃったわね」

「命を奪い合うような敵同士と言うほうがあたっている。どちらも、錬金術の研究はもちろん、自分の能力を強めたいという欲望にとりつかれて多少おかしくなっていたんだと思うね。超能力を強める秘訣を見つけたら、寿命を何十年も長くできると確信していたんだ」

「錬金術の究極の目的ね」

「そうだ。超能力が肉体の状態と緊密に結びついていると信じていたので、超能力を強めれば、体内組織のすべてを癒す効果があると思ったわけだ」

「でも、研究者によれば、超常感覚を刺激しすぎると、正気を失うことになるそうですわ」

「それはきっとアーケイン・ソサエティの専門家の意見だろうね」

「その意見にももっともなところはあるわ。刺激を与えすぎると、超能力を損なうのはもちろん、肉体的な痛みや損傷を引き起こすものです」

「いいかい、今はふたりの常軌を逸した錬金術師の話をしているんだ。どちらも、現代の科学者と同じやり方で問題に対処していたわけじゃない。シルヴェスターは化学をもって目的を達しようとしていた」

「創設者の秘薬ね。父がその話をしていたのを覚えています。でも、きっとそれもアーケイン・ソサエティの伝説のひとつにすぎないんでしょうけど」

「そうは言いきれないね」グリフィンは身をかがめてトランクの鍵をはずした。「ただ、私の祖先が単なる技術者でなかったのはわかっている。彼は水晶と金属をあつかうすべに長《た》けていた。ランプを作ったのは、そのエネルギーをもって自分の能力を高めようと思ったからだ。しかし、ランプができあがると、そのなかに封じこめたエネルギーをあやつるのに、ドリームライト・リーダーの手助けが必要であることがわかった」

「わたしのような人間ね」

「彼は手助けしてくれる女性を見つけた」グリフィンはトランクを開け、両面に据えつけられた引き出しを見つめた。「その女性の名前はエレノア・フレミング。日誌によれば、ニコラスは彼女を誘惑して三度ランプをあつかわせたらしい」

「どうして単純に対価を支払うからって言わなかったの?」

「言ったさ。ただ、彼女が求めたのは結婚だった。ニコラスは自分よりもずっと社会的地位の低い貧しい女性と結婚するつもりはなかった」

「それで、嘘をついたのね」

「ニコラスは取引に応じた。言い伝えによればね。彼女と寝て子をもうけたのはたしかだろうね。私がここにこうしているのが、言い伝えのその部分が真実である証拠さ。ただ、ふたりが性的な関係を結んだということで、アーケイン・ソサエティのなかには、ランプを働かせるためにはそういう親密なつながりが必要だと信じている人間もいる」

娼館でのあの晩の記憶がアデレイドの脳裏にありありと浮かんだ。彼女はごくりと唾を呑むと、せき払いをした。

「あなたもそんなことを信じてらっしゃるの?」と抑揚のない声で訊く。

「いや、もちろん信じてなんかいないさ」彼はおもしろがるように彼女に目を戻した。「うろたえなくていいよ、ミセス・パイン。きみの高潔な貞節を穢すつもりはないから。日誌を読んで明らかだったのは、なんらかの肉体的接触が必要だろうということだが、手を触れ合わせる以上の親密な接触はいらないと思うね」

「そう」アデレイドはそう聞いてほっとすべきだと自分に言い聞かせた。たしかに安堵はした。それはまちがいない。彼女は心の奥底でくすぶりはじめた興奮の火種を荒々しく消した。「でも、もっと親密なつながりが必要だと思っている人もいるっておっしゃるのね?」

「言い伝えというものがどういうものかはきみにもわかっているはずだ、ミセス・パイン。そういったものには、多かれ少なかれ、性的な要素が含まれているものさ」

大きな謎が解かれたのだったが、グリフィンには知るよしもないはずだった。これだけの年月が過ぎてから、ようやく十三年前のあの晩、スミスが自分と関係を持とうとしたわけがわかったのだ。スミスはランプの力を得る前に、ドリームライト・リーダーとの性的な関係が必要だと信じていたにちがいない。

アデレイドは慎重にことばを選んで疑問を口に出した。「あなたが精神的に不安定な複数の超能力を持つ人間になる危険にさらされていると確信する理由はなんですの?」

「事実さ、ミセス・パイン。これだけはたしかだが、私の不安には明確な根拠があるんだ」

「それは?」

「数週間前にもうひとつの超能力が現れたのさ」

「なんてこと。本気でおっしゃってるはずはないわ、ミスター・ウィンターズ」

「日誌が警告しているとおりに、悪夢と幻覚にも悩まされるようになった」

アデレイドは引き出しを開ける彼をじっと見つめた。今、耳にしていることが信じられなかった。「つまり、ほんとうに新しい超能力が身についたっておっしゃるの?」

「そう言っているはずだが」彼は引き出しにはいっていた古い新聞の切り抜きと色鮮やかな広告の束を興味深そうに眺めた。

「その引き出しじゃないわ」彼女は急いで言った。「その下の引き出しです。その第二の超能力ってどういうものですの？」

グリフィンは紙のつまった引き出しを閉じ、その下の引き出しを開けた。「愉快なものじゃないとだけ言っておこう」

「ミスター・ウィンターズ、今の状況から考えて、もっと詳しく説明していただいてもいいと思いますわ。影をまとう能力のことを言ってらっしゃるの？」

「ちがう。あれはもとから持っている超能力で、十代のころに現れた」彼は引き出しのなかに手を差し入れ、ヴェルヴェットに包まれたものをとり出した。「最近身についた能力は、人を悪夢につき落とす能力さ」

アデレイドは眉をひそめた。「どういう能力なのかわからないわ」

「私もさ。少なくとも完全には把握していない」彼はヴェルヴェットの袋を検分した。「理由ははっきりしているが、その能力を試してみる機会にあまり恵まれていないのでね。はっきり言えるのは、私には誰かを悪夢のなかに封じこめる能力があるということだ。悪夢にとらわれた人間が何をするかは予測不可能だ。一度その能力を使ったら、相手は倒れて息絶えたよ」

「そう」冷たいものが背筋を這《は》い上がった。この人が暗黒街の帝王であることを忘れてはだめよ。彼のような立場の人間は目的を達するためには人殺しも辞さない。くぐもった音が聞こえ、グリフィンがヴェルヴェットの袋をトランクの上に置いたのがわかった。

「私の能力の犠牲になった人間の心臓が弱かったのはたしかだ」と彼は言った。

アデレイドは最初に受けた衝撃からどうにか立ち直った。「まあ、それが大きな理由でしょうね」

「たしかに」彼の声は冷たくそっけなかった。「別の人間だったら、幻覚を見ておかしくなり、窓から飛び降りただけですんだかもしれないな」

彼は袋を結んでいる黒いひもをほどきはじめた。

「ご自分に悪夢のエネルギーを引き起こす能力がおありだと確信してらっしゃるの？」彼女は興味を覚えて訊いた。

「私自身は確信している」

「じっさい、それってとても興味深いわ」と彼女は言った。

グリフィンは肩越しに心の内の読めない目を彼女に向けた。「今も言ったとおり、私は新しい能力を使って人殺しもできるんだよ、ミセス・パイン。それなのに、きみは怖がりもしないばかりか、驚いた様子でもない。社会改革者からはもっと強い反応があると思っていたんだが」

　自分なりに彼の話を理解しようとしていたアデレイドはその皮肉っぽい口調は無視した。

「あなたがおっしゃった能力って、わたしの持つ超能力に似ているわ」と彼女は言った。

　彼はひややかな笑みを浮かべた。「その能力で人の命を奪うのが癖になっているとでも？」

「いいえ、もちろん、ちがいます。わたしにはできたとしても意識を失わせるぐらいだから。娼館の裏の路地で用心棒を失神させたみたいに。でも、超能力の本質としては似たようなものかもしれない」

「研究室で見解を述べる科学者のような口ぶりだね。今は人の命を奪う能力の話をしているんだが、ミセス・パイン」

「最後まで聞いてくださいな。ランプのエネルギーに対してわたしたちが同様の超能力を持っているということは、わたしたちのどちらもランプが持つドリームライトから力を引き出せるということですわ。ただたんに、わたしよりもあなたのほうが危険なドリームライトの領域に深く達することができるというだけで」

「たんに？」

「あなたの超能力を過小評価しているわけじゃありません」彼女は急いで言った。

「ミセス・パイン、ラットレルの用心棒をあんな深い眠りに落としたときには、その男の体に触れたのかい？」

「ええ、もちろん。そういうことができるほどのエネルギーを引き起こすには、それが唯一の方法ですから。肉体的な接触が必要なんです」

「先日の晩、私が男の命を奪ったときには、男からゆうに三、いや、おそらくは四歩ほども離れたところに立っていた。男には指一本触れなかった」

　アデレイドは驚いてはっと息を呑んだ。「それはたしかにとても強力な能力ですね。どうしてその能力が身に備わっているとわかったんです？」

「暗黒街の大物が好むとされる趣味のようなものに没頭しているときだ」

「趣味って？」

「午前二時にとある紳士の書斎で仕事をしていたんだ。その紳士は私が家のなかにいるとは知らなかったと言っておこう」

　アデレイドは鋭く息を吸った。「誰かの家に忍びこんで書斎をあさっていたとおっしゃるの？」

「驚きかい？」声にまたおもしろがるようなひややかな響きが加わった。「私のような職業の人間であっても？」

「ええ、まあ。驚くことでもないんでしょうね。ただ、暗黒街であなたほどの地位と立場の方なら、そういうささいな犯罪には手を染めないんじゃないかと思うものだわ。少なくとも、ご自分では。巨大な犯罪組織を動かしてらっしゃるわけだから。きっとそういうことを代わりにやってくれる人を雇っておいでなのでは？」

「『仕事をきちんとはたそうと思ったら、自分でやることだ』と古い言い習わしにもあるからね」

「それでも、そんな無用の危険を冒すなんて……途方もないことだわ」

「きみの言うとおりだ、ミセス・パイン。ただ、危険ということになれば、私に教えを垂れてくれる必要はない」

アデレイドはそれに対しては答えることばもなかった。

「話をつづけると――」彼は言った。「書斎をあさっている最中に家の主人ともうひとりが書斎にはいってきたんだ。窓から逃げる暇も、身を隠す場所もなかった。私は影をあやつる超能力を使って身を隠した。それから、ふたりの男のあいだで激しい言い争いが交わされるのを目撃することになった。その家の紳士が机の引き出しに手を伸ばして銃をとり出し、客を撃とうとした。それを私がさえぎったんだ」

「どうして？」とアデレイドが訊いた。

グリフィンは袋のひもをほどいた。「撃たれそうになっていたのが私の顧客だったからさ」

「顧客？　あなたの顧客？」

「彼はあることに対する答えを求めていて、私がその答えを見つけると約束をしていたのさ。いずれにしても、私は自分でも意識しないままに、銃を持った紳士に悪夢の超能力を使ったんだ。それは反射的で無意識の反応だった」

「最初に超能力が現れるときはみなそういうものだわ」アデレイドは自分がはじめて超能力を用いたときのことを思い出しながら静かに言った。

「男は悲鳴をあげた」グリフィンはひどく低い声になって言った。「聞いたこともないような悲鳴だった。刺激的な小説でよくあの世からの声と言われるような声さ。気がつくと男は床に倒れていた。息絶えて」

「あなたの顧客は？」

「当然ながら、動揺しきってその場から急いで逃げ出したよ。私の姿は目にしなかった。あとになって、その男が彼を殺そうとしたところで心臓発作を起こしたと、警察を含むみんなに話してまわった。私は彼の話を訂正する必要は感じなかった」

「ふうん」

「また科学者の声になっているね、ミセス・パイン」

「たしか、お話ししたと思うんですけど、うちの父は超能力の研究を専門としていたんです」彼女は言った。「たぶん、わたしも父の性格を多少受け継いでいるんですわ。その悪夢を引き起こす能力が新たに得たものであるのはたしかですの？」

「私のまわりの人々がはっきりした理由もなしに突然恐慌状態におちいっていたりすれば、もっと早くに気づいていたと思うけどね」

アデレイドはその皮肉っぽい言い方に気をそらされまいとした。ある考えが形をとりはじめていたので、それを逃すわけにはいかなかったからだ。

「思うんですけど――」彼女は言った。「あなたが新たに得た能力ってもともと持っていた能力と何かしらの関係があるんじゃないかしら。そうだとしたら、新たに得た能力は必ずしも第二の能力とは言えないわ。もしかしたら、もともとの能力の別の側面にすぎないのかもしれない。現れるのに時間がかかっただけで」

「さっきも言ったが、呪いのほかの兆候も出ているんだ」彼は言った。苦々しくこらえるような声だ。「起きているときに、ときおり幻覚に襲われるんだが、それにはどうにか耐えられる。しかし、眠っているときの悪夢があまりにひどくて、冷たい汗をかき、心臓がばくばくして目覚めることがある」

「そうですか」アデレイドは穏やかに言った。

暗黒街の帝王には悪夢に襲われる理由は山ほどありそうだと思ったが、悪い夢を引き起こしているのが彼の良心かもしれないということは言わないでおいた。そんな意見を聞かされても、ありがたがってくれるはずもない。幻覚に関しては、それほど簡単に説明がつかない気がした。

グリフィンはヴェルヴェットの袋の両端を下げ、中身をあらわにした。そしてしばらくことばもなくその場に立っていた。アデレイドは彼のまわりでエネルギーが渦巻くのを感じた。

「まちがいない」彼は静かに口を開いた。「本物のバーニング・ランプだ」

アデレイドはランプに近寄った。てのひらがちくちくする。このランプのことはこれまで何度もじっくり調べたが、いつ見ても魅せられ、超常感覚を揺さぶられずにいられなかった。

ランプは高さ約十八インチで、弱い明かりを受けて黄金のように輝いていた。グリフィンに言ったように、古いオイルランプというよりは金属製の花瓶のように見える。すぼまっている底の部分は錬金術の印が彫られたどっしりとした土台に据えつけられていた。横の部分は上に行くほど広がっている。くもった灰色の水晶が縁のすぐ下にぐるりとはめこまれていた。

「何を感じる?」ランプから目を離さずにグリフィンが訊いた。

「ドリームライト」彼女は答えた。「それも大量の」

「これをあつかえるかい?」

「たぶん」彼女は言った。「ただ、ひとりでは無理です。これまで何度かこのランプのエネルギーに超能力を向けたことがあるんですけど、かすかに光らせるのが精一杯でした。でも、ひとつだけ言えるのは、ほんとうにランプに火をつけたら、もう後戻りはできないかもしれないということだわ」

グリフィンはランプを手にとり、小さな屋根裏部屋の窓辺へ持っていってじっくりと眺めようとした。「どうやってともしたらいい？」

「わからないんですか？」

「若いころに何度かやってみたことがあるんだが、ともすことはできなかった。父は私に呪いがかかっていないからだと信じていた。ランプは私が十五歳のときに盗まれたんだ。これを目にするのは二十年ぶりだ」

「ニコラスの日誌は？　ランプのともし方について何か指示はなかったんですの？」

「きみが昔の錬金術師について多少なりとも知っているとしたら、彼らがみな異常なほどに秘密主義の連中だったことも知っているはずだ。ニコラスは特別な指示はほとんど遺していない。たぶん、ランプのエネルギーを利用しようとする人間は、その人自身やドリームライト・リーダーの直感に導かれるものと考えていたんだろうな」

「そうですか」

「それで、ミセス・パイン」彼は言った。「私のためにランプを使って、はじまってしまった呪いを解いてくれるか？　私を救ってくれるかい？」

アデレイドは超常感覚を開き、彼のドリームプリントを見たが、それは木の床に焼きつけられたようになっていた。この人は伝説を信じているのね。それが真実でもそうでなくても、自分がウィンターズ家の呪いを受け継いでいると確信している。

「あなたのためにランプを動かしてみるわ」と彼女は答えた。

「助かるよ」

「でも、ランプのエネルギーをあやつる前に、あなたの祖先の日誌を読みたいんですけど」

「それはそうだな。今日の夕方に持ってこよう」

「残念ながら、夕方は都合が悪いわ。今夜は友人たちと劇場に行くことになっているんです。さほど急ぐことでもないはずよ。あなたのドリームプリントからして、超常感覚が危機に瀕しているわけでもないし。明日の朝に持ってきてくださいな。それをよく調べてから、どうやって事を進めたらいいか決めるわ」

グリフィンはその多少の遅れにも不満そうだったが、反対はしなかった。

「いいだろう。たぶん、きみの言うとおりだな」彼は言った。「私の運命はきみの手にゆだねられた。その報酬はきみの言い値を払うよ」

「まあ、報酬に関しては――」アデレイドは言った。「お金はいりませんわ。わたしにもかなりの資産があるので」

「それならそれでいいが、私が恩に着ていることは覚えていてくれ。私のような立場の人間がきみのためにできることがあったら、なんでも言ってくれ」

「じつはランプのことでお手伝いする代わりにお願いしたいことがあるんです」と彼女は言った。

彼はアデレイドを見つめた。突然目の緑色がとてもあざやかになり、ドリームプリントと同じだけ熱くなった。彼の発するエネルギーがアデレイドの神経にまで押し寄せてくる。部屋の暗さが増したような気がした。

「ああ、そうだったな。きみの言っていた取引か」彼はひどくやさしい声で言った。「救ってもらう代わりに何をしたらいいんだい、ミセス・パイン？」

彼女は神経を張りつめた。「あなたの専門家としての助言がほしいわ」

またも彼が虚をつかれたのはわかった。

「何について？」今度はひどく警戒するような声だ。

アデレイドは顎をつんと上げた。こんなやり方はしないほうがよかったと直感は告げていたが、やり方を変えるつもりはなかった。

「わたしが娼館を襲う計画が予測可能なものになっていると指摘してくださったでしょう」

彼女は言った。「新たな計画が必要だわ」

「だめだ」きっぱりとにべもないひとことが発せられた。

アデレイドは自分をさえぎるように発せられたそのことばは無視した。「ミスター・ピアースが作戦を立てるあなたの能力を高く評価していましたわ。あなたほどすぐれた能力の持ち主はいないとまで言っていた」

「だめだ」

「ラットレルという人物や彼の思考回路については、わたしよりもずっと詳しいはずよ」

「だめだ」

アデレイドは背筋を伸ばした。「だから、ランプのことでお手伝いする代わりに、効果的に娼館を襲うやり方について、知恵を貸してもらいたいんです」

「ミセス・パイン、きみはきみの命をあやうくするような計画に手を貸せと言っているんだ。だめだと答えるしかない」

「少し考えてみてくださいな」アデレイドは促した。

「私は地獄に堕ちるよう運命づけられているのかもしれないが、地獄の門に達するときに、少なくともその罪に関しては良心をさいなまれていないようにしたいからね」

彼はそう言って片手にランプを持ってドアのほうへ向かった。振り向こうとはしなかった。

「ミスター・ウィンターズ」アデレイドは急いで言った。「ちょっと考えてみて。わたしの助けが必要だっておっしゃったのはあなたよ」

「ドリームライト・リーダーがひとり見つかっただけのことだ。別の人間を見つけるさ」

「ふん、そんなのはったりだわ」

「どうしてそんなに確信をもって言える？」

「わたしはアメリカ西部で十年も過ごしたのよ。かの地では賭け事が人気の遊びだったわ。

はったりをかます人がいたら、そうとわかるの。たとえドリームライト・リーダーがほかに見つかったとしても、きっとわたしほどの力は持っていないと思うわ」

「可能性にかけてみるしかないわけだ」

彼は廊下へ出た。

その可能性は非常に低い。彼にはわからなくても、アデレイドにはわかった。彼の超常感覚に起こっていることがほんとうだとしたら、彼が正気を失い、死にいたる可能性はとても高い。

「ああ、まったく」彼女は小声で言った。「わかったわ、あなたの勝ちよ。あなたのためにランプを動かすわ」

グリフィンは足を止めて振り向いた。「それで、その代償は、ミセス・パイン？」

彼女はスカートをつまみ上げてドアへ向かった。「それははっきりお答えしたはずですけど。お金はいらないわ」

彼は顎をこわばらせた。「くそっ、ミセス・パイン――」

アデレイドは彼の脇をすり抜けて廊下へ出ると、階段へ向かった。「代償は求めませんわ、ミスター・ウィンターズ。その代わり、ほかに何かしてほしいことが見つかるまで、あなたはわたしに恩を感じなきゃならないけれど」そう言って肩越しにひややかな笑みを彼に向けた。「もちろん、きっとそれも受け入れないんでしょうね。またわたしのためと言って」

彼はアデレイドのあとに従った。「きみの身に害がおよばないことであれば、どんな頼みでも聞くさ」

「恩を返してもらうのに、わたしの頼みにあなたの許しが必要だとすれば、きっとうんと長いことあなたは恩を返せないことでしょうね。少し前におっしゃった、かなりあたたかい場所に雪が降るぐらいまで」

「恩返しの方法は必ず見つけるさ、ミセス・パイン」彼は誓った。

「無理しないで。暗黒街の帝王に恩を着せたとなれば、とても気分がいいでしょうから」

「いい加減にしてくれ、ミセス・パイン。頑固で、気むずかしくて、向こう見ずで、健全な判断力に欠ける人間だと誰かに言われたことはないかい？」

「もちろん、あるわ。そういう人間だからこそ、アメリカで財産を築けたんですもの」

「それはそのとおりだろうね」彼は心から同意するように言った。

アデレイドは玄関の間にやってくると、優美な物腰で彼のために扉を開けた。

「それ以上、侮辱のことばを口に出す前に――」彼女は言った。「心に留めておいたほうがいいですわ。わたしがそういう性格だからこそ、あなたのいまいましいランプを動かそうと思えたのよ。当然ながら、暗黒街の帝王を家に招き入れようなんて考えるのは、頑固で、向こう見ずで、気むずかくて、健全な判断力に欠ける女性ぐらいですもの」

グリフィンは玄関の石段で足を止めて振り向いた。危険な苛立ちに混じってその目に表れた官能的な光がアデレイドの全身にぞくぞくするものを走らせた。彼女は息を呑んだ。

「きみはいい点をついたよ、ミセス・パイン」彼は深く考えこむような声を出した。「これからきみとやりとりする際には、それを肝に銘じておくことにする」

「ご機嫌よう、ミスター・ウィンターズ」

アデレイドはそう言って必要以上に力をこめて扉を閉めた。

6

「博物館での面談がうまくいったかどうか、訊いてもいいかな?」ピアースがウィスキーと葉巻をたしなむせいでかすれた声で訊いた。

「おもしろいことになったと言うのがせいぜいだわ」アデレイドは答えた。「ミスター・ウィンターズは控え目に言っても、予想していたとおりの人間とは言えなかったし」

彼女は黒いレースの扇を振り、重苦しくよどんだ空気をかきまわそうとした。休憩時間で、金メッキだらけの装飾過多な劇場のロビーは、優美に着飾った人々で混み合っていた。アデレイドとピアースとアダム・ハロウはシャンパンのグラスを手に入れ、壁のくぼみに避難していた。

これほどに不快なのは、大勢の観客たちと押し合いへし合いしなければならず、暖房の利きすぎたなかにいるからだとアデレイドはみずからに言い聞かせた。息がつまりそうで、神経がぴりぴりしていた。帽子から垂らした厚手のヴェールのせいで、その感覚がいっそう強くなっていた。たのしい晩になるはずだったのに、どうしてこんな悲惨なことになったのだろう。芝居が終わるのが待ちきれなかった。それでも、連れのふたりにはそんな内心の思いを精一杯見せまいとしていた。

「グリフィン・ウィンターズに関するかぎり、予想どおりになることはけっしてないからね」ピアースはシャンパンを飲み、グラスを下ろした。「だからこそ、あんな途方もない成功をおさめているんだろうが」

「彼、きみに顔をよく見せたかい?」アダム・ハロウがいつものけだるい調子で訊いた。

「ええ、じつを言うと、見せてくれたの」アデレイドは答えた。

理由もなく張りつめている気をゆるめようと、アデレイドはまたシャンパンをひと口飲んだ。グラスを下ろすと、連れのふたりが驚いた顔でじっと見つめてきているのに気がついた。どちらも感心したという妙な顔だ。

「おや、おや、おや」ピアースが小声で言った。「ほんとうに興味深い面談だったんだね。ミスター・ウィンターズの顔を見ることを許される人間はほとんどいないんだから」

「そして、生きてそれを語れる人間もね」アダムがそっけなく付け加えた。

ピアースとハロウは親友同士という以上の関係だった。ふたりのドリームプリントから、アデレイドには彼らの絆が深く、強いことがわかった。それは肉体的にも精神的にも、彼らの生活のすべての側面におよんでいた。ふたりとも男性として暮らす女性だったが、なりすまし方が非常にうまいせいか、世間でなんの疑問も抱かれることなく紳士で通っていた。

ピアースは背が低く、石像のようにがっしりとした体型だった。黒髪には白いものが混じっている。ずっと前に下町のなまりはことばから消えていたが、ロンドンのもっとも危険な界隈で得た知識は、その驚くほど鮮やかな青い目のなかにまだあった。

一方、アダム・ハロウのほうは上流階級の出だった。現代的で都会的で上品な男性そのものといった感じで、育ちのよいしゃれた放蕩者《ほうとう》として、ごく自然に優美なけだるい雰囲気をかもし出していた。ズボンとウィングカラーのシャツは最新流行のスタイルだった。明るい茶色の髪は額から後ろに撫でつけられており、適量つけられたポマードで光っていた。

ピアースはアデレイドに称賛のまなざしを向けた。「詮索《せんさく》するつもりはないんだが、ウィンターズと互いに満足のいく合意に達したのかどうか、訊いてもいいかな?」

もちろん、詮索するつもりはないのだろうとアデレイドは思った。ピアースの秘密めいた世界では、何よりも個人の秘密が尊重される。

「互いに満足のいく合意とは言えないと思う」アデレイドは言った。さらに強く扇を動かす。「でも、ある問題でミスター・ウィンターズに手を貸すことには同意したわ。将来いつか恩を返してもらうという、かなり曖昧《あいまい》な約束と引きかえに」

「そんな取引をしたなら、どうして不満そうなのかわからないな」アダムが言った。おもしろがるように目を輝かせている。「グリフィン・ウィンターズが恩に着るなんて、ささいなことじゃないからね。きみの立場になれるなら、大金を積むという人間もいるだろうさ」

「その取引の問題は、報酬としてわたしが何かを求めても、彼が認めなければお返ししてもらえないってことよ」アデレイドはまたシャンパンを飲んでグラスを下げた。「最初にお願いしたことは却下されたわ」

ピアースは眉根を寄せた。「ウィンターズらしくないな。御影石ほども頑固な男だが、約束を守る男という点でも、同じぐらい固い評判を築き上げてきたはずだ」

「たしかに」アダムもなめらかな口調で言った。「協会の会長がある人物について、その人物がアヘン関係の商売を別の地域に移さなければ消えることになるだろうと言ったとすれば、その後どうなるかには疑問をさしはさむ余地もないからね」

アデレイドはヴェール越しにアダムをにらみつけた。「わたしを怖がらせようとしているのね」

「怖がる必要はないさ」アダムはにっこりした。「きみはアヘンを売ってるわけじゃないから」

ピアースは考えこむような顔になった。「きみが頼んだことをウィンターズが断ったとすれば、それなりの理由があったにちがいない。不可能でなければ、なんでもしてくれる男だからね。不可能であっても、どうにかしてくれることもたまにあるらしいし」

「不可能なことを頼んだのかい？」とアダムが訊いた。

「いいえ、全然」アデレイドが答えた。「娼館を襲う計画を変更するための助言を求めただけよ。わたしの計画が予測できるようになってきているって指摘されたの。わたし自身も同じ結論に達していたから」

「ああ」ピアースが小声で言った。「だったら、理由はわかるな」

「どんな理由？」アデレイドが訊いた。

「娼館を襲うたびに、きみが無謀なことをしているとウィンターズにはわかっているんだ。きみがそんな危険を冒すのに彼が手を貸すはずはない」

「つまり、彼が助言した計画がうまくいかなかったら、責任を感じるからってこと？」アデレイドは訊いた。

「そうさ」ピアースが答えた。「しかし、別の理由も考えられる。ラットレルの娼館を襲う計画の黒幕がウィンターズだという噂が流れたら、休戦協定が破られてしまうからね」

アデレイドは苛立って扇を振った。「クレイゲート墓地の休戦協定のことは彼も言っていたわ。暗黒街の大物同士が結んだ協定なんて真剣に考えづらいけど」

「これだけは言っておくが、クレイゲート墓地の休戦協定のことはみなきわめて真剣に考えている」ピアースは抑揚のない口調で言った。「フォレスト・クイントンの死後数カ月にわたってくり広げられたウィンターズとラットレルの争いは、彼らのまわりで事業を展開する多くの人間にも多大な影響を与えたんだ」

「フォレスト・クイントンって？」

「ロンドンの暗黒街に君臨していた唯一無二の皇帝さ」ピアースは答えた。「ほぼ三十年ものあいだ、暗黒街を牛耳っていたんだが、何年か前に心臓発作で倒れて死んだ。その死は彼の組織を受け継いだ人間が都合よく手配したものだったともっぱらの噂だが」

「ラットレル？」とアデレイドが訊いた。

「そうだ。ラットレルはほぼ一年ものあいだ、クイントンの帝国を引き継ごうとあれこれ手を打った。しかし、まだ若く、組織を牛耳る経験が不足していた。それで、当然ながら、多くの縄張りを失ったんだ」

「失った縄張りのうち、あなたのものになったのもあるんでしょうね」

「ああ。しかし、もっとずっと多くの縄張りが、〝会長〟と名乗る新進気鋭の若い人物のものとなった」

「なるほど」アデレイドが言った。「そう、今見ているお芝居よりもずっとおもしろいお話みたいね。つづけて」

「しばらくはさほど波風も立たなかった。しかし、ラットレルはどこまでも野心家だった。自分のほうの準備が整ったとなったら、最大の競争相手を追いつめようとした」

「協会のこと？」アデレイドは訊いた。

「そうだ。ラットレルがウィンターズをつぶしていたら、次に狙われるのは私だっただろう。そうなっていたら、私にはラットレルの手下たちを打ち負かすだけの人間はかき集められなかっただろうね。私をつぶしたら、もっと小粒のやつらは簡単にやつの足もとにひれ伏したことだろう」

「結局、最後に残るのはラットレルひとりとなっただろうね」とアダムも言った。

ピアースは眉を上げた。「つまり、私はウィンターズには大きな借りがある」

「それはわかるわ」アデレイドが言った。「でも、そのおかげでわたしは彼と割に合わない取引をすることになった」

「どうかな？　いつかきみにも別件でグリフィン・ウィンターズの力を借りたいと思うことが出てくるかもしれない。彼のほうも喜んで力を貸そうと思うことがね」

アデレイドはシャンパンを飲み干し、グラスを近くのトレイの上に置いて言った。

「そんなこと、考えつかないけど」

最後の幕が降りたのはまもなく午前零時になろうとする時刻で、アデレイドには遅すぎるように思えるほどだった。彼女はすぐに家路につこうと、ピアースとアダムとともに劇場の外に出た。

芝居が終わったあとはいつものことだが、劇場の前はロビーから出てきて馬車を探す人々でごった返していた。通りには雇い主を見つけようと馬車が列をなしている。辻馬車や貸し馬車も争うように客引きをしていた。

「これから遅い夕食をとりに行くんだが――」ピアースが言った。「きみもいっしょに来るかい？」

「行きたいけど、たぶん、家に帰ったほうがいいわね」アデレイドは答えた。「帰って寝ないと。ミスター・ウィンターズが明日の朝、とんでもなく早い時間に訪ねてくるような気がするの。問題の解決にすぐにとりかかりたくてたまらないようだから」

「ウィンターズの言うことにもひとつ正しいことがあるね」ピアースが静かに言った。「娼館を襲う計画を実行に移すのは火をもてあそぶのに似ている。きみの目的は称賛すべきものかもしれないが、きみがラットレルの用心棒に殺されるようなことになれば、きみが救い出した少女たちにとってもいい結果とはならないからね。きみが喉をかっ切られたりしたら、誰が救護院や寄宿学校の資金を出すというんだい？」

このことについてまたお説教を聞かされるのだけはごめんだわ。アデレイドは胸の内でつぶやいた。

「危険なことはよくわかっているわ」と彼女は答えた。

アダムはうんざりした様子でため息をついた。「娼婦全員を救うことはできないよ。手に余ることだ。この世に貧困と絶望があるかぎり、若い女の子たちはそこから抜け出す方法を探そうとするものだ」

「そんなこと、わたしにだってわかってるって思わない?」アデレイドは小声で言った。

「娼館の襲撃はゴシップ紙にとって格好の題材だ」ピアースが言った。「でも、きみの救護院と寄宿学校の噂が街に広まれば、もっと多くの少女たちを救うこともできるかもしれない」

アデレイドは言い返したいと思ったが、相手の言うことのほうに理があるのは彼女自身にもわかっていた。おそらく、ピアースとアダムの言うとおりなのだ。運試しをしすぎたのかもしれない。

「そのことについては少し考えてみるわ」彼女は約束した。

ピアースは満足してうなずいた。「きみの御者がきみに気づいたようだ。通りの向こうで狂ったように手を振っているよ。では、おやすみ」

アデレイドがピアースが指し示したほうへ目を向けると、その晩のために雇った御者と馬車が見えた。

「おやすみなさい」彼女はそう言ってマントを体に巻きつけると、すばやく人ごみをかき分けて進んだ。

ようやく劇場の前から離れると、その晩ずっとつきまとって離れなかった、人ごみのせいで神経をすり減らすような感覚が薄れるかと思ったが、その感覚はそれまで以上に強くなった。ここがアメリカ西部だったとしたら、肩越しに振り返ってクーガーやガラガラヘビや銃を持った人間がいないかとたしかめていたことだろう。しかし、ここはロンドンで、まわりにいるのは着飾った上流階級の人々だ。ロンドンでは上流階級の人間が銃を持ち歩くことはない。もちろん、自分は別だったが。

おそらく、今感じている不安はグリフィン・ウィンターズのためにバーニング・ランプをあやつると約束したことと結びついているのだろう。それが双方にとって危険な試みになるのはまちがいないのだから。失敗したら大変なことになると直感が告げていた。

正気なら、断っていたことだろうとアデレイドは胸の内でつぶやいた。彼に別のドリームライト・リーダーを探させればいいだけのこと。

ただ、自分ほどうまくドリームライトをあやつり、制御できる人間はほかにいないだろうと彼に言ったことばはほんとうだった。ランプをあやつれるほかの誰かを探せと言って彼を追い払うことは、待ち受ける運命に彼をおとしめるに等しいことになったはずだ。

彼にもそれはわかっていた。それでも、彼はこちらが出した条件を呑もうとせず、屋根裏部屋から歩み去ろうとしたのだ。その雄々しい性格は称賛に値する。たとえ根が悪党であったとしても。ああいった状況において気高い振る舞いのできない似非《えせ》紳士にはいやというほど遭遇していた。

くだらない。うっとりと想像にひたっているわけにはいかないのだ。グリフィン・ウィンターズが屋根裏部屋から歩み去ろうとしたのは、気高い人格ゆえではない。こっちがはったりをかましているのを見破ったからにすぎない。

それならそれでいいわとアデレイドは思った。これからは彼の思いのままにはさせない。約束どおり、ランプをあやつりはするが、またうまく同情心を利用させることはしない。何よりも、自分が彼に惹かれていることを気づかせてはならない。そうとわかれば、情け容赦なくそれを利用する人間だろうから。

アデレイドはにぎやかにおしゃべりしながら馬車を待つ年輩の婦人たちをかき分けて、道を渡りはじめた。不安感がどんどん募っていく。大勢人がいるなかで超能力を用いることはめったになかった。ひとつには、こういうおおやけの場所では、道端に心乱すようなドリームプリントが積み重なっているものだからだ。さらには、誰かに触れてしまう危険もあった。そうなると、不愉快なドリームライトのエネルギーを思いきり浴びることになる。ラットレルの用心棒との遭遇からもまだすっかり立ち直ってはいなかった。今何よりも避けたいのは、ほかの誰かの夢を浴びることだ。

気を張りつめすぎていたため、目の端でかすかに動くものをとらえたときには、悲鳴をあげそうになった。マントをひるがえしてくるりと振り返り、脅威を感じたものに直面する。

馬車の馬のそばに立っていた少年が謝るように頭を下げた。

「すみません、奥様」彼は言った。「驚かすつもりはなかったんです。馬を静かにさせようとしただけで。この年寄りのベンはまわりに人が多いとぴりぴりしてしまって」

「わたしも年寄りのベンと同じだわ」と彼女は答えた。

少年はにやりとした。「すりに気をつけてくださいよ。こういう人の多い場所には必ずいますから」

「ご忠告ありがとう」アデレイドはにっこりした。少年にはヴェールの下の彼女の顔は見えないはずだったが。彼女は振り返ると、また自分の馬車のほうへ向かった。

今や直感が大声で警告を発していた。アデレイドはそれに抗うのをやめて超能力を使った。歩道が不気味なドリームライトや長年にわたって積み重なったドリームプリントの残滓《ざんし》が発する奇妙な影に彩られた。馬車の側面でも冷たい色のドリームプリントが光っている。アデレイドはより新しく、心乱すドリームプリントに神経を集中させた。

恐ろしい作業だった。超常感覚を全開にすると、まわりでエネルギーが沸き立った。欲望や怒りや痛みや恐怖や不安を表すドリームプリントが光っている。何よりも厄介なのは、強い怒りを表すドリームプリントだった。独特の超能力を用いてそれを見ると、世間や人間について、見たくないほどのことがわかるのだ。

アデレイドはゆがんだ怒りのエネルギーを表すドリームプリントにとくに注意を払った。それは通りの反対側にいるシルクハットと長く黒い外套《がいとう》を身につけた男が残したものだ。男は手袋をはめた手に杖をにぎっていた。アデレイドは身震いした。その男がささいな怒りで杖をふるう人間であるとわかったからだ。

男は辻馬車に乗りこんだ。小さな馬車はすぐに出発し、怒りに満ちた乗客を夜の闇のなかへと連れ去った。アデレイドはほっと安堵の息をついた。

今はこれ以上ドリームプリントを読むのはやめよう。今夜のために雇った馬車の御者が御者台から飛び降りて扉を開けてくれた。アデレイドには見苦しく駆け出さずにいるのが精一杯だった。

安全な馬車へと到達するのに注意を集中させていたせいで、不自然な人影が近づいてくるのに気づいたのは、その男の腕が腰にまわされたときだった。すばやく強い力で歩道になぎ倒されたため、悲鳴をあげる暇すらないほどだった。

次に気づいたときには、あおむけに倒れていた。男の重い体が上に乗っている。超常感覚は大きく開いたままだった。きっとおぞましいエネルギーがぶつかってくると思って無意識に身がまえたが、何も襲ってはこなかった。

すぐに制御された熱いエネルギーの流れが誰のものかわかる。

「ミスター・ウィンターズ」

闇夜のどこかで銃がとどろいた。グリフィンの体が激しく震えた。劇場にやってくる上流階級の人間は誰も銃を持っていないなど、愚かな思いこみだった。

闇夜をつんざく悲鳴や叫びが聞こえてくる。馬が恐怖にいないた。道を駆ける蹄《ひづめ》の音や馬車の車輪ががたごという音が聞こえた。

アデレイドは全身を貫いた冷たいエネルギーに呆然《ぼうぜん》となった。これはわたしのエネルギーではない。

「グリフィン」彼女は息を呑んだ。「あなた、撃たれたのね」

「社会改革者とは――」グリフィンは小声で言った。「やっかいな連中だ」

7

左肩が死ぬほど冷たかった。もっと向こう見ずだった若いころにも銃で撃たれたことはあった。そのころには、二十代はじめの男がみなそうであるように、自分が不死身だと思っていたのだ。そのとき撃たれたことでいくつか学んだことがあったが、そのひとつは、自分が不死身ではないということだった。もうひとつは、今は傷も妙に冷たく感じられるが、すぐに焼けつくような激痛が襲ってくるということだった。そうなる前にしなければならないことがある。

グリフィンはアデレイドを見下ろした。彼女は彼に組み敷かれ、スカートとペティコートとヴェルヴェットのマントにうもれて倒れている。帽子とヴェールが脱げ、留めていたピンもはずれて髪が垂れている。近くにある馬車のランプがそのぎょっとした顔を斜めから照らし出していた。暗い目には不安の色が濃い。ふたりのまわりではエネルギーが燃え立っていた。自分と彼女の両方のエネルギーだ。

その揺らめくような奇妙な一瞬、グリフィンにはふたりのエネルギーがからみ合うように思われた。その親密な感覚――そうとしか言いようがない――はこれまで経験したことがないほどのものだった。恋人と抱き合っているときですらも。

おそらく、撃たれた衝撃のせいだな。彼は胸の内でつぶやいた。もしくは、また幻覚を見ているのかもしれない。

「ミスター・ウィンターズ」彼女がさっきよりも厳しい声で言った。「よく聞いて。どこを撃たれたの？」

「肩だと思う」左腕の感覚がなくなっていた。彼はどうにか立ち上がると、彼女を引っ張り起こそうとけがをしていないほうの手を差し出した。劇場前の通りは大騒ぎになっており、誰も彼女には気づいていないようだったが、グリフィンはどんな危険も冒すつもりはなかった。彼女にマントのフードを頭からかぶせると、影のエネルギーを使って自分の顔を隠した。

「こっちだ」彼はそうきっぱり言うと、彼女の手をつかんで自分の馬車へと引っ張った。

ありがたいことに、彼女は言い争うことも質問を発することもしなかった。後ろ足で立つ馬や怯《おび》えた女や叫び声をあげる男たちのあいだを縫うようにして進む。馬車に着くと、ジェッドが扉を開けて踏み台を下ろしていてくれた。

「何があったんです、ボス？」ジェッドが訊いた。「銃声がしましたよ。ボスとこちらのご婦人は大丈夫ですか？」

アデレイドは扉からなかへはいろうとしたところでジェッドを振り返った。「ミスター・ウィンターズが撃たれたの。すぐにお医者様が必要だわ」

「ほんとうですか？」ジェッドが警戒するように言った。「けがをしたんですか、ボス？」

「悪いときに悪い場所に居合わせただけのことだ」グリフィンはアデレイドを馬車のなかに押しこんで自分もつづいて乗りこんだ。「こちらのご婦人は大丈夫だ。私には医者がいるが。修道院に戻ってくれ」

「了解」

「まず、ミスター・ウィンターズの外套を脱がせるのに手を貸して」アデレイドがジェッドに言った。それはお願いではなく命令だった。「出血の具合を見なければ」そう言ってドレスのスカートをまくり上げると、モスリンのペティコートを大きく破りとった。

ジェッドはどちらの命令に従っていいかわからずにためらった。

グリフィンはアデレイドと向かい合う席に腰を下ろし、目を閉じて座席のクッションに身をあずけた。馬車の内部がぐるぐるとまわりはじめた。

「修道院だ、ジェッド」

「あなたはショック状態におちいりかけているんですわ」アデレイドが言った。「すぐに傷の手当てをさせてもらわなくては」

細めた目で彼女を見ながらグリフィンは言った。「きみをここから離れさせたいんだ。銃を撃ったやつがまた発砲しようと近くに残っているかもしれないからね」

アデレイドは窓にちらりと目を向けた。「あなたを撃った男の痕跡はここから通りの先へとつながっているわ。逃げていったからよ。今のところは撃たれる危険はないわ」

その驚くべき情報を理解するのに、グリフィンは必死で注意を集中させなければならなかった。「足跡が見えるというのか?」

「ドリームライトのエネルギーの残滓が見えるのよ。とても熱いエネルギーだわ。殺人を犯そうとした人間だと考えれば、驚くことでもないけれど」

「くそ野郎め」彼はささやいた。「そいつの痕跡をもう一度見たら、同じものかどうかわかるかい?」

「ええ、わかるわ。ドリームプリントは人によって独特ですもの。でも、今はわたしの能力について話し合っている暇はないわ。あなたの出血の程度を見なくては。ジェッド、手を貸してくださいな」

「了解」

グリフィンは自分に言い争う力が残っていないことを知った。よい兆しではない。

ジェッドが小さな馬車のなかにはいってきて仕事にとりかかった。彼がアデレイドといっしょに外套の前を開けて一方の肩からはずしかけると、グリフィンは全身に走った痛みに呑みこまれそうになった。ふたたび目を閉じ、奥歯を噛《か》みしめてうめき声を押し殺す。

「撃ったやつの見当はついているんですか、ボス？」ジェッドができるだけそっと外套を脱がせようとしながら訊いた。

「いや」グリフィンはまた鋭く息を吸った。

「疑わしいやつはいくらでもいますからね」ジェッドがうなるように言った。「長年のあいだに敵も数多くできましたから。でも、いちばん疑わしいのはラットレルでしょう。やつはどうやら休戦協定を破ることにしたようだ」

グリフィンはそれに答えようとしたが、そこでアデレイドが近くに身を寄せた。指で額にさわる。痛みは波のように襲ってきたが、彼女の手が肌に触れる感触はとても気持ちよかった。癒しのエネルギーが感覚をやわらげてくれるのだ。

「痛みのせいでショック症状がひどくなっているわ」アデレイドがさらに近くに身を寄せて言った。「そのせいで体と感覚がさらなる圧迫を受けているんです。これからわたしがやろうとしていること、きっとお許しにならないわね」

グリフィンは半分目を開けた。「いったいなんの話をしている？」

「体の力を抜いていてくださいな」

エネルギーが明るく脈打ち出した。

グリフィンは手を上げ、彼女の手をつかんでずっとその手につかまっていたかった。脈打つエネルギーが力を増し、痛みのない世界へと彼をいざなった。しかし、闇に包まれる前に、しておかなければならないことがある。

「ジェッド」と彼は言った。目を開けることもできない気がした。「ミセス・パインはいっしょに修道院に来てくださる。そのままずっといてもらうんだ、わかったか？」

「ええ、ボス」ジェッドは答え、血に濡れたリネンのシャツの前を開いた。

「いったいどういうこと、ミスター・ウィンターズ？」アデレイドが訊いた。グリフィンの額から指を離し、傷を指で押す。「わたしの意に反して監禁しておくことはできないわよ」

グリフィンはそのことばは無視した。「ジェッド、昼夜ずっとこの人に見張りをつけるようほかの連中に伝えてくれ」

「あなたは幻覚を見ているのよ、ミスター・ウィンターズ」アデレイドが言った。「最近そういう問題を抱えているっておっしゃったでしょう」

「銃を撃った男は私を狙ったわけじゃなかった」彼はジェッドに言った。「そいつはミセス・パインを殺そうとしたんだ。私が目を覚まさなかったら、スコットランド・ヤードのスペラー警部に連絡してくれ。彼にはいくつか恩を売ってある。どうすればいいかわかるはずだ。それまでは、このご婦人に二十四時間警備をつけてもらいたい。わかったか？」

「わかりました」とジェッドが答えた。

「なんてこと」アデレイドは驚愕《きょうがく》してささやいた。「あなたはわたしを狙って発射された銃弾を受けたのね」

彼女はグリフィンの肩から手を離し、その手をまた額にあてた。指先は蝶のように軽かったが、彼の血で赤く染まっていた。

グリフィンは眠りに落ちた。

8

暗闇から夢が湧き起こってくる。熱病にかかったように熱く、氷河のように冷たい夢。はじまりはいつもと同じだ。階段の下で……

〝私は自分を待ちかまえている恐怖へ向かってゆっくりと階段をのぼる。この家から逃れるなら、魂も含め、何を差し出してもいい。しかし、そんなことをしても、これから明らかになる現実を変えることにならないのはわかっている。

階上《うえ》の静けさが、この十六年のあいだに経験した何よりも大きな恐怖を呼び起こす。古い家がこれほどの静けさに包まれることなどない。かつてはあたたかく明るかった家が、今は墓場になったかのようだ。

踊り場に着くと、両親の寝室の閉ざされた扉へと廊下を渡る。階上に来て家のなかの暗さが増した気がし、恐怖に脈が速くなる。外は夕方だったが、この階は夜の闇に包まれている。

寝室の扉のところまで来ると、踵《きびす》を返して日の光のなかへ逃げ出そうかとまた考える。しかし、恐怖に支配されるわけにはいかない。扉の向こうで自分を待ちかまえているものから逃げ出すことは裏切り行為となるのだから。

扉に鍵はかかっていない。私は神経をおちつけようとし、扉を開ける。

ベッドへ目を向けたくはないが、ほかに目を転じるものなどない。白いシーツは血に染まっている。青白い片腕がマットレスの端からだらりと垂れている。

遅すぎた。いつも遅すぎるのだ。

私は無慈悲な世界への怒りと絶望と自分の無力さに口を開いて叫び声をあげようと……〟

「おちついて、ミスター・ウィンターズ。また夢を見ているのよ。前と同じように夢のエネルギーをゆるめてあげるから、また眠って」

そのやさしい声は前にも聞いたことがあった。今はその声が信じられた。夢の情景は霧散し、十六歳のころからついぞ感じたことがないほどの安らかな気持ちになる。

グリフィンは深く心癒される眠りへと戻っていった。

9

「きっとよくなるわ」ルシンダ・ジョーンズが言った。「差し上げた軟膏は傷が閉じるまで、感染症を引き起こさないようにするものだから。一日に二度必ず塗るようにしてくださいな。治りを早くする煎じ薬の作り方も書き置いていきますね。一日に二杯、朝と晩に飲ませるようにしてください」

「ありがとうございます、ミセス・ジョーンズ」

アデレイドはそう言って広いベッド越しにルシンダにほほ笑みかけた。グリフィンはまた眠っていた。長い夜のあいだ、何度も押し寄せてきた悪夢のエネルギーは感じられなかった。彼は枕に身をあずけて目を閉じていたが、乾いた汗のせいで黒髪が額に貼りついている。上半身裸で、肩に巻いた包帯は替えたばかりだった。包帯の下の傷にはルシンダが用意してくれた軟膏がたっぷり塗られていた。

医者が帰ってすぐに、アデレイドは結婚したばかりのミセス・ジョーンズに使いを送り、相談したいことがあるので朝できるだけ早い時間に来てほしいと頼んだのだった。返事があるかどうかはまったく確信が持てなかったが、ほかに頼る相手を思いつかなかったのだ。傷を縫い合わせてくれた医者は感染についての彼女の心配を一笑に付した。悪い人ではないし、針と糸の使い方は心得ているけれど、古いタイプの医者だわとアデレイドは思った。現代的な医学の知識に関しては頼りにならない。

「こんな朝早く、こんなひどい天気のときに来てくださるなんて、とてもありがたいですわ」アデレイドは言った。「どれほど感謝しているか、ことばでは言い尽くせないほどです。弾丸《たま》をとり除いてくれた医者に、傷を徹底的に消毒するようには言ったんですけど、こういうけがは前にも見たことがあったので。どういうことになりうるかわかっていたものですから」

「用心しようと思ったのは賢明でしたわ」ルシンダは持ってきた鞄《かばん》を閉めてバックルを留めた。「わたしの経験から言って、感染症は傷そのものよりも命にかかわることが多いものです。でも、この方はきっといい具合に回復されると思いますわ」

「そうおっしゃっていただいて、ほっとしました。こういうことについてはあなたが専門知識を豊富にお持ちだとうちの家政婦から聞いたんです」

ルシンダはグリフィンをじっと見つめた。眼鏡のレンズの奥の目が興味深そうにきらりと光った。

「正直、この方がこれほど静かに眠ってらっしゃるのは驚きですわ」彼女は言った。「まるでアヘンでも与えられたかのように。でも、ケシの化合物を摂取した痕跡はありませんね」

「わたしは痛みに対処する能力を多少持ち合わせているものですから」アデレイドが説明した。

ルシンダは驚きもせずにうなずいた。「ええ、あなたが超能力をお持ちであることはわかります、ミセス・パイン。ミスター・ウィンターズのことはそれほど心配いりません。とても強い体の持ち主であるのはたしかですから」

アデレイドはグリフィンの広い裸の胸を見下ろした。ルシンダも同様だった。ふたりがグリフィンのたくましい体を見ているあいだ、しばしの間《ま》があいた。

「ええ、たしかに」アデレイドが口を開いた。「とても強い体」それからせき払いして急いでシーツを引き上げ、グリフィンの胸を覆った。

ルシンダはほほ笑んだ。「それでも、目が覚めたら、かなりの痛みを感じるのはまちがいありません。そうなると、男性ってとても不機嫌になるものですわ」ルシンダはまた鞄を開け、別の包みをとり出した。「そうなったときに備えて、痛み止めを置いていきましょう。お茶かあたたかいミルクにスプーン一杯混ぜてください」

「ありがとうございます」

ルシンダはまたバックルを留め、鞄を片手に持った。「それでは、そろそろおいとましなくては」

「お帰りになる前にお茶を一杯いかがです?」

「残念ながら、遠慮させていただかなければなりませんわ。夫が馬車のなかで待っているんです。今朝は別の約束があって。スコットランド・ヤードのスペラー警部が夫に相談があるそうなんです」

「そうですか。外までお送りしますわ」

ふたりは寝室を出て階段を降り、大きな家の玄関の間へ向かった。

「もう一度、お礼を言わせてくださいな、ミセス・ジョーンズ」とアデレイドが言った。

「お礼なんて。お力になれてうれしいわ」ルシンダが言った。「でも、わたしに使いを送るのを躊躇《ちゅうちょ》なさらなかったのは驚きだと言わざるをえませんね。新聞に書かれていることから、わたしが人に毒を盛る趣味があると信じている人がほとんどですから。わたしが薬草に詳しいと、どうやってお知りになったんです?」

「新聞に書き立てられたことなら、わたしにもありますわ、ミセス・ジョーンズ。それが評判にどんな影響をおよぼすものかも、よくわかっています。あなたが薬を調合する能力を持ってらっしゃると知ったのは、家政婦のおかげです」

「それで、その家政婦とはどなた?」

「ミセス・トレヴェリアンという女性です。あなたの家の家政婦と知り合いだそうで」

「ミセス・シュートと?」

「そう、たしか、そんなお名前でしたわ。ふたりは何年も前に家政婦の仕事をはじめたころからの知り合いだそうです。家政婦の世界は狭いものですから。ほかの社交の輪と同様、噂はすぐに広まるものです。自分の友人は紳士に毒を盛ってまわるような人のもとで働いたりしないと、ミセス・トレヴェリアンが請け合ってくれました」

ルシンダは忍び笑いをもらした。「言いかえれば、うちの家政婦がすばらしい推薦状を書いてくれたも同然ということですね。それについてお礼を言うのを忘れないようにしないと」

「お会いできて光栄でしたわ、ミセス・ジョーンズ。それから、ご結婚なさったばかりだそうで、おめでとうございます」

「ありがとうございます」ルシンダは少しばかり驚いた顔になった。「あなたもたぶん、アーケイン・ソサエティの会員なんですね?」

「両親が会員でしたが、ずっと前に亡くなりました。わたしはここ数年はアメリカで暮らしていて、ソサエティとはつながりを断っていたんですけど、ジョーンズ家のことは小さいころ、よく聞かされていました。新聞にあなたとミスター・ケイレブ・ジョーンズとの結婚の広告が載ったときに、ジョーンズという名前を見て、アーケイン・ソサエティとつながりがあるにちがいないと思いました。そのときに、古くからの友人があなたの家の家政婦をしているとミセス・トレヴェリアンが教えてくれたんです」

「ソサエティとのつながりを断ってらっしゃったとしたら、ミスター・ジョーンズとわたしが最近、超常的な問題を調査する会社を立ち上げたことはご存じないかもしれませんね。名刺を差し上げますわ」

ルシンダは優美なスカートの襞《ひだ》に隠されたポケットに手をつっこみ、厚紙の名刺をとり出した。

アデレイドはそれを受けとり、黒いインクのきれいな文字でプリントされた会社の名前に目を走らせた。

「ジョーンズ・アンド・ジョーンズ」と声に出して読む。

「調査を依頼したいことがあったら、わたしたちの事務所にお知らせくださいな。ジョーンズ・アンド・ジョーンズは秘密厳守に自信を持っております」

「それはすばらしい情報ですわ、ミセス・ジョーンズ」

アデレイドは喉もとからすねまでを覆う糊《のり》のきいた白いエプロンのポケットにもらった名刺をすべりこませた。エプロンの下には、洗い立ての地味な昼用のドレスを身につけていた。修道院に到着してすぐに、トレヴェリアン夫人を連れてくるようにジェッドを使いに出したのだった。家政婦として有能なところを見せようと、トレヴェリアン夫人は着替えや身支度用品をトランクに急いでつめてくれた。トランクにはシルクのシーツとアデレイドのシルクのネグリジェも入れられていた。

トレヴェリアン夫人はシルクのシーツについて疑問を発したことはなかった。アデレイドがシルクのみに包まれて眠る習慣があることを単なる奇癖だと思っているにちがいない。じつのところ、アデレイドに関するかぎり、それは必要に迫られてのことだった。ほかの人々の夢や悪夢が発する心乱されるエネルギーが長年のあいだにベッドやマットレスにしみこんでいて、彼女のような独特の能力を持つ人間にとっては、眠ることが不可能となってしまうのだ。そうした不愉快な古いドリームライトの残滓に対し、シルクが防壁となってくれることをずっと前に学んだのだった。

雇い主から頼まれた用事をすませると、トレヴェリアン夫人はすぐに厨房へと向かい、家事をとりしきり出した。彼女がアデレイドに報告したことによれば、最初はデルバートという大男が多少抵抗したということだった。しかし、彼もほかの用心棒たちも、あたたかい朝食と強いコーヒーのかぐわしい香りが厨房からただよい出すやいなや、降参したのだった。

「男というものは、おいしい食事にはいい反応を見せるものですからね」トレヴェリアン夫人はアデレイドに説明した。「わたしの経験から言って、男たちは恋人よりもいい料理人に忠実なものです」

そのデルバートが階段の下でルシンダのマントを持って待っていた。彼はその大きな体を外套に包んでいたが、肩掛けのホルスターに大きな拳銃を携えているのは隠しきれていなかった。ルシンダが銃のふくらみに気づいていたとしても、礼儀正しい彼女がそれについて疑問を発することはなかった。

デルバートは女性がマントをはおるのに手を貸す仕事には慣れていないようだった。長くゆったりとした上質のウールのマントをあつかうのに手間取り、うまくルシンダの肩にはおらせることができずに顔を真っ赤にしている。しかし、ジョーンズ夫人はそれに気づいた様子もなかった。

「ありがとう」と彼女は礼儀正しく言った。

「どういたしまして」デルバートはさらに赤くなった。

外に出ると、雨がしとしとと降りつづいていた。ルシンダが石段を降りて待っている馬車へと向かうのに、デルバートが大きな傘をさしかけて連れ添うのをアデレイドは玄関から見守っていた。雨が降っているせいで、馬車の窓はしっかりと閉じられている。

ルシンダが近づくと、馬車の扉が開いた。襟を立てた外套に身を包み、浅い帽子をかぶった男性が踏み台を蹴《け》り下ろして外に出てきた。篠《しの》つく雨と、帽子と、外套と、デルバートの広い背中と、動く傘が視界をさえぎり、紳士の顔ははっきりとは見えなかった。それでも、そこに現れたのがジョーンズ・アンド・ジョーンズの片割れであることはたしかだった。

ルシンダが馬車に乗りこむのにケイレブ・ジョーンズが手を貸す様子には、どことなく親密なものが感じられた。その様子を見れば、多くのことがわかる。ミスター・ジョーンズは妻にぞっこんなのねとアデレイドは胸の内でつぶやいた。そして妻のほうも夫に夢中だ。

扉が閉まり、雨のなか、馬車が動き出した。アデレイドは超常感覚を開き、ジョーンズ夫妻が歩道に残したドリームプリントを見た。熱いエネルギーが雨のなかで燃えていた。

デルバートは石段をのぼり、傘を振ってしずくを払うと、玄関の間へ戻った。彼は扉を閉めて、アデレイドに目を向けた。大きな顔を不安にゆがめ、険しい顔となっている。

「ボスはほんとうに大丈夫ですかね？」と彼は訊いた。

「ええ」とアデレイドは答えた。ほかのふたりの用心棒、ジェッドとレギットも玄関の間の暗がりで耳をそばだてているのはわかった。「ジェッドとわたしですばやく出血を止めたし、呼ばれたお医者様もとても腕の立つ人のようだったから」

「腕が立ってよかったですよ。ボスには借りがあるんだから。ほんとうです」

「そうなの。大丈夫よ、ミセス・ジョーンズをお呼びしたのは、たんに感染症を防ぐためだから」

「わかりました」デルバートは階段の上に目をやってためらった。「ただ、ボスがあまりにぐっすり眠っているものでね。ちっとばかり心配になっちまったんですよ」

「どうして？　今はぐっすり眠る必要があるわ」

「それが……ボスはしばらくあまりよく眠れていなかったんです。今みたいにぐっすり眠っているのが少し異常な気がしましてね」

「すぐに目を覚ますわ」アデレイドは請け合った。「目を覚ましたら、何か栄養のあるスープを飲ませる必要があるわね。ミセス・トレヴェリアンに一時間ほどしたら食事を運んでくれるよう頼んでちょうだい」

デルバートは顔をしかめた。「一時間でボスが目を覚ますとどうしてわかるんです?」

「わたしの言うことを信用して」

アデレイドはスカートをつまむと、階段を駆けのぼった。グリフィンの用心棒たちに、自分とトレヴェリアン夫人が彼らのボスを殺そうとしているのかもしれないと疑われるのだけは避けたかった。

10

ケイレブはルシンダがマントのフードを下ろすのを見守っていた。彼女のエネルギーは自分の超常感覚への刺激剤となる。この驚くべき女性と自分が結婚していることがいまだに信じられなかった。

「どうやら、予想とちがってすぐに家から放り出されることはなかったようだね」彼は言った。「ウィンターズのけがはだいぶ悪いにちがいないな。ジョーンズという名前の女性に治療を許すなど」

「ミスター・ウィンターズはわたしが呼ばれたことも知らないわ」ルシンダが言った。「わたしが家にいるあいだには目を覚まさなかったもの」

ケイレブは小さく口笛を吹いた。「そうか、だからきみが玄関を突破できたわけだ。目が覚めて、きみの治療を受けたとわかったら、なんて言うかな」ケイレブはそこで一瞬ことばを止めた。「もちろん、彼が目を覚ますと仮定しての話だが。けがの程度は重いのか?」

「もっと重くなってもおかしくなかったはずよ。ミスター・ウィンターズは肩を撃たれたの。でも、ミセス・パインがすばやく応急手当してくれたおかげで、出血はそれほど多くなく、ショック状態にもおちいらなかったようね。こういう場合は必ずそうだけど、いちばんの危険は感染症よ。だから、わたしが呼ばれたの。ミスター・ウィンターズはいい看護人がいて幸運だわ。ミセス・パインは病室を衛生的に清潔に保つことについて、現代的な認識を持っているようだから」

「彼を撃った人間について何か手がかりは？」

「いいえ。それについては深く追及しないほうがいいと思って」ルシンダは答えた。「でも、あの家が警戒態勢を敷いているのはたしかよ。なかに三人の男性がいたわ。アメリカ式の拳銃を外套の下に隠し持っていた。二頭のとても大きな犬もいたし」

「あの家に武器を持った用心棒がいたとしても、驚くにはあたらないな。協会の会長であるウィンターズには敵も多い。昨晩はそのうちの誰が彼を撃ったんだろう？」

「ジョーンズ・アンド・ジョーンズがひそかに調査すべき案件だってこと？」

「依頼はされないと思うね。ウィンターズは別世界の人間なんだ、ルシンダ」

「つまり、裏社会ってことね」

「われわれの社会と同じく、裏社会にもそれなりの決まりがある。彼の世界におけるウィンターズの人脈はわれわれよりずっと幅広い。襲撃者の身もとを知るのにわれわれの手助けはいらないだろうし、歓迎もされないさ」

ルシンダはじっと夫を見つめた。「自分を殺そうとした人間の身もとがわかったら、ミスター・ウィンターズはどうするかしら?」

「その暗殺者は静かに姿を消すことになるだろうね。これだけは言えるが、それについて、協会の会長につながるような証拠もまったく残らないだろう。ウィンターズはひそかに事を運ぶのに非常にすぐれている人間だ。スコットランド・ヤードも彼には手出しできない。たぶん、スペラーも彼にはひとつふたつ恩があるだろうし」

ルシンダは身を震わせた。「ミスター・ウィンターズはとても危険な人物なのね」

「そうだ。そしておそらくはさらに危険な人間になろうとしている」

「彼のこと、よくご存じなの?」

「そう、うちの一族とは大昔の因縁で結びついているからね。ただ、ウィンターズ家とジョーンズ家は代々互いに接触を避けてきた。私もグリフィン・ウィンターズには会ったことがない。彼はウィンターズ一族の血を引く最後の人間だ。彼が結婚して息子をもうけなければ、バーニング・ランプの伝説も彼とともについえることだろう」

「それほど若い人じゃないわ」ルシンダが言った。「たぶん、三十代半ばぐらい。結婚していないとは驚きね。その年の男性は結婚している人がほとんどなのに」

「一時期妻がいたこともあった。出産のときに命を落としたんだ。彼の妻が彼が誰よりも信頼していた男と情事を結んでいたという憶測が裏社会に広がったこともあった。なんともあさましい話さ。彼女と赤ん坊が命を落とすと、愛人は姿を消した。ひそかに」

「それがウィンターズらしいやり方ってこと?」

「ああ。その後、ほかの女とひそかに関係を結んでいるという噂《うわさ》もあったが、子をもうけた様子はない」

ルシンダの形のよい眉が眼鏡の縁の上まで上がった。「どうやら、彼の動向には目を配っていたようね」

「われわれはそのほうが賢明だと思っていたからね」

「われわれ? ジョーンズ一族がってこと?」

「アーケイン・ソサエティ内には、真面目に考えるべき言い伝えもある」

「あの家でもうひとつ妙なことに気がついたわ」とルシンダが言った。

「妙なこと?」

「ミスター・ウィンターズはとても安らかにぐっすり眠っていたの。深手を負った人の途切れ途切れの眠りじゃなかった」

「おそらく、医者が痛みをやわらげるためにアヘンかクロロフォルムを与えたんだろう」

「いいえ。ミセス・パインが超能力を持った女性だったの。とても強い能力だと思うわ」

「そうなのか?」ケイレブは小さな声で訊いた。その朝早くルシンダに助けを求める書きつけが届いたときに、直感が働いたのだったが、アデレイド・パインが超能力の持ち主だと聞いて、そのことが高波のように心に押し寄せた。

「癒しの眠りを引き起こす能力を持っていると言っていたわ」ルシンダが言った。「その能力を使ってミスター・ウィンターズを深い眠りにつかせたのよ」

ケイレブは妻に目を向けた。「とても興味深いな。何分か前にあの家を離れるときに、エプロンをつけて玄関に立っている女性を見たが、あれは家政婦ではなかったのか」

「その女性がアデレイド・パインよ。彼女の家の家政婦がミセス・シュートと知り合いなので、わたしが薬草をあつかう能力を持っていると知ったらしいわ」

「そうしてきみを見つけたわけか」

「ええ」

「ミセス・パインとウィンターズは昨日の晩、いっしょに劇場に行ったのか？　恋人同士だと思うかい？」

「さあ」ルシンダは答えた。「ミセス・パインは撃たれた彼の世話をしなければならないと思ったようね。つまりは、とても親しいってことじゃないかしら。恋人同士かどうか、はっきりしたことは言えないけど」ルシンダは鞄を指でたたいた。「でも、あのふたりのあいだに何かがあるのはたしかよ。とても強いつながりじゃないかと思うわ」

ケイレブは座席の隅に背をあずけ、窓の外に目を向けた。降りしきる雨を見ながら、うわの空でパターンを探しているのだ。

「きみが言ったような眠りに似た状態を引き起こす能力は数多くある」彼は口を開いた。「でも、状況から考えて、ひとつ思いついたものがあるよ。もしかして、ミセス・パインはドリームライトを読んだり、あつかえたりするんじゃないかな?」

「どうしてそう思ったの?」

ケイレブはゆっくりと息を吐いた。「そうだとすれば、グリフィン・ウィンターズが一族に伝わる呪いを受け継いでいるか、もしくは受け継いでいるかもしれないと不安を感じているということになる。それで、ドリームライト・リーダーにめぐり会ったということだ。彼がランプも見つけたのかどうかはわからないが」

「まさか、グリフィン・ウィンターズが複数の能力を持つ超能力者に変わりつつあるにちがいないなんて言うつもりじゃないでしょうね?」ルシンダがぎょっとした顔になった。「それってアーケインの古い言い伝えにすぎないわ、ケイレブ」

「私自身が伝説的な人物の直系の子孫であることを考えれば、古いアーケインの言い伝えのすべてを否定するのはむずかしいよ」

「シルヴェスター・ジョーンズね」ルシンダは膝《ひざ》の上で手を組み合わせた。「たしかに。だったら、いいわ、これからどうしたらいい?」

「今のところ、できることはひとつだ。監視の目を光らせて待つだけさ」

「正確に何を監視して、何を待つの？」

「この問題をゲイブに報告する前に、もうひとつの疑問の答えを見つけなければならない」

「それは？」とルシンダが訊いた。

「ウィンターズがドリームライト・リーダーとランプの両方を見つけたのだとしたら、可能性はたったふたつだ。彼が身に降りかかった呪いからみずからを救おうとしているのか……」

「もしくは？」ルシンダが促した。

「言い伝えを現実のものにして本物のケルベロスになろうとしているのか」

「そんなのおかしいわ」ルシンダは言い返した。「どうして行きすぎた超常的なエネルギーを得て正気を失うような危険をみずから冒そうとするの？」

「力というものはつねに魅惑的なものだからね、ルシンダ。ニコラス・ウィンターズが三つの能力をあつかえると信じていたのはたしかだ。エレノア・フレミングが彼のために最後にランプを動かしたときに、彼の超常感覚を滅ぼしたので、それを証明する機会はなかったが。祖先が成し遂げられなかったことを自分ならできるとグリフィン・ウィンターズが信じている可能性は大きいね」

「それで、成し遂げられたとしたら？」

ケイレブは降りしきる雨が形作る複雑できらびやかなパターンをじっと見つめた。「複数の超能力を持つ人間は超能力の怪物になるとソサエティは昔から信じてきた。彼がそういう存在になるとしたら、ゲイブと理事会には選択肢がなくなる。ウィンターズを滅ぼさなければならないという結論に達するはずだ。そういう邪悪な異常者を世間にのさばらせておくわけにはいかないからね」

「その仕事はジョーンズ・アンド・ジョーンズに依頼されるの？」

「そうだ」

ルシンダはマントをきつく体に引き寄せた。

「ああ、なんてこと」とささやく。

11

彼女が部屋にいるのはわかった。そのにおいとエネルギーがあたたかい夏のそよ風のように超常感覚をくすぐったからだ。くすぐられたのは超常感覚だけではなかった。自分がかなり硬くなっているのもたしかだ。それはつまり、自分がまだ生きているということでもある。肩の痛みからもそれはわかったが、あまり愉快な感覚ではなかった。低くくぐもった声が聞こえ、それが自分の喉から発せられたものであるのに気づく。銃で撃たれると必ずや焼けつくような痛みに襲われるものだ。

「ちくしょう」と彼は毒づいた。

アデレイドの指先が額をかすめた。肩の痛みがやわらいだ。夢のない深い眠りがまた忍び寄ってくる。それもはじめてではなかった。

彼は目を開けてアデレイドに目を向けた。

「ミセス・パイン、また私を眠りに落としたら、次に目覚めたときには尻をたたいてやるからな」

アデレイドは息を呑み、急いで一歩あとずさった。「なんてこと。驚かさないで。ご気分はいかが?」

「どうやら生き延びることになりそうだ」グリフィンは肩の痛みに顔をしかめながらそろそろと身を起こした。痛みについては、前ほどひどくないことに驚いた。「今何時だ?」

「正午よ。ちょうどもう少しスープをあげようとしていたところだったの」

前に目を覚ましたときのぼんやりとした記憶が頭をよぎった。スープを飲ませてもらうのはこれがはじめてではない。ほかにもぼやけた記憶はあった。用を足すときにデルバートが体を支えていてくれた記憶が断片的に頭に浮かんだ。レギットとジェッドに手を借りて、よろよろと廊下を渡り、また寝室に戻ってきたことも何度かあった。

目覚めるたびに、悪夢が待ちかまえているとわかっていたため、眠気に抗おうとしたのだった。しかし、いつもアデレイドが現れては額に触れた。そのたびに自分は安らかな暗闇へと落ちこんでいくのだった。そして夢は見なかった。

夢を見ない。

「おそらく、今日が何日か訊くべきなんだろうな」と彼は言った。

「あなたは二日前の晩に撃たれたのよ」とアデレイドが答えた。

「三日近くも眠らせてくれたわけか」怒りが全身を貫いた。「いったいなんの権利があってそんなことをした?」

つかのま彼女が傷ついた顔になった気がした。グリフィンは罪悪感のようなものを感じた。それについて彼が頭を悩ます前に、アデレイドは毅然《きぜん》とした態度をとり戻した。

「あなた自身のためよ、ミスター・ウィンターズ」ときっぱりと言う。

「そんな言い訳は聞かない」

「どうして? ラットレルの娼館を襲う計画でわたしに協力はできないと宣言したときには、あなたも同じことをおっしゃった気がするんですけど」

「それは——」グリフィンは歯を食いしばるようにして言った。「まったくの別問題だ」

「ミスター・ウィンターズ、言っておきますけど、わたしはけがをした人の世話に経験がないわけじゃないわ。傷を癒すにはある程度の深い眠りが効果的だとずっと前に知ったの。とにかく、あなたはずっと眠っていたわけじゃないわ。何度か起きていることもあった。食事をしたり、血液の循環をよくするために体を動かしたりする必要があったから」

自分がこれほどに苛立ちを覚えるのは、気まずいからでもあるとグリフィンも気がついた。こんなあわれな状態の自分をアデレイドの目にさらしてしまったのだから。彼女は親身に看護してくれた。自分は上半身裸で、その下は誰かが——ああ、男たちの誰かであってくれ——新しい綿の下着を着せてくれていた。

ちくしょう。下着姿を見られてしまった。

情熱に駆られたときに女に裸を見られるのはかまわないが、子猫ほども弱っているときにそんな状況におちいるのはまったく別のことだ。

彼は目を細めた。「もう帰っていい、ミセス・パイン。風呂を使って着替えをしたいから」

「もちろんよ」アデレイドは部屋の入口へと向かった。「デルバートを呼んで手を貸すように言いますわ」

「自分でできる」

アデレイドは舌を鳴らした。「ねえ、ミスター・ウィンターズ、あなたって眠っているときのほうがずっとお行儀がいいのね。すぐにデルバートが来ますわ。手伝いが必要だといけないから」

そう言ってドアを開けた。

グリフィンは感染症にかかったことを示す熱とひりひりする感じがないかどうかたしかめるために、恐る恐る肩を動かした。はっと息を呑むほどの痛みはあったが、感染症の兆候を示すものではなかった。

「ミセス・パイン?」彼は後ろ姿に呼びかけた。

彼女は部屋の入口で足を止めて振り向いた。「今度はなんです?」

「傷の消毒は医者がやってくれたのか?」

「ご安心を。感染症を予防するための処置はしてありますから。傷はうまい具合に治ってきているわ。お風呂が終わったら、また包帯を替えますね。治りを早くし、傷が熱を持たないようにする軟膏《なんこう》があるんです」

「銃創についていったいどこでそれほどの知識を得たんだい?」

「モンティ・ムーアのワイルド・ウエスト・ショーの巡業に何年か同行すれば、そういったことにうんと詳しくなるものです。山ほどの銃に囲まれていると、どれほど多くの事故があるものかは驚くほどですから」

アデレイドは廊下に出てしっかりとドアを閉めた。

12

四十五分後、グリフィンが風呂から出ると、ちょうどアデレイドが新しい包帯を載せたトレイを持って廊下を歩いてくるところだった。地味なハウスドレスの上に洗濯したてで糊のきいた白いエプロンをつけている。髪はきっちりとシニョンに結ってピンで留めていた。デルバートが壁に寄りかかっていた。グリフィンが後ろにいるのには気づいていない。アデレイドのやってくるほうばかりに目を向けている。彼女の姿が見えると、急いで身を起こした。

「あなたに言われて風呂の手伝いに来たとボスに言ったんですがね、ミセス・パイン」デルバートは心配そうな口ぶりで言った。「自分ひとりでできると言うんですよ」

「いいのよ、デルバート」アデレイドは力づけるようにほほ笑むと、グリフィンに目を移した。「ミスター・ウィンターズはひとりでどうにかできたみたいだから」

「生まれ変わったような気がすると言うつもりはないよ」グリフィンが言った。「ただ、驚くほど気分はよくなった」

彼は刺繡《ししゆう》のはいった黒いガウンの帯を結んだ。その下に下着しか身につけていないことが気まずく意識される。

「だいぶお元気になったように見えますわ」アデレイドが彼をじっと見ながら言った。

こんなふうに見られるのは気に入らないなとグリフィンは胸の内でつぶやいた。看護師が患者を見るような目だ。健康で元気な男として見られたい。

グリフィンは少年のころに教わった、堅苦しく古臭い礼儀に逃げ道を見つけようと頭を下げた。

「さっきは短気なところを見せてしまった。謝らないといけないだろうね、ミセス・パイン」と彼は言った。自分が苛立ったクマのような声を出しているのはたしかだった。

「お気持ちはわかりますから。いつものあなたじゃなかったんです」

「きみがそう言うなら、そうかもしれないな。さっききみに嚙みついたのはたしかに私だと断言できるが、思いちがいかもしれない」

グリフィンが驚いたことに、アデレイドは真っ赤になった。それでも、糊のきいたエプロンと同じぐらいきっぱりとした声を保って言った。

「すぐに包帯を替えますわ」そう言って寝室へと廊下を進んだ。「デルバートが手を貸してくれます。彼もかなり上手になったのよ」

デルバートがアデレイドのためにドアを開けた。「ミセス・パインはこういうけが人の世話がえらく上手ですぜ。びっくりするほどに」

グリフィンはアデレイドのあとから部屋にはいり、彼女がトレイを置くのを見守った。

「そうだな、デルバート」彼は言った。「まさしく驚くほどだな。もしかしたら、白いエプロンのせいかもしれないが。私だけのフローレンス・ナイチンゲールというわけだ」

アデレイドはひややかな物腰で彼に顔を向け、椅子を示した。「すわってくださったら、傷を消毒して、軟膏を塗り、新しい包帯を巻きますわ」

「了解」グリフィンはおとなしく腰を下ろした。「ただ、さっき警告したことは覚えておいてくれ、ミセス・パイン。また予想外に延々と寝ることになったら、目を覚ましたときに少なからず苛立つことになりそうだから」

「でも、痛みのことを考えれば」彼女は心配そうに言った。

「それについてはもっと控え目なやり方でどうにかするよ」彼は請け合った。「そいつをやってしまおう」

「痛みをやわらげる煎じ薬があるわ」

「包帯を替えてくれ、ミセス・パイン」

「わかりました」

包帯はとどこおりなく替えられた。グリフィンは何度か顎をこわばらせたが、思ったほど痛みはひどくなかった。アデレイドの手つきはすばやく、手際よく、非常にやさしかった。傷に軟膏を塗ると、肩に新しい包帯を巻き、布のひもを結んで包帯が動かないようにする。

「ほかにご用は？」デルバートが訊いた。「こちらの用がすんだら、階下《した》の厨房に行くことになってまして。ミセス・トレヴェリアンがオーブンからレモン風味のパウンドケーキを出したところで、コーヒーも淹《い》れてくれるそうです」

グリフィンはふいに空腹を覚えた。「うまそうだな」

デルバートはドアのところで足を止めた。「ご心配なく、ボス。ミセス・トレヴェリアンがスープのお代わりを用意してくれていますから、そいつを持ってきますよ」

「スープなんて持ってこなくていい」グリフィンが言った。「ミセス・トレヴェリアンに本物の食べ物を書斎に運ぶように頼んでくれ。私もすぐに階下《した》に行く」

「了解」

「大量のコーヒーとそのパウンドケーキも大きく切ってトレイに載せるのを忘れないようにしてくれよ」グリフィンが付け加えた。

アデレイドは顔をしかめた。「まだしばらくは軽い食事にすべきだわ、ミスター・ウィンターズ」そう言ってデルバートに目を向けた。「ミセス・トレヴェリアンに頼んで、ミスター・ウィンターズのためにスクランブルエッグとトーストを用意してもらって」

「かしこまりました」

「卵とトーストを載せたトレイにいっしょにレモン風味のパウンドケーキとコーヒーがなかったら――」グリフィンが警告した。「おまえはすぐに新しい雇い主を探さなきゃならなくなるぞ、デルバート」

「わかりました、ボス」

デルバートは廊下に逃れ、急いでドアを閉めた。

アデレイドはグリフィンにとがめるような目をくれた。「デルバートにそんな言い方はないわ。あの人のあなたへの忠誠心には疑問をさしはさむ余地もないし、あなたのお体を心から心配しているんだから。あなたのようなかなり独特の立場の雇い主は、使用人のそういう資質をありがたく思うべきよ」

グリフィンは眉を上げた。「私のような独特の立場の雇い主？」

アデレイドはせき払いをした。「つまり、あなたのようなふつうでない職業の方が、家のなかで働く人間に強い忠誠心を求めるのは当然のことだから」

「ああ、そうか」グリフィンは包帯を巻いた肩の上までガウンを引き上げ、帯を結んだ。

「ふつうでない職業ね」

「ええ、あなたは暗黒街の大物ですもの。使用人にデルバートのような人間がいるのをたいていの雇い主以上にありがたく思うはずだわ。ああいう得がたい使用人はどんな家でも敬意をもってあつかわれるべきだけど、この家においてはとくにそうよ」

「もういい、ミセス・パイン」グリフィンは立ち上がって彼女のほうへ近づいた。「まったく。けがをして寝こんでいたというのに、ベッドから出て一時間もしないうちにもうお説教を聞かされるとは。社会改革者というのは他人の振る舞いについて説教せずにいられないものなのか?」

アデレイドは目をぱちくりさせて一歩あとずさった。

「なんてことを」声がいつになく辛辣《しんらつ》なものになっている。

グリフィンは足を止めようとしなかった。

「きみのお説教は神経に障るんだ」と彼は言った。自分の声が刺々しく荒っぽいものになっているのが自分でもわかる。「きみに非難されたり、がみがみ言われたり、命令されたりすると、きみのおしゃべりを止めるためにキスしたくてたまらない思いに駆られるのさ」

アデレイドは顎をつんと上げた。「言っておきますけど、どんな男性からも、そんなとんでもない言われ方をしたことはないわ」

「きみは暗黒街の人間にそれほど多く出会っていないようだからね」グリフィンはアデレイドを衣装ダンスの扉の前まで追いつめ、扉に右手をついた。「われわれはとんでもない人間の集まりなんだ」

「それはたしかにそうでしょうね」彼女は答えた。「でも、わたしを脅せると思っているなら、まちがいよ」

「脅すよりはキスをするほうがいいね」と彼は言った。

彼女のにおいを感じて頭がぼうっとする。しかし、おそらくはそれもちゃんとした食べ物を腹に入れていないせいなのだろう。グリフィンは試すようにさらに彼女に顔を近づけた。

「そう」アデレイドが言った。「まあ、今の状況を考えれば、あなたの反応はごく自然なものなんでしょうね」

グリフィンはわずかに驚いて身を引いた。「いったい何を言っているんだ？」

「説明させてくださいな」まるで学者のようなひややかな声だ。「あなたはわたしに感謝しているのよ。この三日ほど付ききりで傷の手当てをしてもらったことで。病気やけがで弱っている男性は自分の世話をしてくれている女性を天使のように思うものだから。たとえそれがつかのまであっても。ご心配なく、ミスター・ウィンターズ。たいてい、けががよくなったら、すぐにそんな印象は薄れてしまうわ」

「これだけは言えるが、ミセス・パイン、きみと知り合ってから今まで、きみのことを天使だなどと思ったことはただの一度もないよ。私が今感じているのは、きみがお説教をやめるまできみにキスしたいという衝動にすぎない。今すぐドアへと逃げないと、ほんとうにそうするぞ」

アデレイドは身動きをやめ、うっとりした目で彼を見つめていた。熱波がふたりのまわりで渦巻いた。肉体的に惹かれ合っている男女が接近させられたときに放つ激しいエネルギーを感知するのに、超能力を持っている必要はないなとグリフィンは胸の内でつぶやいた。それがもたらす効果は稲妻が光る嵐にも匹敵する。

彼女も興奮しているとわかるのは喜ばしいという以上だった。きわめて刺激的だ。そして、力を与えてくれる。心の強壮剤というわけだ。栄養価の高いスープよりずっと効き目がある。

「どうやら、きみがドアへと逃げ出すことはないようだね」と彼は言った。

「ええ」彼女の声は低く、あえぐようだった。「逃げないわ」

「理由を訊いていいかな?」

「わからない」彼女は認めた。「たぶん、興味があるのね」

「私のような独特の職業の男とキスするのがどんな感じか?」

「こんな独特の機会なんてめったにないもの」

はっきりした挑戦を受けて、欲望はさらに募った。「その結果に満足できなければ、すぐにまた私を眠らせられると思っているんじゃないのか?」

「たしかにそうすることもできるでしょうね」彼女は言った。「今の状況から言って、あなたがあえてそれを試してみようと思っているのは驚きだわ」

「私は暗黒街の人間だからね。危険とはつねに隣り合わせなんだ」

グリフィンは彼女の口を口でかすめるようにした。ゆっくり誘うようなキスで攻めようと思ったのだ。しかし、彼女の口に触れた瞬間、突然ふたりをとりまくエネルギーに火がついた。

キスはそそられるものからすぐに熱く焼けつくものに変わった。高揚感と満足感に全身を貫かれる。

こうなるだろうとわかっていたのだ。

そう気づき、それを理解したことでグリフィンは衝撃を受けたが、彼女も同じ衝撃に全身を貫かれているのがわかった。ふたりのあいだの熱をゆっくり高めることなどできはしないのだ。なんの前触れもなく、どちらも自分を抑えきれなくなりそうで、その感覚のあまりの激しさにぶるぶると体が震えた。

彼女がガウンの内側の首の後ろに腕をまわしてくるのがわかった。肌と肌が触れ合う。グリフィンはさらに身を押しつけ、ドレスの厚手の生地越しに彼女の胸とやわらかく女らしい腰の丸みを感じられるよう、自分の重みで彼女を衣装ダンスの扉に押しつけた。

ベッドはすぐそばにある……

「いいえ」アデレイドが口を彼の口から引き離した。「だめよ。あなたの肩」

肩の痛みはぼんやりと感じる程度で、さほど重要に思えなかった。グリフィンはまた顔を近づけて彼女の喉にキスをした。ピンで留めた髪からほつれた髪の毛が誘うように肩のあたりで揺れている。

「私の肩のことは忘れるんだ」彼は信じられないほどやわらかい肌に口をあてたまま言った。「私もそうするつもりだ」

「絶対にだめよ」声がきっぱりとした調子を帯びた。彼女は裸の胸にてのひらをあて、彼を押し戻した。「傷口がまた開くようなことはできないわ。とてもうまい具合に治ってきているのに。危険を冒すわけにはいかない」

おそらくはアデレイドの言うとおりなのだろうが、グリフィンはそのことは考えたくなかった。それでも、魔法が解けてしまったのはわかった。少なくとも彼女にとっては。彼は重いため息をついてしぶしぶ一歩下がった。

「そろそろ着替えをするよ、ミセス・パイン。このままここにいて見ていたかったら、そうしてくれてかまわない。たぶん、裸は全部ではなくてもおおかた見られているだろうから、礼儀をとやかくする必要もないだろう?」

アデレイドはそれにわざわざ答えようともしなかった。すばやくドアへと向かう。

「階下《した》の書斎にいます」彼女は言った。「あなたは快方に向かっているみたいだから、話し合わなければならないことがたくさんあるわ」

グリフィンは彼女がドアを開けるまで待った。

「出ていく前にひとつだけ訊きたいことがある、アデレイド」

彼女はドアノブをにぎったまま振り向いた。「なんですの、ミスター・ウィンターズ?」

「暗黒街の人間にキスするのがどんな感じか興味あると言ったね。きみの好奇心は満足できたのかな」

「かなり」

アデレイドはそう言って廊下に出た。正確には走って逃げたとは言えないだろうが、かなりの速足で出ていったのはたしかだなとグリフィンは胸の内でつぶやいた。

卵とトーストとケーキとコーヒーが書斎で待っていた。アデレイドも同様だった。待っているあいだにほつれた髪をピンでしっかり留め直したようだ。大きな白いエプロンははずしており、さっきまで着ていた動きやすいハウスドレスも着替えていた。またしゃれた喪服に身を包んでいる。今度は地味な灰色の生地をブラウスのようなボディスとプリーツのついたスカートにきっちりと仕立てた昼用のドレスだ。

一見、二階で官能と超常感覚が火花を散らしたことなどなかったかのように見えるなどとグリフィンは思った。アデレイドはまた冷静でおちついた女性に戻っていた。その目から内心の思いも読みとれなかった。しかし、張りつめたエネルギーがふたりをとりまいているのはたしかだ。グリフィンはそうとわかっていくぶん満足し、朝食が待っているテーブルへと歩み寄った。

「二階できみも言っていたように、話し合わなければならないことはたくさんある」彼は口を開いた。

「まずは朝食を召し上がって」彼女が言った。「あなたには栄養が必要だわ」

「悪いね。その意見には大賛成だ」

グリフィンはテーブルにつき、親の仇でもあるかのように、卵とトーストに襲いかかった。食べているあいだ、気がつけば、故人のミスター・パインのことを考えていた。アデレイドは心から夫を愛していたのだろうか？　訊きたいことは山ほどあったが、そのうちのひとつたりとも自分には訊く権利がなかった。

アデレイドは自分と彼のためにコーヒーをカップに注いだ。「ここの書斎はすばらしいですね」

「つまり、暗黒街の帝王の書斎にしてはということかい？　信じてもらえないかもしれないが、私だって読み書きはできるんだ」

アデレイドは音を立ててポットを下ろした。暖炉の前でうたた寝をしていた犬たちが首をもたげるほどの大きな音だった。犬たちはしばらく興味津々でふたりを見つめていたが、やがてまたうたた寝をはじめた。

「あなたは読み書きどころか――」アデレイドが言った。「紳士の教育を受けた男性のような話し方をなさるわ」

「なくせない習慣というものもあるからね」

「下層階級の出身じゃないのね？」

「ちがう」過敏に反応しすぎだ。彼は自分をいましめた。アデレイドの前ではついそうなってしまう。自制心の塊のような皮肉っぽい人間だったのに、いったい私はどうしてしまったんだ？　グリフィンはレモン風味のパウンドケーキにフォークを入れた。

「暗黒街の人間になったのは十六のときだった」彼はしばらくして言った。

「ご両親が亡くなられてから？」

「そうだ。父は投資家だった。金融関係のことに才能のある人間だった。しかし、利害を見抜く直感にもとづく強い能力を持った人間であっても、嵐を予測することはできなかった。自分の資金のみならず、協会の基金までをつぎこんだ船の一隻が難破した。生きていれば、きっと立ち直ってほかの投資家たちに金を返すこともできただろうが、父と母はどちらも……船が難破して数週間後に亡くなった。父の財産は債権者たちにすべて奪われたよ」

「わたし自身の生い立ちに似ていなくもないわ」

アデレイドはそう静かに言い、彼がケーキを食べ終えるまで黙ってコーヒーを飲んでいた。

「すまない」彼は自分の礼儀のなさにかすかに気恥ずかしさを感じて言った。「こんなに腹が減ったのは暗黒街へと放り出されて以来なんだ」

「深刻なけがから回復しつつあるときに、食欲があるというのはいい兆しですわ」アデレイドは言った。「ちゃんとした食事ができるほどに回復なさってうれしいわ。ただ、そのケーキを食べすぎて具合が悪くならないといいんだけど。空腹にこってりしたものを入れすぎると、とても不愉快な結果を招くから」

グリフィンは手についていたくずを払い落とした。「きみは食事中の会話を生き生きとさせるすべを心得ているようだね」

「わたしはただ、有益な助言をしようとしているだけよ。でも、興味なさそうだから、もっと差し迫った話題に切りかえたほうがよさそうね」

彼はコーヒーのカップを手にとって椅子に背をあずけ、足を伸ばした。

「先日の晩、私が劇場に居合わせた理由を知りたいというわけだね？」と彼は言った。

「ほかにも訊きたいことはあります。誤解なさらないで。命を救ってくださったことは恩に着ていますわ。ただ、誰かがわたしに銃を向けたときに、あなたが都合よくその場に居合わせたのはなぜだろうと不思議なだけよ」

「きみにも答えはわかっていると思うが」彼はその熱さとエネルギーをとりこもうとでもするようにコーヒーを飲んだ。「きみを見張っていたからさ」

アデレイドの目がかすかに細められた。「言いかえれば、わたしをつけていたということね」

「当然のことさ。今の私はきみの無事と健康を強く願っているからね」彼は抑揚のない声を保った。「きみの身に何か不運なことが起これば、私自身が最悪の苦境に落とされるわけだから。前にも話に出たが、きみのような能力の持ち主を見つけるのはたやすいことじゃない。きみの代わりを見つけるのはむずかしいかもしれない」

「そう」彼女はぎごちなく言った。「お褒めにあずかるのはどんなときでもうれしいものよ」

「アデレイド、これはほんとうだが、きみは今の私にとって何ものにもかえがたい貴重な存在なんだ。きみの身はなんとしても守るつもりでいる」

「あなたのためにランプをあやつるまでってことね」

「今後のことについても心配はいらない。ランプの一件が終わってからも、きみの身の安全は保障するから。それがきみへのせめてもの恩返しさ」

アデレイドの口の端がこわばった。「このあいだの晩、わたしを殺そうとした人物について何か心あたりは？」

「まだわからない。ただ、具合もだいぶよくなってきたから、その質問への答えを私が探していると街に噂を流すことにするよ。そいつが誰かわかるまで、それほど時間はかからないだろう」

アデレイドはため息をついた。「きっとわたしが襲撃した娼館の持ち主の誰かだわ」

「その可能性は高いね。きみと私には共通点があるようだ、アデレイド。どちらもこれまで多少ならず敵をつくってきた。しかし、きみはこの家にいれば安全だ」

アデレイドはほほ笑んだ。「悪名高き会長がセント・クレア街にある修道院の廃墟のなかに住んでいるとは敵の誰も知らないから?」

「たとえばラットレルのように、何人かは私の住まいを知っていると思うね。私のほうも彼がどこに住んでいるか知っているように。ただ、ラットレルを含む競争相手の誰も、この家からきみを拉致しようとはしないだろう。ここにいるかぎり、きみは私の保護のもとにあるわけだから」

アデレイドは顔をしかめた。「つまり、わたしの命を奪おうとした人間は、そのためにグリフィン・ウィンターズの怒りを買うほどの危険は冒そうとしないということね」

「率直に言えば、そうだ」

「ラットレルでさえも?」

グリフィンはきっぱりと首を横に振った。「やつはどこまでも現実的な人間だからね。悩ましい社会改革者を葬り去るためだけに休戦協定を破ろうとはしないだろう。破ればまた全面戦争になるとわかっているわけだから。さらには、今度は私も二度目の休戦協定を提案することはないと彼も悟っているはずだ。その戦争はどちらかがもう一方の息の根を止めるまでつづく」

アデレイドは身動きをやめた。「わたしのために戦争までするっておっしゃるの?」

「私の世界では、評判だけがすべてなんだ。私は二十年かけてそれを培ってきた。競争相手にそれを地に落とさせるわけにはいかない」

「ええ、もちろん、それはそうね」彼女は小声で言い、コーヒーのカップに手を伸ばした。彼にとって重要なのは自分の評判なのだ。個人的な感情などそこにはからんでいない。こんなふうに気落ちするなどばかばかしいこと。いったいどんな答えを期待していたの？

「さっきも言ったが、きみはここにいれば安全だ、アデレイド」グリフィンはまたコーヒーを飲んでカップを下ろした。「まだケルベロスになっていないとすれば、私がきみを守れる。問題が解決したら、ほかの問題に注意を向けることもできるしね」

「何度もくり返し言うようですけど――」アデレイドは言った。「あなたが怪物になる危険にさらされているとはどうしても思えないの」

「残念ながら、きみが確信をもってそういう賢明な意見を述べてくれても、アーケインを納得させるいい方法はないんだ。とくにジョーンズ一族はね」

ぎょっとしてアデレイドは口へと持ち上げたカップを途中で止めた。「いったいアーケインがこのことにどうかかわってくるの？」

「私の身にウィンターズの呪いが降りかかっているとジョーンズ一族に知られたら、彼らは私を滅ぼすためにありとあらゆる手段を講じるだろうね」

アデレイドには部屋の空気がすべてなくなったかのように感じられた。ことばを口から押し出すのに、二度も試みなければならなかった。

「わ……わからないわ」ようやくことばを発する。「どういうこと?」

「ニコラス・ウィンターズは自分が三つの能力をあやつれると確信していた」

「ええ。そう聞いたわ」

「彼は子孫のなかに自分と同じ能力を受け継ぐ者が現れると信じていた。しかし、ソサエティがそんなことを許容するはずもない。ジョーンズ一族は私がケルベロスになる兆しを見せていると思ったら、それは狂犬になるも同様だからと、狂犬を狩るように私を追いつめるだろう。理由は明らかだが、そうなることを私は避けたいと思っている」

アデレイドは深く息を吸った。「ミスター・ウィンターズ――」

「階上《うえ》での出来事を考えれば、きみは私をグリフィンと呼んでもいいんじゃないかな」

アデレイドはゆっくりとドレスの隠しポケットに手を入れ、白いカードをとり出した。「ミスター・ウィンターズ、お話ししなきゃならないことがあります。きっとご機嫌を損ねることになると思うけど」

「怪物になるかもしれないということ以上に不愉快なことが何かあるかな?」

「あなたが眠っているあいだに訪ねてきた人がいたの。いわば、けがの治療の相談役として。はっきり言えば、呼んだのはわたしなんだけど」

そう言って彼女は彼に名刺を渡した。

13

「ルシンダ・ジョーンズがこの修道院に来たと？」グリフィンは書斎の端まで大股で歩き、くるりと振り向くと、またアデレイドのそばに戻ってきた。彼のまわりでは熱いエネルギーが沸き立っている。「この屋根の下に？　私の傷を治すために彼女がくれた薬を使ったというのか？　いったいどうしてそんなことになった？」

アデレイドは椅子にすわったまま、彼を警戒するように見つめていた。この部屋から逃げ出してしまいたいとも思ったが、今日はすでに一度彼から逃げ出したのだった。二度も同じことをするつもりはない。

「ミスター・ウィンターズ、おちついてくださいな」できるだけなだめるような声を出す。「あなたは深手を負っているのよ。こんなふうに動揺するのはいけないわ。精神的な動揺は傷の治りを遅くしてしまう」

グリフィンは首を振った。「一族に伝わる呪いを完全には信じていなかったとしても、今は心から信じられるよ。おめでとう、アデレイド。きみは数多くいる私の敵が二十年ものあいだできなかったことを成し遂げたようだ。私が一カ月以内に死人になる可能性を大幅に増やしてくれたわけだ」

「ことを大げさに考えすぎよ。ウィンターズというのはよくある名前だもの」

グリフィンは刺すような目を彼女に向けた。「ジョーンズ同様に?」

「冷静に考えて。傍から見たら、あなたは静かで上品な界隈で暮らす立派な紳士だわ。じっさいの素性を隠すのにずいぶんと骨を折ってらっしゃるみたいだし。ねえ、あなたの顔をはっきり見たことがある人はとても少ないって聞かされたわ。それでその——」アデレイドはことばを止めた。

グリフィンは彼女をにらみつけた。「その、なんだ、アデレイド?」

「その、見たことがある人でも、生きてそれを語れる人はほとんどいないということだった」彼女は急いでことばを継いだ。「それってひどく誇張された話でしょうけど、あなたが暗黒街で伝説的な人物であるのはたしかだし」

「何が言いたい?」グリフィンは苦々しく言った。

アデレイドは気をおちつかせようと息を吸った。「つまり、あなたが傍から見たとおりの人物ではないとミセス・ジョーンズが疑う理由はないということよ。どこか世間に背を向けているウィンターズという名前の紳士にすぎないということを」

「今はアーケイン・ソサエティのジョーンズ一族の話をしているんだ」と彼は言った。

「彼らはあなたとはまったくちがう世界で暮らしている人たちだわ」アデレイドが応じた。

グリフィンは彼女に背を向け、窓の外の庭へ目を向けた。「ジョーンズ一族がもっと上流の世界で暮らしていることは認めるさ」

彼の気に障ることを言ってしまったとアデレイドは気がついた。

「わたしはただ、なぜミセス・ジョーンズがあなたの素性を知ることはなさそうなのか説明しようとしただけよ」彼女は急いで言った。

その弁解を彼は無視した。「いったいどうして彼女をこの修道院に呼ぼうと思ったんだ?」

「それはたまたま、ミセス・トレヴェリアンに勧められたから。そう、感染症にかかる恐れがあるかもしれないと心配だったので」

「きみの家政婦が彼女を呼べと言ったって?」

「ミセス・トレヴェリアンはミセス・ジョーンズの家政婦と古くからの知り合いなの。昔、メイドの仕事をはじめたときに出会ったらしいわ」

「なんてことだ。私は暗黒街で生き延び、数えきれないほどの敵にも相対してきたというのに、こんなことになるとは。ふたりの家政婦と社会改革者に滅ぼされるとは」

アデレイドの堪忍袋の緒が切れかけた。「あなたは誰にも滅ぼされていないじゃない。でも、ひとつどうしても知りたいことがあるわ」

「ジョーンズ一族の誰ひとりとして修道院に足を踏み入れるのを許されないなら、わたしがミセス・ジョーンズを呼びにやったときに、あなたの部下の誰もそのことを言ってくれなかったのはなぜかしら？」

「なんだ？」

グリフィンは窓枠をつかんだ。「部下は誰も、私の一族とアーケインとのつながりを知らないんだ。私がそのことをずっと秘密にしてきたから……まあ、いい。覆水盆に返らずだ。ケイレブ・ジョーンズまでがこの家にはいったとは言わないでくれよ」

アデレイドはひそかにせき払いをした。「彼は表の馬車のなかで待っていたはずよ」

「私の身に呪いが降りかかっているかもしれないという事実がなかったら、ほとんど喜劇に近い失態だな」

「いいかげんにして、グリフィン、ちゃんと謝ったでしょう」

「それによって私が抱える問題もすべて解決するわけだ」

「あなたがジョーンズ一族と反目し合っているなんてこと、わたしには知る由《よし》もなかったんですもの。まったく、シルヴェスター・ジョーンズとあなたの祖先とのいさかいから二百年もたっているのよ。そのいさかいが受け継がれているとしたら、長すぎるほどの年月だわ」

「単なるいさかいじゃない」グリフィンは言い返した。「もっとずっと複雑なものだ」

「どういうこと？」

「ニコラス・ウィンターズはランプを使って子孫の誰かにより強い超能力を手に入れさせるだけでなく、ジョーンズの子孫を滅ぼさせようと考えていたんだ。それをはたすために超常的な命令を封じこめた特別な水晶をランプにはめこむまでした。ミッドナイト・クリスタルだ」

アデレイドは眉根を寄せた。「そんなことが可能だと本気で信じているの？」

「私にどうしてわかる？　問題はジョーンズ一族がそれを信じているということだ。今知りたいのは、私がランプとそれを動かす能力を持った人間を手に入れたとケイレブ・ジョーンズが疑っているのかどうかということだ。彼自身、特異な能力を持つ人間であることを考えれば、きっとすでに疑っているだろうけどね」

「でも、わたしがミセス・ジョーンズをこの家に呼んだのはたんなる偶然よ」アデレイドは言い張った。

「ジョーンズは偶然など信じないという話だ。古いアーケインの言い伝えということになればとくにね。そういう意味では、きみとランプを見つけた今、私も偶然など信じないよ」

「でも、あなたもおっしゃっていたけど、複数の能力を持つ人間への変化をランプによって押し戻せるわけでしょう」

「そうだ」

「きっとミスター・ジョーンズもあなたが自分を救おうと思っていると考えるわ。正気の人間がケルベロスになろうとする危険を冒すはずがないことはたしかだもの」

グリフィンは彼女に目を戻した。「力を得るのはひどく魅力的なことだからね。暗黒街の誰でもいいから訊いてみるといい。もしくは、そういう意味ではジョーンズ一族の人間でもかまわない。あの一族は二百年ものあいだアーケインを牛耳ってきたんだから」

「冗談だとしてもおもしろくないわ。あなたの目的が自分の命と正気を失うことではなく、守ることだってわたしたちにはわかっているわけでしょう。ミスター・ジョーンズもきっと論理的な人間だわ。あなたの目的も推測できているはずよ」

「まさか。私のような性格でこういう仕事をしている人間がランプの力を存分に利用するのに二の足を踏むはずはないとジョーンズは思うだろうさ」

「どうしてそんなに確信を持って言えるの？」とアデレイドは訊いた。

「彼の立場だったら、私もそう推測するからさ」

「ケルベロスになりかけている敵が自分でそれを食い止めようとしているとしたら、少なくとも多少の猶予を与えようと思わないかしら？」

グリフィンはすぐには答えなかった。アデレイドの背筋を冷たいものが這った。

「わからない」しばらくして彼は言った。「たぶん、ランプを持っている人間の人格がわかっているかどうかによるだろうな。ケイレブ・ジョーンズと私は個人的には知らない同士だ。彼は街で流れている噂を耳にするぐらいで、私のことは何も知らない」

「小さいころにも会ったことはないの?」

「うちの家族はジョーンズ一族と接触しないようにいつもひどく気をつけていたからね。それでも、ケイレブ・ジョーンズには私が誰であり、何を生業《なりわい》にして生きてきたのか、察しはついているんじゃないかと思うよ」グリフィンの口が冷たくゆがんだ。「私の今の仕事は私自身にとってもさほど好きなものではないが」

「こんなことを言って、気を悪くしないでもらいたいんですけど、あなたは疑念に心をむしばまれているんだわ。また幻覚を見ているとか?」

「信じてくれ、アデレイド。目覚めてからこれまでのことがすべて悪い夢だったとしたら、ありがたいぐらいだね」

こんなふうに打ちのめされた気分になる理由はないわとアデレイドは自分に言い聞かせたが、階上《うえ》の寝室でのキスの記憶はまだ心のなかで燃えていた。グリフィンにとってはあの燃えるような抱擁も悪夢のつづきにすぎなかったようなのに。

大きな犬の一頭が立ち上がって部屋を横切ってやってきた。大きな頭をアデレイドの膝に載せ、じっと待っている。アデレイドは耳の後ろをかいてやった。ほかの動物もそうだが、犬にもそれなりの超能力がある。その場の超常的なエネルギーの乱れをたいていの人間よりも敏感に察知する。

アデレイドはしばらく犬を撫でていた。ふと、あることが頭に浮かんだ。

「ひとつ、考慮しておいたほうがいいことがあるわ、グリフィン」と彼女は言った。

「なんだ？」

「ミセス・ジョーンズは植物に関する超能力を持っているの。ゴシップ紙で悪名高き毒薬使いの汚名を着せられているのもたしかだし。彼女にはこの家に足を踏み入れる前にあなたの素性がわかっていたとおっしゃったわね」

「最近の運の悪さから言って、それはたしかさ」

「そうだとしたら、そして、ジョーンズ・アンド・ジョーンズがあなたの死を願っているのだとしたら、あなたの傷に塗るようにと言ってくれた軟膏や煎じ薬に毒を盛る絶好の機会だったはずだわ。それなのに、あなたは驚くほどいい具合に回復しつつある」

グリフィンはしばらくじっと身動きしなかった。それから一度うなずいた。

「たしかに」急に興味を惹かれた口調で彼は言った。「それは非常に興味深い意見だね」

そのことばに力づけられ、アデレイドは急いでつづけた。「よく考えてみて。それはつまり、ジョーンズ一族はあなたが恐れているほどにあなたの素性についてわかっていないか、そうでなければ、あなたがケルベロスになるべく運命づけられているとは思っていないということじゃないかしら」

「ほかにも可能性はある」グリフィンは言った。「もっと早く気づくべきだったな」

アデレイドは彼の声に表れた冷たく打算的な響きが気に入らなかった。

「それは？」と彼女は訊いた。

「私はアーケインの歴史について、ジョーンズ家の人間と同じだけ詳しい。私か私の子孫に呪いが降りかかった場合に備えて、父は私に古い言い伝えについてよく話して聞かせた」

「それで？」

グリフィンはまた書斎のなかを行ったり来たりしはじめた。「二百年前、シルヴェスター・ジョーンズは自分の超能力を高めることにとりつかれたようになっていた。ニコラスがバーニング・ランプに執心だったのと同様に」

「だから？」

「父に聞かされた話だが、古い言い伝えによると、シルヴェスターは自分の超能力を高める秘薬の製造に部分的に成功したそうだ。しかし、その秘薬には致命的な欠陥があった。結局、秘薬はゆっくりと効き目を表す毒薬でしかないそうだ」

「何が言いたいの、グリフィン？」

グリフィンはまた足を止めた。今度は暖炉の前だった。「おそらく、ジョーンズ一族はわざと攻撃に出ずに、ニコラスのほうがより成功した錬金術師だったのかどうかたしかめようとしているんだ」

「なんてこと」彼が達した結論に驚愕してアデレイドは言った。「本気で言っているんじゃないでしょうね」

「父によれば、ジョーンズ一族の人間は創設者の秘薬をみずから用いることはしないそうだ。危険すぎるからといって。しかし、ランプが危険をともなわずに超能力を高めるものかどうか知りたいという気持ちは強いのかもしれない」

「あなたがみずから実験台になるのを彼らが傍観することにしたっていうの?」

「ありうるだろう? 結局、ランプのせいで私が人間の形をした怪物になってしまっても、向こうにはまだ私を滅ぼすという選択肢が残る。そして、ランプがじっさいに効力を発揮し、私が複数の能力を持ちながら、異常者にならなかったとしたら、やはり私のことを滅ぼし、ランプを奪いとってそれを自分たちに用いてみることができる。ドリームライト・リーダーも彼らなら難なく見つけられるだろうしね。アーケインの会員の記録はすべて調べてあるだろうから」

「ああ、まったく。あなたって役者になるべきだったわね。その疑い深い性格は、過激なお芝居にぴったりですもの。だったら、いいわ、あなたが正しいと仮定しましょう。そうなると、わたしたちはどうなるわけ?」

「残念ながら、しばらくきみはこの家から離れられないということになる」

「あなたがそうおっしゃるんじゃないかと恐れていたのよ」

14

いつものようにひどい悪夢がはじまった……


〝私は階段の下に立ち、階上《うえ》の暗がりを見上げている。家のなかは墓場のように静まり返っている。

もう遅すぎるであろうことはわかっているが、ほかに選択肢はない。私は恐怖と絶望に血も凍る思いで階段をのぼりはじめる。そこで待ちかまえているぞっとするような光景が私の世界を粉々にすることになる。

救おうとしても遅すぎた……〟


「起きて、グリフィン。また夢を見ているのね」

アデレイドの声が悪夢から彼女を引き戻した。目を開けると、彼女が身をかがめてのぞきこんでいた。薄暗い明かりのなかで彼女が更紗のガウンを身につけ、レースの小さなナイトキャップをかぶっているのがわかる。その日の午後にキスしたときと同じように、ほつれ毛が肩で揺れている。アデレイドはろうそくを載せた鉄の燭台を左手に持っていた。

「ああ、フローレンス・ナイチンゲールじゃあるまいし」グリフィンは枕の上で身を起こした。自分が不機嫌な声を出しているのは自分でもわかったが、どうしようもなかった。熱でもあるかのように汗びっしょりで、心臓はまだ大きく鼓動していた。こんな姿をまた彼女に見られるのはいやでたまらなかった。ふと、不安に襲われる。「悲鳴か叫び声をあげたかな?」

「いいえ」アデレイドはきっぱりと答えた。

「だったら、どうして私が悪夢を見ているとわかったんだ?」

「わたしたちの寝室にはつづきのドアがあるでしょう」彼女は言った。「そこからあなたのドリームライトのエネルギーが感じられたの」

「ちくしょう。この家にはもう個人の空間というものはないんだな」

アデレイドは彼の肩に触れた。「あなたは震えているけど、肌は熱いわ。その悪夢って現れはじめたもうひとつの超能力と関係するもの?」

「じっさい、昔から見ている夢なんだ。もっと若いころには頻繁に見て苦しめられたものさ。しかし、時とともにあまり見ることもなくなっていた。もうすっかり解放されたと思っていたんだが、新しい超能力が現れはじめたころから、いっそう鮮やかによみがえってきた」

「そういう超常感覚の乱れがけがの回復にとってよくないのはたしかよ。もうぶつくさ言うのはやめて、安らかな眠りを与えさせて」

「だめだ」

「お願いよ」彼女はなだめるように言った。「できるだけ早く回復したいなら、わたしが力になれるわ」

「だめだと言ったんだ」

「グリフィン、あなたってこのことについてはばかばかしいほど頭が固いのね。ご自分でもわかっているでしょうけど」

「きみにまた眠りに落としてもらうことを拒んでいるのを私が頑固なせいだと思っているようだが、そうじゃない」彼は苛立って言った。「誓ってもいい」

「だったら、どうして拒むの？」

「なぜなら、深い眠りに落ちてしまうと、私の超常感覚も同様に眠ってしまうからだ」

「わかったわ」彼女の声がやさしくなった。「思いのままに動けなくなると思うのね。何かが起こっても、間に合うように目覚められないんじゃないかと不安なんだわ」

「ぐっすり眠ることに慣れていないんでね、アデレイド。まるで自分が意識を失ってしまったような感じがするんだ」

「まあ、ある意味そうだけど」彼女も認めた。「でも、その不安なら解消できるわ」

グリフィンは警戒するように彼女を見つめた。「どうやって?」

「けがの回復のためには、ひと晩に二時間だけ、深く安らかな眠りが必要よ。わたしにその眠りをもたらさせてくれれば、きっかり二時間以内に起こしに戻ってくると約束するわ。それでどうかしら?」

グリフィンはその申し出について考えてみた。「その深い眠りがほんとうにけがの回復をうながすんだね?」

「そうよ」

「私は体力をとり戻す必要がある」と彼は言った。

「一日二時間、回復のための眠りをもたらさせてくれれば、半分の時間で体力を回復できるわ」彼女はそこで間を置いた。「でも、それを許すには信頼が必要なのはたしかだけど」

グリフィンは意を決し、枕に身を倒した。

「眠らせてくれ」と言う。

アデレイドは彼の額に指先で触れた。彼女のエネルギーが超常感覚にささやきかける。

グリフィンは眠りに落ちた。

15

ベイジル・ハルシーがアメリオプテリス・アマゾニエンシスから小さな葉を切りとっていると、研究室の扉が開いた。ラットレルと、捕食動物のような物腰の筋骨たくましい用心棒のひとりが研究室にはいってきた。

「おはよう、ドクター・ハルシー」ラットレルが言った。「夢の研究は進んでいるかい?」

思わずうろたえたハルシーはおちつきをとり戻そうとした。用心棒にもびくついたが、真に恐ろしいのはラットレルだった。

遠目で見れば、この男が暗黒街の権力者だとは誰にもわからないだろう。噂が多少なりともほんとうならば、いくつもの娼館と、アヘン窟と、その他のいまわしい商売を牛耳っている男だが、犯罪社会の大物として思い描く人物とはかけ離れた外見だった。

ラットレルは三十代後半で、ハンサムで、たくましい体につねに優美な衣服を身につけていた。口を開いてはじめて、その口跡から下層階級の出身であることをかすかに感じとれるだけだ。

この男には冷たい力を示す空気がまとわりついている。凍るように冷たい目もそうだ。ハルシーは胸の内でつぶやいた。ラットレルの目は、ヘビが青い目をしているとすれば、まさに毒蛇の目だ。

「研究はとてもうまく進んでいます」ハルシーは答えた。「入り組んだ科学的研究に対する寛大なお心と、大きなご理解のおかげで。数日以内に人間をはじめて実験台にする準備もできるはずです」

ハルシーはシダの葉をそっと作業台に置いた。盗んだシダを用いた実験はこれまで苛立《いらだ》たしいほどに結果が出ないでいた。ひとつかふたつ興味深い化合物はできたのだが、このシダに関してはもっとずっと重要なことを知る必要があると直感が告げていた。

「それはよかった」ラットレルは明らかにうんざりした様子で言った。「ところで、今日ここへ来たのは、新しい装置ができているかどうかたしかめるためだ。すぐに完成すると言っていたはずだが」

「ええ、もちろんです」ハルシーは小声で答えた。

そして、ため息を押し殺した。月がかわり、資金提供者もかわった。最近、自分とバートラムは靴下をかえるよりも短期間で資金提供者をかえているように思える。なんともうんざりすることだったが、ほかに選択肢はなかった。科学に身を捧げた人間には資金が必要だった。それも多額の資金が。金というものはラットレルのような男からもたらされるものだ。概して暗黒街の大物はこれまでの資金提供者に比べればまだましだった。少なくともラットレルは自分の職業や社会的立場を偽ろうとはしない。それに比べ、セヴンス・サークルの連中は自分たちを紳士だとみなしていたが、結局は最低の犯罪者以外の何者でもなかった。

ハルシーは研究室の奥にある、扉が開いたままの入口に目を向けた。

「バートラム」と声をかける。「悪いが、装置を持ってきてくれないか。ミスター・ラットレルが引きとりにおいでだ」

入口にバートラムが現れた。両手にそれぞれ大きな布の袋を持っている。「六個用意できました。それで充分だと思いますが」

バートラムは二十三歳のころの自分とそっくりだとハルシーは胸の内でつぶやいた。眼鏡をかけ、髪の生え際の後退しかけた学者風の若者。しかし、バートラムの能力は父親として誇りを感じるほどだった。息子の超能力は父とまったく同じというわけではなかった。超能力者同士がまったく同じ能力を持つことはないのだ。しかし、バートラムは父親以上とは言わないまでも、父親と同じほど強い能力を有していた。

これからも資金が得られれば、力を合わせて夢の研究の分野で大きな飛躍を遂げられるはずだ。そして、自分が死んだあとは、バートラムは偉大なる研究をつづけるだけでなく、科学の分野での超能力を受け継ぐ息子をこの世に送り出すことだろう。将来の世代に、そうしてつながっていくわが家系が名状しがたいほどの影響をおよぼすことになる。そう考えると胸が躍った。

「今考えている計画には装置は六個あれば充分のはずだ」ラットレルが言った。「しかし、思いどおりの効果があれば、きっとあといくつか必要になると思うが」

「もちろんです」バートラムが礼儀正しく言い、布の袋を作業台の上に置いた。

ラットレルの顔が輝いた。興奮した不穏な空気があたりにただよう。

ハルシーとバートラムに関するかぎり、小さな装置に注入したガスはシダの実験から偶然できた副産物にすぎなかった。しかし、檻《おり》いっぱいのネズミに対する実験結果を目にしたラットレルは、すぐさま武器として使えると考えたようだった。

彼はバートラムが袋から金属の装置をとり出すのを貪欲《どんよく》な目で見つめていた。

「どうやって使うものか見せてくれ」と彼は言った。

バートラムは指で示した。「ここを押すだけです。弁が開いてすぐにガスが噴出されます。このガスは非常に効果が強く、すばやく空気中に広がります。この装置を使う人間は鼻と口を厚手の布でふさぎ、ガスが蒸発するまで離れていたほうがいいでしょうね」

「すばらしい」ラットレルは容器を手にとり、両手でまわした。「きっとこれは使いやすい道具になるな」

ラットレルは満足した様子だった。ハルシーはその機会をとらえることにした。不安なときにいつもするように、眼鏡をはずして汚いハンカチで拭きはじめた。

「例の新しい顕微鏡ですが、ミスター・ラットレル」ハルシーは用心深く口を開いた。

「ああ、そうだな、買うといい」とラットレルは答えた。顔には爬虫類を思わせる笑みが浮かんでいる。「科学の進歩を邪魔したくないからな」

「新しい薬品と薬草もいくつか必要でして」ハルシーは付け加えた。

「いつものように、必要なものを書き出してサッカーに渡せ。こいつがここにいるのはあんたの用事を聞くためだ」

ラットレルは用心棒に布の袋を持つように合図し、研究室から出ていった。

ハルシーはふたりが去っていくのを見送った。扉が閉まると、バートラムが深々と安堵《あんど》の息を吐いた。

「この街でもっとも力を持つ犯罪組織の帝王のために仕事をしているなんて信じられないな」と彼は言った。

「偉大なる研究のことをほんとうの意味で評価していない資金提供者のために、また危険なおもちゃを作らされることになるわけだ」ハルシーは鼻に眼鏡を戻した。「しかし、現代においては、それが科学的発見のための代償のようだからな」

「将来は、重大な超常的研究にわが身を捧げているぼくらのような人間にもっと敬意が払われるようになるといいけど」とバートラムが言った。

16

五日後、デルバートは厨房の窓辺に立ち、トレヴェリアン夫人が作った濃厚なホットチョコレートを飲んでいた。窓から目を向けていたのは庭の光景だった。ボスがミセス・パインとふたり、緑の鋳鉄製のベンチに腰を下ろしている。ふたりはボスが肌身離さず持っている古い革表紙の日誌を調べていた。ふたりの足もとには、犬たちが寝そべっている。穏やかな情景だった。しかし、最近のボスはまるで穏やかとは言えなかった。そういう意味では、これまでも穏やかだったことなどないがと、デルバートは胸の内でつぶやいた。

「ふたりで何を話しているんだと思う?」と彼は訊いた。

トレヴェリアン夫人はこねているパン生地から目を上げようとしなかった。

「わたしにその答えがどうしてわかって?」と彼女は訊き返した。

デルバートは庭のふたりを見つめつづけた。グリフィン・ウィンターズとは知り合って二十年になる。若かった彼が裏社会で急速にたくましく成長する姿を見守ってきたのだった。

女の影はつねにあった。ボスは女好きなのだ。しかし、影というのが鍵だ。これまではボスの人生で女は影でしかなかった。

しかし、ミセス・パインはちがう。ボスはほかのどんな女にもこんなふうに接することはなかった。妻に対してさえも。ベンチにすわっているふたりのまわりには何か目に見えないエネルギーのようなものがただよっていた。ふたりと同じ部屋にいると、稲妻が小さく光るのが見える気がするほどだった。

デルバートは振り返ってパン生地をこねるトレヴェリアン夫人を見つめた。喜ばしい光景だった。パン生地をこねるたびに、エプロンの下で豊かな胸が上下している。

「どういう成り行きでミセス・パインの家の家政婦になったんだい?」と彼は訊いた。

「紹介所を通してよ」彼女は答えた。「正直に言えば、彼女の面接を受けたときには、ちょっとばかりせっぱ詰まった状態だったの。その少し前に、紹介状を書いてくれることも、年金を払ってくれることもなく、もとの雇い主が亡くなったので。そう、推薦されるような人間でないと、立派な家での仕事を見つけるのはとても大変ですからね」

「そんなこと、おれにはわかるはずもないな。立派な家で仕事しようなんて思ったこともないから」

トレヴェリアン夫人は彼を頭のてっぺんから爪先までちらりと眺めた。「ええ、まあ、あなたが身につけている上等のブーツや金縁の眼鏡や指輪からして、ここであなたはわたしが一生をかけてもお目にかかれないほどの稼ぎをあげているようね」

スーザン・トレヴェリアンはりりしくすばらしい女性だとデルバートは思った。そう思うのもはじめてのことではなかったが。その太い丸々とした太腿《ふともも》と豊かな胸は、古代の女神の彫像を思い起こさせた。たくましく、活力に満ちあふれた女性でもある。重い鉄鍋を紙でできているかのようにひょいと持ち上げることもできる。ふと、ベッドのなかでも同様に精力的な女性なのかもしれないと思った。

「話をつづけてくれ」と彼は言った。

「紹介所の人が言うには、ミセス・パインは最近アメリカの未開の西部から戻ってきたばかりだから、推薦状にはとくにこだわらないかもしれないということだった」トレヴェリアン夫人は言った。

「西部の人間はちょっとばかり風変わりだと言うからな」

「きっとそうね。とにかく、ミセス・パインは面接してすぐにわたしを雇ってくれたの。ありがたいことに、推薦状なんて求められることもなかったわ」

「アメリカでの暮らしについて聞いたことは?」

「たまにね」トレヴェリアン夫人は焼き型にパン生地をおさめた。

「おれも昔からアメリカには興味がある」デルバートが言った。「すごい銃を作る連中だ」

トレヴェリアン夫人はオーブンの扉を開き、パン生地を入れた焼き型をなかに入れた。

「ミセス・パインはたまに西部が恋しくなることもあるようだわ。お友達もいたし、ずいぶんと冒険なさったようだから」

「どうしてイギリスに戻ってきたのか聞いたことはあるのかい?」

「いいえ。彼女自身、戻ってきた理由はわからないんじゃないかと思うわ。正直、最近まで戻ってらしたのはまちがいだと思っていたし。きっとすぐにアメリカに戻る船を予約なさるんじゃないかとずっと思っていた」

「どうしてそう思う?」

「彼女の心のなかには妙におちつかない思いがあったから。そう、いつも忙しくはしていたわ。慈善事業やら何やらで。でも、心のどこかで何かが起こるのを待っている感じだった」

「たとえば?」

「わたしには見当もつかなかったわ。彼女自身にもわからなかったんじゃないかしらね。でも、それも最近までのことよ」トレヴェリアン夫人はタオルで手を拭き、庭のふたりへ顎をしゃくった。「社会改革者と暗黒街の帝王がいっしょにいるなんて、誰に信じられて?」

デルバートは笑みを浮かべた。「あんたのような立派なご婦人が協会の会長とその部下のために料理をするはめになると誰に信じられる?」

トレヴェリアン夫人は小さく鼻を鳴らして笑った。

「おもしろい気分転換にはなっているわ」と彼女は言った。

品のよい額にはうっすらと汗が浮かび、それがなぜか彼女をより魅力的に見せた。

「あんたは並外れたご婦人だよ、ミセス・トレヴェリアン」とデルバートは言った。

「あなただって犯罪社会の人間らしくは見えないわ。ミスター・ウィンターズのもとで働くようになってどのぐらいなの？」

「彼が暗黒街の人間になったその日からさ。まだほんの小僧っ子だった。十六になったかならないかで、もともとは上流階級の家の出だった。これから何が待ちかまえているのかまったくわかっていなかったが、覚えが速かった。協会をつくるために生まれてきたんじゃないかと思うほどにね」

「協会ね」トレヴェリアン夫人は壁にかけてあったシチュー用の鍋を手にとった。「暗黒街の組織じゃなく、ちゃんとした投資会社みたいに聞こえるわね」

「それとまったく同じことをボスも言っていたよ」

17

アデレイドはしおりをはさみ、革表紙の本を閉じた。「気を悪くしないでもらいたいんだけど、あなたの祖先って変人だったのね」

「どこからどう見ても、私は彼に似ているようだ」グリフィンが言った。「書斎にあった肖像画を見ただろう。あれを見ると、自分の姿を鏡に映して見ているような気になるんだ」

アデレイドとこうして庭にいっしょにすわっているのはとても気分がいいとグリフィンは胸の内でつぶやいた。つかのま、自分がちがう人生を歩んでいたらどうなっていただろうと考えて焦れる思いに駆られた。今の自分ではなく、結婚して家族を持つ自由を享受できる人間だったなら。

「たしかにあなたは驚くほどニコラス・ウィンターズに似ているけど、同じ人間じゃ全然ないわ」とアデレイドが言った。

確信に満ちたその声を聞いてグリフィンは眉を上げた。

「どうしてそう言いきれる?」と訊く。「外見的にも、超能力の面でも、似ているのは明らかだ」

「わたしがあのランプを手に入れて十年がたっているのよ」彼女は言った。「これはほんとうだけど、ランプについた濃いドリームプリントは微妙なちがいまでわかっているつもりなの。あなたはたしかにニコラス・ウィンターズの子孫だけど、人格はまったくちがうわ」

グリフィンはその問題については言い争ってもしかたないと感じとり、話題を変えることにした。

「ランプのドリームプリントからほかに何がわかる?」と彼は訊いた。

「何よりも、ウィンターズとドリームライト・リーダーのエレノア・フレミングとのあいだに強い絆があったのがわかるわ」アデレイドは一瞬ためらってから付け加えた。「情熱の絆よ」

「言ったと思うが、ふたりは恋人同士だったんだ。彼女は彼の息子を産んだ。その彼女をニコラスは裏切った。それで彼女は復讐しようと決めたわけだ。昔からよくある話さ。そうした似たような話と唯一ちがうのは、エレノアはニコラスを殺そうとする代わりに、ランプのエネルギーを使って彼の超能力をすべて奪ったんだ」

「その残酷な復讐の代償としてエレノアは命を落とした」アデレイドが言った。「ランプから解き放たれたエネルギーがニコラスの超常感覚を打ち砕くと同時に、エレノアの命を奪ったのよ」

「ああ」

「彼を信じるなんてばかだったのね」アデレイドは首を振った。「ニコラス・ウィンターズは相手がどんな女性であれ、裏切ったでしょうから。彼にとって真の恋人は力への執着心だけだった。力を手に入れることしか頭になかった彼は、最後になって別の執着心にとりつかれたのよ」

「シルヴェスター・ジョーンズの血筋への復讐だ」

「そう」アデレイドは日誌を指でたたいた。「すべてここに書かれているわ。ニコラスはジョーンズが生み出そうとするすべてを滅ぼすことが自分の望みだとはっきり書いている。たとえそれを成し遂げるのが何世代も先だとしても」

「うちの祖先が壮大な復讐計画を立てなかったはずはないな」

「最後にシルヴェスターと対決しに行くときに、自分が生きて戻らないことはわかっていたのね」アデレイドはつづけた。「日誌の内容からして、ジョーンズに自分の息の根を止めてほしいとすら思っていたような気がするわ。ある意味自殺だったのよ」

「エレノア・フレミングがランプを使ってやったことで、超常感覚が急速に衰え出していたからだ。狂気に沈みこみつつあったのさ。死を選ぶことが彼に残されたたったひとつの道だった」

「もしくは、そう信じていた」

グリフィンは彼女に目を向けた。「いつ私のためにランプの力を引き出してくれるかい？」

アデレイドは不安そうに日誌をちらりと見た。

「ここに説明されていないことが数多くあるわ」

「きみも気づいたんだな？　前にも言ったが、祖先は錬金術師だった。秘密主義にとりつかれたようになっていたんだ。私はその日誌に使われている暗号を精いっぱい解読したわけだが、重要な要素が抜け落ちている可能性はある。きみがランプを動かすまで、たしかなことはわからないんだ」

「扉の鍵について書かれた部分は何を意味していると思う？」

「警告だろうな。うまくいかなかったら、その代償として地獄へ堕ちることになる」

アデレイドは日誌を開いて声を出して読みはじめた。「第三の能力はもっとも強く、もっとも恐ろしい能力である。あつかいをまちがえると、この最後の超常的な能力は非常に危険なものとなり、まずは正気を奪われ、次には命を奪われることになるだろう」彼女は目を上げた。「自分の力を受け継ぐ子孫が三つめの能力をあやつることができるとしたら、それはうまくその能力につながる扉の鍵をはずしたときだけだと信じていたようね」

グリフィンは池を見つめた。「それを書いたときに、彼がすでにかなり正気を失っていたことを忘れてはだめだ」

「それもたんなる言い伝えかもしれないけれど」アデレイドはまた日誌を閉じた。

「私にとって、その日誌で重要なのはドリームライト・エネルギーをあつかえる女性に関する部分だけさ」彼は言った。「その女性だけが、〝変化〟がはじまったときにそれを止めるか、ひるがえさせることができる」

「そうであることが彼はいやだったんでしょう？」

「ドリームライトをあつかえる女性の助けなしにはランプの力を得られないことかい？　ああ。いやでたまらなかっただろうさ」

「それは彼の失敗よ。ランプを作ったのは彼自身なんだから」

グリフィンは笑みを浮かべそうになった。「たしかに」

「きっと力を貸してくれる女性を自分の意のままにできると思っていたのね」

「ニコラスはすばらしい超能力を持っていたかもしれないが、女性については何もわかっていなかった」グリフィンはアデレイドに目を向けた。「それで、アデレイド？　バーニング・ランプの力をあやつれると思うかい？」

「ええ、もちろん」

期待がグリフィンの全身に広がった。

「変化をひるがえすことができると？」と彼は訊いた。

「その点についてはたしかなことは言えないわ」

グリフィンは重いため息をついた。「こんなことを言うのはためらわれるんだが、すでにきみには芝居がかっているとみなされているから、言ってしまうが、ほんとうにきみが唯一の希望なんだ」

アデレイドの知性にあふれた魅惑的な顔がくもり、険しい表情が浮かんだ。「たしかに芝居がかった状況かもしれないわね。わたしがランプをあやつったら、その途中であなたの命を奪ってしまう可能性があるというのはわかっているの？」

「ああ」

「その危険を本気で冒すつもり？」

「もうひとつの選択肢よりはましだからね」

「〝変化〟がつづいたら、狂気におちいってしまう運命なのはたしかなの？」

グリフィンは日誌をちらりと見た。「私にわかっているのは、ニコラスが日誌に書いたことと、父に聞かされた言い伝えだけだ。私がどれほどの窮地に立たされているか、きみにもわかっているはずだ、アデレイド」

「ええ」彼女は言った。「わかっているわ」

「だったら？」

「今夜」彼女は言った。「ドリームライト・エネルギーは夜のほうがより強い力を発揮するの」

18

午前零時少し前に、アデレイドは日誌を抱え、寝室のドアへと向かった。扉を開けて廊下へと忍び出る。古い石造りの家は不気味に静まり返っているように思えた。トレヴェリアン夫人は夕食のあと、寝室に引きとっており、すでにぐっすり眠っているはずだ。デルバートとレギットとジェッドもベッドにはいっていた。

修道院で幾晩も過ごしたおかげで、この家の夜の決まりはよくわかっていた。すべて敵の侵入に備えたものだ。超自然的な力に対して魔法使いが魔法の防壁を作るように、現代的な鍵やよくできた警報装置のある家を三人の用心棒が警備している。ジェッドいわく、最初の防衛線である犬たちは、庭に放されていた。

アデレイドは暗い階段を降りた。玄関の間に達すると、廊下を曲がって書斎へ向かった。

グリフィンがそこで待っていた。小さな炎を上げて薪が燃える暖炉の前に立ち、片手をマントルピースに載せている。彼を包むエネルギーが動いた。アデレイドには、そのエネルギーが蔓《つる》を伸ばし、自分の体にからみついてきて彼のほうへと引き寄せるように思えた。そう考えると感覚が乱された。彼女はグリフィンのところへ駆け寄りたいという、突然湧いた耐えがたいほどの欲望を抑えつけなければならなかった。

日誌をつかむ指に力が加わる。今夜は双方のためにしっかり自分を抑えなければならない。

グリフィンは黒いズボンと白いリネンのシャツという装いだった。シャツの襟のボタンははずされ、袖《そで》は肘までまくり上げられている。超能力を使って顔を隠してはいなかったが、彼はどこか暗い影に包まれていた。これから戦闘にくり出す人間のようだったが、それも不愉快なほどに真実に近かった。

しかし、部屋のなかにはほかにも官能を帯びた強いエネルギーがただよっていた。アデレイドは奇妙な感覚に襲われた。ありえないことに思われたが、欲望の波長がバーニング・ランプからもれ出している不気味なエネルギーと協調しているのだ。そうとわかって彼女ははっと入口で足を止めた。

グリフィンが彼女に目を向けた。「はいってくれ、アデレイド」

彼はそうひとこと言っただけだったが、そのかすれた声に表れた官能的な響きがアデレイドの全身に興奮を走らせた。グリフィンは肉体的にわたしに惹かれていることを隠そうとしないが、隠そうとしたとしても、そうとわかったにちがいない。そして、わたしが欲望を感じていることもきっと彼にはわかっているはず。アデレイドは胸の内でつぶやいた。そうした強く原始的な力が部屋全体に強力なエネルギーをただよわせていた。あまり超能力を持ち合わせていない人であっても、たいてい情熱の熱いエネルギーは感じとるものだ。強い超常感覚の持ち主のあいだでそうしたエネルギーが発せられると、もはや隠すことは不可能だ。

とはいえ、だからといって、そうした自分の根幹にかかわる危険かもしれないエネルギーにむやみに身を投げ出していいということではないとアデレイドは自分に言い聞かせた。彼女は肩を怒らせ、ドアを閉めると、しっかりした足取りで部屋の中央に向かった。

昼間とはちがい、厚手のカーテンは閉められていた。ガスランプがひとつだけつけられ、その炎が暗闇に沈む書斎に揺れる光を投げかけている。

バーニング・ランプは部屋の中央に置かれた小さな丸テーブルに載っていた。金色の金属がぼんやりとした明かりを受けてきらめいていたが、縁についているクリスタルはくもっていた。

「何が起ころうとも邪魔をしないようにとうちの者たちには指示を出しておいた」とグリフィンが言った。

なぜかそのことがほかの何にもましてアデレイドを不安にさせた。「今夜、わたしたちがここで会うことになっていると知っているの？」

「ああ」

「ランプで何をするつもりでいるか話したの？」

「いや、もちろん話していない」グリフィンは答えた。「超常的な実験をすると話して連中を警戒させたくなかったからね」

「だったら、みんなわたしたちが何をするつもりだと思っているの？」

部屋に張りつめた空気がただようなか、グリフィンはおもしろがっている様子だった。

「連中がどんな想像をすると思う？」

アデレイドは顔を赤らめた。「ええ、そうよね。なんだか……きまりが悪いわ」

「われわれは恋人同士だと思われて当然さ、アデレイド」声に苛立ちが表れる。「この家に私が女性を連れてきたのがはじめてなのは連中にもよくわかっているからね」

「どうしてはじめてなの？」アデレイドは自分を抑える前に質問を発していた。

「この家には秘密が多すぎるからさ」

アデレイドはすぐに理解してうなずいた。「信用できない人間は誰もなかに入れないのね」

「そのせいで、この家を訪問する客は極端に少ない」

「そうでしょうね」アデレイドはそこで間を置いた。「でも、あなたはわたしをここへ連れてきた。そしてわたしはミセス・トレヴェリアンを呼び寄せた」

彼の口の端が上がり、苦々しくおもしろがるような笑みの形になった。「そして次にはジョーンズ家の人間がこの家に足を踏み入れたと知ることになるというわけだ。毒薬使いとして悪名高く、アーケイン・ソサエティが新たに設立した超常的な問題を調査する会社の創設者のひとり、ミセス・ルシンダ・ブロムリー・ジョーンズがね。決まりが破られたらどんなことになるかわかるかい?」

「ジョーンズ・アンド・ジョーンズはさしあたり脅威にはならないということで合意したはずだけど」

「だからといって、あの会社の経営者をお茶に招くのを習慣にするつもりはこれっぽっちもないが」

「ミセス・ジョーンズはお茶を飲まずに帰ったわ」

グリフィンは眉を上げた。「お茶に誘ったとは言わないでくれよ」

「それが礼儀だと思ったんですもの」

グリフィンはあきらめるように首を振ったが、そのことについてはそれ以上何も言わなかった。

「幸い、ジョーンズ夫妻は今ここにいない」彼は言った。「ここにはきみと私とランプだけだ。さあ、さっさとすませようじゃないか」

そのことばが古い記憶をよみがえらせた。十三年前、スミスという男も同じことを言っていた——〝さあ、さっさとすませようじゃないか〟今夜、危険が待ちかまえているかもしれないと直感が警告を発したにちがいない。これからグリフィンとともに試みようとしていることが非常に危険なことであるのはたしかだが。

グリフィンは彼女の脇を通って閉じたドアのところへ行った。彼が鍵穴に鍵を差しこんでまわすかすれた金属音が聞こえた。その音にはどこか断固とした響きがあった。もうあと戻りはできないと告げる音。そう考えるとアデレイドの体に震えが走り、うなじの産毛が総毛立った。恐怖？　不安？　予知？　なんであれ、興奮を呼ぶ感覚であるのも否定できなかった。

ようやく、長年守ってきたランプの秘密が明かされようとしているのだ。熱を帯びた期待の波が全身に走る。この瞬間をずっと待っていたのよ。アデレイドは胸の内でつぶやいた。そしてこの人を。

最後に浮かんだ思いは脇に退けた。今夜、気をそらされるわけにはいかない。これから行うことに全神経を集中させるのだ。そこにはグリフィンと自分自身の命がかかっている。ふたりの超常感覚と正気は言うまでもなく。すべてはわたしが自分の能力をうまく使えるかどうかにかかっている。

アデレイドは日誌を近くのテーブルの上に置いた。

「ガスランプの明かりを落として」彼女は言った。「ほかの明かりに気をとられないほうが、超常感覚を楽にドリームライトに集中できるの」

グリフィンは言われたとおりにし、部屋はさらに深い闇に包まれた。「暖炉の火は？」

「それは問題ないわ」と彼女は答えた。

グリフィンはランプが載っているテーブルへと歩み寄って言った。

「それで?」

「日誌を読んで、あなたの言ったとおり、ランプを光らせてそのなかのエネルギーの流れをあやつるにはなんらかの肉体的接触が必要だとわたしも思ったわ」彼女はそう言ってテーブルに手を差し出した。「わたしの手をとって」

グリフィンは彼女の指をきつくにぎりしめた。アデレイドはランプの縁の水晶のすぐ上あたりに空いている手をそっと置いた。

「さあ、もう一方の手でランプに触れて」と彼女は指示した。

グリフィンは指示に従った。

「前にも言ったように、わたしはランプをほんの少し光らせることができるだけよ。じっさいにランプに火をともせるのはきっとあなただけだわ」

「どうやって?」

「たぶん、直感に従えばいいんだと思う」彼女は言った。「超常感覚を全開にして、ランプの周波数に自分の感覚を合わせてみて」

「きみはどうするんだ?」

「日誌によれば、わたしの役目はエネルギーの核を抑えておくことみたい。しっかりとエネルギーの波を抑制しておかないと、荒れて収拾がつかなくなってしまうのよ。そうなったら、わたしたちふたりとも命がないかもしれない」

「ふと思ったんだが、われわれのどちらも、これから自分たちがどうなるかわかっていないんだな」

「わたしも同じことを思ったわ」とアデレイドも言った。

それでも、どちらも実験をとりやめようとは言い出さないことはわかっていた。

グリフィンはランプを見下ろした。暖炉の火に照らされ、暗闇のなかに祖先の錬金術師の顔が浮かびあがる。彼はことばを発しなかったが、アデレイドにはその場のエネルギーが大きく脈打つのが感じられた。とはいえ、彼の超能力はまだ一点に集中されておらず、彼が発する異常な量のドリームライトがまわりで目に見えない波となってぶつかり合い、荒れ狂っていた。彼のうっとりするような力強いオーラがさらに彼女の興奮を高め、アデレイドは官能の嵐へと投げこまれそうになった。彼女はどうにか反応すまいと抗《あらが》った。グリフィンが同じように自分と闘っているのがわかる。

「ランプよ」彼女は自分が何を言っているのかわからないまま、なめらかな口調で言った。「ランプの発するエネルギーが、まだ火がともっていなくても、わたしたちの超常感覚に奇妙な影響をおよぼしているんだわ。それは無視して」

グリフィンはランプの縁越しに彼女に目を向けた。彼の目に浮かんだ熱に心乱されるあまり、つかのまアデレイドは動けなくなった。

「きみはどうかわからないが、私にはこの感覚を無視するのは無理だね」彼は言った。「だから、できるだけ急いで事を進めるのが一番だ」

彼の熱い目に魅せられ、圧倒されて、彼女はしばらく息ができなかった。ようやくの思いで唾を呑みこみ、神経を集中させる。

「いいわ」アデレイドは言った。「ランプが発するエネルギーの波形に自分のエネルギーを合わせてみて」

すぐに彼が注意深く自分のエネルギーを集中させはじめたのがわかった。無意識に彼女も自分の能力を用いて同じようにし、ランプに囚われた超常的な嵐の波形を探しはじめた。部屋にみなぎるエネルギーがさらに高まる。

ランプは最初はぼんやりとではあったが光りはじめた。が、やがてもっとも暗い部分から発せられるドリームライトが不気味な色を帯びて輝き出した。

「そうだ」グリフィンが言った。声にかすかに勝ち誇るような響きが表れる。「ああ、私にもわかるぞ」

電流が流れるような衝撃が超常感覚に走り、アデレイドは驚愕して鋭く息を吸った。手をにぎるグリフィンの手に力が加わる。自分を貫いた同じ稲妻が彼の体にも走るのがアデレイドにはわかった。しかし、ドリームライトの熱はほんの一瞬で消えた。やがてふたりはともに嵐に巻きこまれた。

アデレイドは部屋にあふれるエネルギーの波に乗って自分がどんどん高く舞い上がっていくような気がした。なんとも魅惑的な感覚だった。テーブルの反対側にいるグリフィンの目は燃えている。その手は手枷《てかせ》となって彼女の手をつかみ、彼女をつなぎとめていた。

ランプの内側で超常的な炎が燃え上がり、夢の世界の中心から発せられるさまざまな色を帯びて明るく揺らめいた。錬金術師の炉のなかで火に焼かれているかのように、ランプの色が変わりはじめた。くもった金色の金属がまずは白濁した色になり、やがて半透明となり、ついには透明になった。アデレイドは魅せられたようにランプを見つめた。

「まるで純度の高い水晶でできているようだわ」と彼女はささやいた。

「石だ」グリフィンが言った。「石を見て」

ランプの縁につけられた水晶ももはやどんよりとくもってはいなかった。ひとつを除いてすべての石が内なる激しい炎を受けて光り輝いている。どれもがドリームライトにちがう色を投げかけていた。ダイヤモンドの白、琥珀《こはく》の黄色、ペリドットとエメラルドの緑、ルビーの赤、風変わりな紫。

感覚を麻痺《まひ》させるような虹色のドリームライトが部屋に走り、壁を突き刺し、鏡に反射してニコラス・ウィンターズの肖像画を照らし出した。アデレイドの目の端で何かが動いた。部屋に充満するエネルギーに反応して自分のほつれ毛が宙に浮いているのだとわかる。

ランプが生み出したエネルギーの波形をじっくり見ると、あちこちにグリフィンの超能力の波形ときちんと一致していない波が見えた。ランプが発するドリームライトはこれまで経験したこともないほどのものだったが、結局、ドリームライトのエネルギーにはちがいなかった。アデレイドは波形を整えるのに何をしたらいいか、突然直感的に理解した。乱れて揺れる部分をグリフィンが発するエネルギーとうまく協調するように整える作業にとりかかる。細かく、微妙な作業だった。ピアノの調律に似ていることに気づいてうれしくなる。どうしたら調律できるか、感覚でわかるというわけだ。

自分のすべきことがはっきりしたため、アデレイドはすばやくそのささやかな調整を行った。そのあいだずっとグリフィンの手は放さなかった。彼のほうは何が起こっているのか気づいていないようだった。身動きひとつせずに立ち、魅せられたようにランプを見つめている。

最後にほんの少し乱れていた波形を整え終えると、高揚感に包まれた。エネルギーの波形はどれほど強くとも、今は正常なものに感じられた。まさしく天球の音楽ねと彼女は胸の内でつぶやいた。グリフィンに作業が終わったので、ランプの力を止めてもいいと言いかける。

しかし、ことばは口から出てこなかった。グリフィンとランプのあいだで振れていたエネルギーの波が爆発したのだ。グリフィンは窒息したような苦痛のうめきをあげた。目を閉じ、ランプとのあいだに起こった嵐に反応するかのように体をぶるぶると震わせている。手は嵐のなかで救命索につかまるように彼女の手をにぎりしめていた。

ランプがこの人の命を奪おうとしているのだ。アデレイドはぞっとした。これは自分がしてしまったことだ。

「グリフィン」彼女は言った。「よく聞いて。終わりにしなければならないわ。ランプに火をともせるのも、ランプの火を消すのもあなたにしかできない。わたしにはエネルギーの波形を一定に保つことはできるけれど、波を止めるのはあなたがしなければならないわ。わかる？　すぐにやって」

彼は目を開け、暗闇のなかの嵐と荒れ狂うドリームライト越しに彼女に目を向けた。彼のすべてがエネルギーとともにアデレイドのまわりで渦巻く。身動きを封じているエネルギーには、どこか危険なほどに官能的で男らしいものがあった。

「わかった」彼は答えた。低く、激しく、歓喜に満ちた声だ。「きみはランプの精で、私のものだ」

「ランプのエネルギーが超常感覚以外の感覚にも影響をおよぼしているんだと思うわ」彼女は不安そうに言った。「注意を集中させたままでいて」

ゆっくりと浮かんだ笑みはなんとも言えず魅力的だった。一瞬、すべてが失われた気がしたが、やがて、心底ほっとしたことに、彼がエネルギーを弱めるのがわかった。意志の力をもって彼はドリームライトの荒れ狂う波を少しずつ抑えつけはじめた。

石が内なる炎を失い、ドリームライトの虹が消えた。ランプは光らなくなった。すぐに透明でなくなり、白濁した色になったと思うと、やがてまたどっしりとした金属に戻った。

しかし、グリフィンの目はまだ熱っぽく輝いていた。アデレイドは彼がテーブルをまわりこんで近づいてくるのを見つめていた。興奮が超常感覚に波のように押し寄せる。

腕に抱かれたときには、もはや逆らうことも、押し寄せる波を押し戻すこともできなかった。

19

グリフィンはランプ以上に熱く燃えていて、持てるエネルギーのすべてをアデレイドに向けていた。博物館の展示室ではじめて彼女の超能力に気づいたときから、もっとも原始的なやり方で自分を彼女に刻みこみ、彼女を自分にしばりつけたいという渇望が募っていたのだ。今、それは解放と満足を求めていた。彼女を自分のものにしなければ、おかしくなってしまう。

「アデレイド」彼は言った。「アデレイド」

「ええ」彼女はささやいた。

グリフィンは彼女を引き寄せ、けがをしていないほうの腕で胸にきつく抱きしめると、口で口をふさいだ。彼女のほうも互いをきつく結びつけずにはいられないというように、腕を首にまわしてきた。

グリフィンはキスの炎が互いの全身に火花を散らすのを感じた。アデレイドは情熱のあまり、なかば窒息したような声を発したが、それがセイレーンの歌のように聞こえた。彼女の口が開き、彼はわれを失った。

前の留め金をはずし、硬いボディスを肩からはずすと、彼女のドレスを腰から下ろした。スカートは丸まって足もとにたまった。ひもをほどいてペティコートも下ろすと、ペティコートは足もとでふわふわとした山になった。アデレイドが薄いシュミーズと踵の低い華奢《きゃしゃ》な黒いサテンのサンダルだけの姿となる。

「待てない」彼は喉に顔を寄せて言った。

「あなたの肩」

「これまでにないほどよくなっている」

渇望のあまりの強さに手を震わせながら、グリフィンはソファーの上からたたんである毛布を手にとり、それを広げて暖炉の前の絨毯《じゅうたん》の上に敷いた。短いブーツを脱ぎ、ズボンのボタンをはずすと、シャツの前を開く。

「こんなふうに誰かを欲したのははじめてだ」彼はそう言って服を脱ぎ捨てた。「まるで熱病に襲われていて、きみだけがそれを癒すことができるという感じだ」

やわらかいため息をつき、アデレイドは毛布の上に身を横たえた。グリフィンはその横に身をかがめ、彼女のシュミーズの裾を引き上げると脚のあいだに膝をついた。彼女の興奮の証のにおいがすでに火がついていた感覚に油を注ぐ。彼女の膝がグリフィンをもっと引き寄せようとするように持ち上がった。グリフィンは彼女に覆いかぶさるようにし、けがをしていないほうの腕で自分の体重を支えた。

彼女は熱く濡れていて、腫《は》れており、彼は息もできないぐらいだった。彼女の体に深々と身を沈める。彼女は背をそらして体を押しつけてきた。グリフィンはなかば自分を引き出し、それからまた奥深くまで突き入れた。部屋のなかで目に見えない炎が燃え立ち、身を焼きつくされそうになる。アデレイドの顔を見下ろすと、彼女はまわりに渦巻き、全身を貫くようなエネルギーの波に目をきつく閉じていた。

「アデレイド、私を見てくれ」グリフィンは歯を食いしばるようにして言った。

彼女は半分まつげを上げた。その目は彼自身の目と同じようにエネルギーにあふれて熱く輝いていた。

「グリフィン」ささやくような声。

彼女の唇から発せられた自分の名前の響きがグリフィンをしばる最後の鎖をほどいた。彼はふたたび彼女のなかにみずからを沈めた。体と感覚のすべてが高みへと押し上げられ、これまで知ることのなかった場所へとのぼりつめる。組み敷かれたアデレイドの体も痙攣《けいれん》していた。

「グリフィン」彼女はまたささやいた。今度はあえぐような声だ。

ふたりはともに荒れ狂う嵐の目へと飛びこんでいった。

20

アデレイドはゆっくりと身を起こし、グリフィンを見下ろした。彼は暖炉から顔をそむけてうつぶせに毛布の上に寝そべっていた。ぐっすりと眠っており、夢を見ているようだったが、悪夢のエネルギーは感じられなかった。

彼女は体にまわされた彼の手をそっとはずした。バーニング・ランプのエネルギーの波形を整える過程を終えたときに、きわめて重要なことが起こったのだ。エネルギーの波形のわずかな乱れが修正された今、グリフィンのドリームライトの波形は、彼にとって正常なものに戻ることだろう。しかし、起こったのはそういうことではない気がした。

鍵はきちんとまわされなければならない。

ああ、わたしは何をしてしまったの？

アデレイドはわずかによろめきながら立ち上がり、衣服をかき集めて燃え尽きかけた暖炉の火の明かりを頼りに身支度を整えた。ドレスのボディスの留め金を留めると、深々と息を吸ってそっと超常感覚を開いた。

グリフィンのドリームプリントが部屋のあちこちについていたが、アデレイドがはっと息を呑んだのは、ランプが載っていたテーブルから暖炉の前に敷かれた毛布へとつながる足跡を見たときだった。足跡から燃え立つ明るいエネルギーがほかの痕跡よりもずっと明るく、力強かったのだ。

アデレイドは自分がグリフィンを、彼が恐れていた運命から救ったわけではないことを知った。彼は目を覚ましたら、今や自分が完全なケルベロスになったことを知るだろう。

アデレイドはそれが何を意味するか考えようとしたが、なぜか頭が働かなかった。不安の波が高まり、感覚を揺さぶっていたのだ。神経をやられても当然ねと彼女は胸の内でつぶやいた。ランプを動かしたら何が起こるか完全に理解し、彼に説明すべきだったのだ。しかし、こんな状況をどう説明できるだろう？　気の毒だけど、あなたは今やアーケインの定義からして完全に超能力の怪物になってしまったのよとでも言うの？

グリフィンが毛布の上で身動きした。アデレイドはびくりとしてかすかに身をひるませ、すばやく彼のほうを振り向いた。

彼は腕を頭の後ろにまわし、満腹のライオンさながらにけだるく満足そうな目を彼女に向けていた。

「きみはとてもきれいだ」と言う。

アデレイドは赤くなった。自分がきれいでないことはよくわかっていたが、彼に魅力的だと思ってもらえることはばかばかしいほどにうれしかった。彼のまなざしを見るだけで、自分が美しいと思えた。もちろん、失敗を犯したことを打ち明ければ、彼の見方は大幅に変わるにちがいない。アデレイドは気を引きしめて口を開いた。

「グリフィン、あなたにお話ししなくちゃならないことがあるの。かなりこみいっているんだけど」

グリフィンは立ち上がって服を着はじめた。

「きみには礼を言っても言い足りないほどだ」

「お礼なんていらないわ」彼女はあわてて言った。「問題は――」

彼がズボンのボタンを留めながら歩み寄ってきたため、ことばは途切れた。彼はアデレイドの目の前で足を止めると、片手で彼女の顎を包み、顔をあおむかせて自分のものと刻印するような激しいキスをした。キスが終わると、アデレイドは息をすることを自分に思い出させなければならなかった。

「今ふたりのあいだに起こったことが理想的な出来事と言えないのはわかっている」彼は言った。「でも次はちがうと約束するよ」

アデレイドはごくりと唾を呑みこんだ。「次？　その、それについてはミスター――」

「グリフィン」彼はゆっくりと官能的な笑みを浮かべた。

「グリフィン、たぶん、今ふたりのあいだに起こったことはランプのエネルギーが引き起こしたものだと認めたほうがいいと思うの。それがわたしたちの感覚にとても刺激的な影響をもたらしたみたいだから」

「ランプのせいだなんて絶対にありえないね」彼は陽気な口調で言った。「私ははじめて会ったときからきみがほしくてたまらなかったんだ。ところで、ランプと言えば、どうしてあれをきみが手に入れることになったのか、話してくれたことはなかったね」

アデレイドは虚をつかれて目をぱちくりさせた。「十五歳のときに見つけたってお話ししたわ」

「ああ、それは聞いた」グリフィンは広い額から髪を指で後ろに梳《す》き上げた。「でも、どこで見つけたんだ？　古物商の店先で偶然見つけるような代物じゃなさそうだが」そこでことばを止め、ランプに目を向ける。「それともそうなのか？」

「それが問題？」と彼女は訊いた。

「どうだろう。ただ、そうなのかどうかは知りたいね」

アデレイドは背筋を伸ばし、肩を怒らせた。それはいずれ訊かれることではあったのだ。

「娼館で見つけたのよ」彼女は彼が明らかな結論に飛びつくのを覚悟して言った。

信じられないというような驚きの色が彼の目に浮かんだ。「いったい娼館で何をしていたんだ？」

彼女は顎をつんと上げた。「たしか、わたしが十五歳のときに両親が亡くなった話はしたわよね。かなり莫大な財産が遺されたんだけど、それは父の弁護士によって管理されていた。二カ月もしないうちに、弁護士とお金は消えていたわ」

「それで、娼館で働くことになったと？」グリフィンはやさしい声を出した。

アデレイドは目を細くした。「これだけは言えるけど、娼婦の館での仕事に志願したことなんかないわ」

「きみがみずから進んでそこで働くようになったと言いたかったわけじゃない」

「きっとその弁護士がわたしを娼館の主に売ったのよ」

「くそ野郎」グリフィンが聞こえないほどの小声で毒づいた。

「わたしは新しい寄宿学校に送られたんだと思っていたの」アデレイドは付け加えた。

まわりでエネルギーが光った。

「そこできみに触れたすべての男を殺してやる」グリフィンが抑揚のない声で言った。

驚きのあまりアデレイドはことばを失った。この人は本気で言っている。彼のなかには何かとても危険なものがひそんでいるとずっと思っていたが、暗い海を切り裂くサメのひれを垣間見たのはこれがはじめてだった。

慣れない感情が心を占める。あまりに長いあいだ、誰にも頼らず、自分の身は自分で守ってひとりで生きてきたせいだ。目の前の男が自分のために、見も知らぬ大勢の男たちを殺してやると言っているのはにわかには信じがたかった。

「ありがとう、グリフィン」アデレイドは目ににじんだ涙を手の端で払い、弱々しい笑みを浮かべた。「これまでそんなやさしいことばをかけられたのははじめてよ。でも、ありがたいことに、誰かを殺す必要はないわ。そう、じっさいに娼館で働くことにはならなかったんだから」

グリフィンは彼女に目を据えたままでいた。「話をつづけてくれ」

「そこに到着して二日目の晩に、ミスター・スミスという男性がわたしをひと晩買ったと知らされたの。逃げる機会はそのときしかないとわかった。わたしは衣装ダンスのなかに隠れたわ。現れたスミスは鞄を持っていた。その鞄からエネルギーがもれ出しているのが感じとれたけど、なかに何がはいっているのかは見当もつかなかった」

「そいつがランプを持ってきたと？」グリフィンは信じられないという声を出した。

「ええ」

「ちくしょう」グリフィンは小声で毒づいた。「つまり、そのスミスって男がきみを買ったのは、ドリームライト・リーダーがほしかったからか。なぜかそいつはきみがその能力を持っていると知っていたわけだ。ランプを動かすつもりだったんだな」

「ええ、そうだと思うわ。ただ、わたしがランプのエネルギーをあやつれるかどうか、はっきりした確信は持っていなかった。まずはわたしとベッドをともにしなければならないと思っていたみたいね。試すために」

「くそ野郎め。言い伝えのその部分を信じていたってわけだ」

アデレイドは彼の背後の床に丸まっている毛布にちらりと目を向け、眉を上げた。「性的な結びつきが必要という説には信憑性《しんぴょう》がありそうね。可能性の域を出ないのはたしかだけど。情熱は超常的なエネルギーをただちに引き起こすわ。たぶん、それが鍵となるのよ」

しかし、グリフィンはもはや聞いていなかった。彼女の口を手でふさいでささやいた。

「静かに」

それは墓場から聞こえてくるほどに冷たい声で発せられた命令だった。アデレイドはわかったというようにうなずいた。

グリフィンは彼女の唇から手を離した。目は彼女に据えられたままだったが、注意は部屋の入口のほうに向けられている。彼はあたりの空気を震わすほどの臨戦態勢をとっていた。

アデレイドは何を感じたのか訊きたかった。犬は吠えておらず、窓や扉にとりつけた警報器も鳴っていない。それでも、うなじの産毛は総毛立ち、超常感覚は沸き立っていた。

グリフィンはすでに暗い部屋のなかを机のほうへと動いていた。絨毯を踏む裸足は音を立てなかった。

やがて、アデレイドの耳にかすかにこすれるような音が聞こえてきて、グリフィンが引き出しを開けたのがわかった。暖炉の前の彼女が立っている場所に彼が戻ってきてはじめて、その手に拳銃がにぎられているのがわかった。彼は彼女の耳に口を近づけて言った。

「私が廊下へ出たら、鍵をかけるんだ。私が戻ってくるまで扉を開けてはだめだ」

彼女にその命令に答える暇も与えず、彼はすでに扉のほうへ向かっていた。アデレイドは部屋のなかでエネルギーが脈打つのを感じた。突然、グリフィンの姿がはっきりとは見えなくなる。影をまとったのだ。すっかり姿を消したわけではないが、その姿はほとんど見えなかった。

扉の鍵がまわされるのははっきりとは見えなかったが、音が聞こえた。銃声のように大きく響いた気がしたが、じっさいには金属が触れ合う小さな音だったはずだ。

うっすらとした影になったグリフィンは壁に身を押しつけ、扉を開いた。

「ジェッド？」グリフィンは安堵と苛立ちが少しばかり交じった声を出した。「ちくしょう、びっくりさせられたぞ。いったいこれはどういうことだ？　邪魔をするなと言っておいたはずだが。何かあったのか？」

アデレイドが廊下に目を向けると、そこにいたのはジェッドだった。廊下の壁の燭台にたったひとつともっているろうそくの明かりのもと、彼のひょろっとした体と傷痕の残る顔がようやく見分けられた。足もとでは熱いドリームプリントが床を焼いている。

ジェッドは上着のふところに手を入れた。

「その人はジェッドじゃない」アデレイドが叫んだ。

21

「伏せろ」グリフィンはアデレイドに向かって叫んだ。

銃撃を受けることを見こんで、彼は扉を閉めるあいだの自分への援護射撃として銃を二発発射した。

ジェッドに見える男が応戦することはなかった。そのかわり、驚きの叫びをあげて床に伏せた。上着のポケットからとり出したものが手のなかで血の色に光った。

「銃を持っている」ジェッドの偽者は姿の見えない仲間に向かって叫んだ。

狩猟能力を持つ人間の速さと捕食動物のような物腰で廊下に別の男が現れた。その男もてのひらに載る大きさの、地獄の業火のように真っ赤に光る物体をにぎりしめていた。もう一方の手には砲弾のように見えるものを持っている。

男はその丸い物体をすばやく閉められようとするドアのすきまから部屋のなかへと転がした。ドアが音を立てて閉まり、グリフィンが鍵を閉めた。

ふたりの侵入者のくぐもった声がどっしりとした木の扉の向こうから聞こえてきた。

「やつはこの部屋に閉じこめられた」狩猟能力を持つ男が言った。「長くはかからない。ガスですぐにやられるだろう。ほんの数分で意識を失うはずだ」

「女もいっしょになかにいる」最初に姿を現した侵入者が応じた。

「だったら、ことは簡単になる。おまえ、いったいどうしちまったんだ？　二階にいた男そっくりに見えるぜ」

最初の男は幻覚を見せる能力を持っているんだなとグリフィンは胸の内でつぶやいた。それで納得がいく。

「女のせいだ」幻覚を見せる能力を持っているほうがつぶやいた。「なぜかあの女にはばれた」

絨毯の上に転がっている球がシューっという音を立てた。グリフィンはアデレイドのほうへ戻ってきながら球に目を向けた。黒っぽい金属の丸い容器から白い煙のようなものがかすかに上がっている。鋭くなった超常感覚が警告を発するようにうずいた。その煙のような気体をわずかに吸いこむと、甘くぴりっとした妙なにおいがした。部屋がゆっくりとまわりはじめる。

左肩のじくじくする痛みは無視し、グリフィンはテーブルからランプを手にとると、アデレイドが待っているところまでやってきた。彼女は問うような目を彼に向けた。彼はニコラス・ウィンターズの肖像画がかかっている石の壁を身振りで示した。

アデレイドはかすかににおいを嗅ぐと、いきなりドレスのポケットからハンカチを出した。

「顔を覆って」と小声で言う。「このガスを吸ってはだめ」

グリフィンはバーニング・ランプを彼女に手渡し、拳銃をズボンのウエストバンドに押しこんだ。シャツの端を持ち上げて顔の下半分を覆うと、空いている手で肖像画を脇に押しのけた。

まわりのものが大きく揺れるように思われたが、グリフィンは手探りでどうにか石の割れ目を見つけた。そこに隠されていたレバーを押すと、奥で歯車がまわる小さなかすれた音が聞こえた。石の壁の一部が内側に開いた。ひんやりとした空気が隠されていた通路から書斎へと流れこみ、有害なガスを押し戻した。

「ああ、なんてこと」アデレイドがつぶやいた。はじめて不安そうな声になっている。「秘密の通路ね。そのぐらい想像してしかるべきだったわ。わたし、閉鎖された空間が得意じゃないのよ、グリフィン」

「残念ながら、今夜は選択の余地はないな」

「そうね」とアデレイド。「それはわかる」

「心配いらないさ。それほど遠くまで行くわけじゃないから」

ありがたいことに、彼女はそれ以上何も言わず、首をかがめて暗い入口にはいった。グリフィンはその後ろにつづき、背後で石の壁の扉を閉めた。

隠し扉はかすれた音を立てて閉まり、ふたりは深い闇に包まれた。グリフィンは恐る恐る息を吸ってみた。石の通路の空気はかび臭かったが、有毒なガスのにおいはしなかった。

「動かないで」と彼は言った。

「動かないから心配しないで」アデレイドが言った。「顔の前に手を持ってきても見えないぐらいよ。でも、正直、こんな暗闇のなかで、神経をやられずにどのぐらい待てるかわからないわ、グリフィン」

彼は火をつけた。通路の石の壁に炎が揺れる影を落とした。

「ましになったかい?」彼が訊いた。

アデレイドは目に恐怖をありありと浮かべてまわりを見まわした。「あんまり」と言う。「でも、超常感覚を開いていれば少しのあいだはどうにかできると思う。この家には多くの秘密が隠されてるって言った意味が今わかったわ」

「修道士たちが壁に秘密の通路を造ったんだ。数年前にこの場所を買ったのは、こういう秘密の通路があるというのがおもな理由さ。難攻不落の要塞を造るなんてことは不可能だからね。通路は防御の最終手段であり、必要とあれば、緊急の逃亡経路となる。おいで。急がなければ」

アデレイドは彼のあとに従って通路を歩きはじめた。「逃げるの？」

「まだだ。あのふたりの虚をつこうと思っている」

「どうやって？」

「この通路はこの家のありとあらゆる古い壁につながっている。いくつか出口もある。そのひとつが厨房にある。そこから出ようと思う」

「あの男たちはここにあなたを殺しに来たのね」

「おそらく」

「ラットレルかしら？」

「彼が墓地での休戦協定がもはや自分の利にならないと判断したとしてもさして意外ではないね。遅かれ早かれそういうときがきっと来ると思っていた。昔から、いつか彼を殺さなければならない日が来るだろうとはわかっていたんだ。しかし、ほかの可能性もある」

「アーケイン？」彼女は警戒するような口調で訊いた。

「侵入者はどちらも強い能力を持っていた。なんらかの毒ガスを武器に持ち、奇妙な赤い水晶を使っている。そうなると、ラットレルとは思えないな。やつのやり方はもっと古臭い。超能力を持つ錬金術師見習いの集団というほうが可能性としては高いな」

「赤い水晶については？」

「侵入者は水晶をそれぞれひとつずつ持っていた。有毒ガスと同じように、なんらかの武器にちがいないね」

「聞いて、グリフィン。きっとあの赤い水晶はそれを持つ人のエネルギーを集約して強めるためのものよ。少なくとも一時的に」

「どういう意味だ?」

「バーニング・ランプを持っていたミスター・スミスも水晶を持っていたの。危険なものであるのはたしかよ」

「書斎での出来事からして、きみのそのことばを信じるよ」

石の壁から光がもれ、そこが厨房へつながる出口であることがわかった。

アデレイドは彼と肩を並べて立った。揺れる明かりのなかでその目にとりつかれたような色が宿るのがわかる。

「グリフィン、あのふたりと対決する前にもうひとつ知っておいてもらわなければならないことがあるの」彼女はささやいた。

「え?」グリフィンは石の壁に彫られた三角形の目印を押そうと手を伸ばした。

「あなたにはまだ第二の能力も備わっていると思うの。いいえ、備わっているのはたしかよ」

グリフィンは凍りついたようになった。「きみはランプを動かしてくれた。その効果はあったようだったが」

「ランプの効果はあったけど、変化をくつがえす形ではなかったわ。わたし……わたしはほんの少し波形の乱れを整えただけよ。わたしの言いたいことはおわかりと思うけど。それから、鍵穴の鍵をまわしてしまったのかもしれない。それで——」ことばが途切れた。

「ちくしょう」彼は小声で毒づいた。

自分がまだ呪われたままだとしても、今はそれに頓着している暇はない。そのことはあとで考えよう。それも将来をじっくり考えられるだけ正気を保っていられると仮定しての話だが。今はアデレイドの身を守るのが第一だ。

「そういう結果を期待していたんじゃないのはわかっているわ」アデレイドは真剣な口調で言った。「でも、わたしが最善をつくそうと思ってやったのはたしかよ」

「私があとどのぐらいで狂気におちいるのか、予測はつくかい?」と彼は訊いた。自分が驚くほどに穏やかな気持ちでいるのが不思議だった。まるでたんに学術的な質問をしただけとでもいうように。

「あなたは狂気におちいったりしないわ」

「このことはあとで話し合おう。そのとき私が理性的な会話を交わせるようであればね。今夜はその第二の能力も役に立つかもしれない」

「グリフィン、待って——」

「きみはここにいてくれ。私が外へ出たら、印のついた石を押すんだ。そうすれば、壁がまた閉まる。あの二人組にこの家の秘密の通路は見つけられない。やつらが去るまでここにいればきみは安全だ。外へ出たら、ミセス・トレヴェリアンと私の部下のところへ行ってくれ」

「ええ、もちろん」

「それで、ジョーンズ・アンド・ジョーンズに使いを送るんだ」

「え？」

「ケイレブ・ジョーンズにランプを渡したいと伝えてくれ。私自身の身の安全を考えれば、アーケインは信用できないが、ジョーンズ一族が彼らなりに名誉を大事にしていることはまちがいないからね。ランプさえ手にはいれば、きみに危害を加えることはないはずだ」

「わかったわ」アデレイドは彼のけがをしていないほうの肩に触れた。「でも、お願い、うんと気をつけると約束して」

グリフィンは答えなかった。守れない約束をしても意味はない。ことばを発しないまま、彼は前に身を乗り出して彼女の唇に軽くかすめるようなキスをした。

「きみのことはけっして忘れないよ、アデレイド・パイン」彼は言った。「たとえ私が残りの人生を病院で送る運命だとしても」

「いいかげんにして、グリフィン、あなたは狂気におちいったりしないんだから」アデレイドはきっぱりと言い返した。「そのことについてはもうひとことも聞きたくないわ」

その怒りは爽快《そうかい》に感じられた。グリフィンはわずかに笑みを浮かべると、ポケットに手をつっこんだ。「ほら。これを持っていてくれ」

「なあに?」

「予備の明かりさ。今晩、きみがここで長いこと過ごすはめになったときのために」

「あら」アデレイドは妙にがっかりした顔になったが、すぐに気をとり直したようだった。「ありがとう。やさしいのね」

グリフィンには別れの印として、彼女が何かちがうものを望んでいたような気がした。おそらくは形見のようなものを。女らしい考えだ。しかし、自分が戻ってこなければ、指輪や刺繍のついたハンカチよりも明かりのほうが役に立つとわかるはずだ。

グリフィンは印のついた石を強く押した。壁の奥で、歯車や梃子《てこ》がかすれた音を立てた。薄暗い隙間ができ、じょじょにそれが広がると、長いテーブルと月明かりが射す窓が現れた。

グリフィンは壁のすぐ内側にアデレイドを残して、厨房に足を踏み入れた。妙なことに、超常感覚においては、久しぶりに悪くない気分だった。集中力が増し、自分の能力を制御できる気がする。正気を失った人間が暗闇により深く沈みこむときにそうなるのはまちがいない。

彼は自分を影で包み、裸足で厨房を横切って廊下へ出た。超常感覚を目いっぱい開くと、高揚感に包まれた。これから新しく得た超能力を使うことになるという感覚が拭い去れなかった。もとから持つ超能力と同じやり方で自然にそれを使うことになりそうだ。

狩猟者の尋常ならざる聴覚を持った男がはじめにグリフィンに気がついた。

「さあて、ここにいるのはなんだ?」書斎のドアの近くの暗がりから男が小声で訊いた。「この家には用心棒が三人だけのはずだが」

狩猟能力を持つ男が薄暗い玄関の間を通り抜け、獲物に忍び寄るオオカミさながらの速さと敏捷《びんしょう》さで近づいてきた。火を小さくした壁のろうそくがその残忍な笑みを浮かびあがらせ、手に持ったナイフを光らせた。もう一方の手の指のあいだから、真っ赤な光がもれている。あたりでエネルギーが激しく脈打った。

グリフィンは拳銃をかまえた。標的がこれほどすばやく動いているときに狙えるかどうか、確信は持てない。彼は自分の能力を高め、まわりをとりまく影を濃くした。

しかし、狩猟能力を持つ男はためらわなかった。混乱することも当惑することもまったくなく、まっすぐこちらへ向かってくる。赤い水晶がさらに熱く光った。

この男には鋭くした超常感覚によって私の姿が見えているのだ。グリフィンは胸の内でつぶやいた。私は舞台でスポットライトを浴びているも同然なのだ。

侵入者はもうほとんど飛びかからんばかりのところに近づいていた。もはや正確に狙いをつけることはできない。グリフィンはアデレイドの言うとおり、自分がまだ第二の能力を備えていることを祈った。

そして、ドリームライトのもっとも暗い部分へと身を沈めた。狩猟能力を持つ者ですらも恐れるものがある。悪夢の世界にのみ存在するもの。

男はすぐそこまで来ていた。男のオーラに波長を合わせるのが容易なほど近くに。グリフィンは自分の能力を鞭《むち》のようにふるった。

男はよろめいて足を止めた。激しい痙攣に襲われて身をこわばらせ、見えない悪魔と闘うように両手を振りまわしている。それから、魂が地獄の穴へと落ちていくような悲鳴をあげた。それがこだまして、石の壁が共鳴するほどの悲鳴だ。その悲鳴は永遠につづくように思われたが、やがて男は静かになり、床にくずおれた。

突然凍りつくような静寂に包まれたため、背後の入口でした人の動く音が雷鳴ほどもとどろいて聞こえた。

「ファ、ファーガス?」幻覚を見せる能力を持つ男が朝食の間から出てきた。もはや顔をジェッドに似せてはいない。ガスランプの明かりが銃に反射し、手に持った銀の燭台を光らせた。男は一瞬わけがわからないというように床に倒れている男を見つめた。「ちくしょう、ファーガス。いったいどうしちまったんだ?」

男は倒れている仲間からの返事は待たなかった。踵《きびす》を返すと、朝の間へと姿を消した。

グリフィンはあとを追った。ほんのつかのまで超常感覚は集中できたが、狩猟能力を持つ男を倒すのにエネルギーを使いすぎていた。これ以上力を使うわけにはいかない。朝の間の入口に到達すると、ちょうど敵が食料品庫にはいってスウィングドアが閉まるところだった。

食料品庫の唯一の出口は厨房へつながっている。

グリフィンがスウィングドアを抜けて厨房へはいったところで、銃声が鳴り響いた。これまで悪夢のなかですら経験したことがないほどの恐怖に全身を貫かれる。

「アデレイド」彼は叫んだ。「ちくしょう、アデレイド」

「わたしはここよ、グリフィン」彼女は暗くなった通路から出てきた。手には小さな二連拳銃を持っている。銃口は幻覚をあやつる男に向けられていた。男は銃を見て凍りついているようだった。「警告に一発撃ったら効き目があるかしらと思ったんだけど、どうやらそのとおりだったようね」

グリフィンは彼女を見つめた。「壁の通路に隠れているように言ったはずだ」

「狭いところは苦手だって言ったでしょう」アデレイドは凍りついている男をまじまじと見つめた。「どうやら、この泥棒は銀器を失敬するつもりだったようね」

22

「ほんとうにみんな無事でよかったわ」アデレイドはやかんをストーブにかけた。「あの毒ガスがなんであれ、意識を失わせる作用があるだけだったようね。命を奪う類いのものじゃなかった」

「そう、あなたには生きていてほしかったようですね」トレヴェリアン夫人が言った。「だから、命を奪うようなガスは使わなかったんですよ」

アデレイドは顔をしかめた。「いいところをついたわね、ミセス・トレヴェリアン」

グリフィン以外の全員が厨房に集められていた。彼はまだつかまえた侵入者を書斎で問いつめていた。レギットによれば、狩猟能力を持つファーガスという男はまだ精神的に麻痺したようになっているということだった。アデレイドが彼のドリームライトの状態を見たかぎりでは、完全にもとに戻るかどうかもわからなかった。

しかし、幻覚を見せる能力を持つ男のほうはあらいざらいを白状していた。ただ、残念なことに、彼は多くを知らないようだった。唯一たしかなのは、彼と相棒はランプを盗み、アデレイドを拉致するために雇われたということだった。

侵入者が持っていたふたつの水晶は厨房のテーブルの真ん中に置かれていた。もはや光を発してはおらず、ただの赤いガラスの文鎮に見えた。

トレヴェリアン夫人とレギットとジェッドとデルバートがテーブルの両側のベンチに腰を下ろしていた。睡眠作用のあるガスのせいで、みなまだふらついていたが、ドリームプリントからして、長く影響が残ることはなさそうだった。犬たちも目を覚ましていたが、立ち上がっても動きが鈍く、よろよろしていた。それでも、アデレイドが夕食で残ったローストした肉のかけらを与えてやると、急いでそれを呑みこんだ。

「わたしがお茶を淹れるべきですよね」トレヴェリアン夫人がやきもきするように言った。しかし、そう言いながらも、その声に力はなかった。

「ばかなことを言わないで」とアデレイドは返した。「お茶ぐらい、わたしにだってちゃんと淹れられるわ」

トレヴェリアン夫人は弱々しい笑みを浮かべた。「ええ、ミセス・パイン。なんであれ、あなたにできないことはないと思いますわ。拳銃をお持ちだとは知りもしませんでしたけど」

「アメリカ西部にいたころからの古い習慣よ」アデレイドは説明した。「ポケットピストルやデリンジャーはふつう賭け事師の拳銃だとみなされているけど、女性のスカートにもうまくおさまるの」

デルバートはテーブルに肘をつき、大きな手で頭を支えた。「やつらが罠《わな》や警報はもちろん、われわれみんなの守りを突破したのが信じられない」

「私の失敗さ」グリフィンが入口から言った。「ミセス・パインにも言ったんだが、この修道院はさまざまな襲撃に対処できるようになっている。しかし、今夜あのふたりが用いたような襲撃への備えはできていない。建築家と話をしたほうがいいのはたしかだな」

デルバートとほかの面々もそのちょっとした冗談を聞いて弱々しい笑みを浮かべた。

「もちろん、連中はまず犬たちを眠らせた」グリフィンはつづけた。「それから、狩猟能力を持つほうが屋根にのぼり、煙突からおまえたちの寝室へとガスのはいった容器を下ろした。おまえたちがみな眠りに落ちると、屋根へのぼる階段につけられた鍵を壊して家に侵入したわけだ」

ジェッドが顔をしかめた。「でも、あの扉には警報がついていたんですぜ。どうしてボスたちに警報が聞こえなかったんです？」

グリフィンはアデレイドに目を向けた。アデレイドは書斎で引き起こした超常的な嵐を思い出して赤くなった。

「ほかのことで忙しくしていたからな」グリフィンは何げない口調で言った。

デルバートとレギットとジェッドとトレヴェリアン夫人は目を見交わした。

デルバートがせき払いをした。「万全の警備装置なんてありえないから」

「そうだ」とグリフィンも同意した。

アデレイドは彼の険しい顔から足もとの床に目を移した。ブーツを履いていたが、ドリームプリントを見れば、疲弊《ひへい》しきっているのがはっきりわかった。ファーガスを止めるのに膨大なエネルギーを費やしたにちがいない。経験から言って暴力の痕跡につきものの乱れたエネルギーの波形も見えた。痛みもある。撃たれた肩がひどく痛んでいるのはたしかだ。

つまり、グリフィンには癒しの眠りが必要ということだ。とはいえ、すべて事がおさまり、彼女と家のほかの面々が安全だと確信が持てるまで、彼は休息しようとはしないだろう。船の船長よろしく、グリフィン・ウィンターズはつねに自分が必要とするものよりも、自分が責任を負っている者たちを優先させる人間なのだ。

「あの二人組が会長の自宅に押し入ろうと思ったなんて驚きでしたよ」とレギットが言った。「ボスの評判からして、かなり勇気のいることだったはずですから。おそらく、あのすごい武器を持っていれば、逃げられると思ったんでしょうね」

「この家の持ち主が誰であるかは知らなかったのさ」グリフィンはそっけなく言った。「警備の厳しい家だというだけで」

デルバートは鼻を鳴らした。「それならわかる」

「連中を雇った人間はおそらく、標的の素性を知ったら、やつらが仕事を請け負わないかもしれないと思ったんだろう」グリフィンは付け加えた。

「分別のある人間なら請け負いませんよ」とレギットが言った。

ジェッドは細めた目をグリフィンに向けた。「あのふたりから何か役に立つ情報は得られましたか、ボス？」

「まずは、誰に雇われたとか？」デルバートがうなるように言った。

グリフィンは首を振った。「いや、これ以上問いつめても無駄だ。こっちのほしい答えは持っていないようだ。ファーガスと呼ばれたやつのほうは今夜なぜ自分がここに来たのかすら覚えていないほどだ。幻覚を見せる能力を持った男の名前はネイト。やつは命を救ってもらえるならなんでも話すという感じだが、あまり多くを知らないようだ。やつに言えるのは、自分と相棒はミセス・パインとランプを奪ってくれば、大金だけでなく、新しい水晶ももらえると約束されたということだけだ」

トレヴェリアン夫人は口を引き結んだ。「わからないわ。雇い主の名前もわからずにどうしてそんな仕事を請け負えるんです？」

「ファーガスとネイトは長年組んで仕事をしてきた。雇われて腕を見せる連中で、雇い主に質問したりはしない。雇い主についてはあまり多くを知らないほうがいいと思っている。ネイトが言うには、たいていそのほうが安全だそうだ」

「でも、水晶については？」とアデレイドが訊いた。

グリフィンはテーブルに歩み寄り、石のひとつを手にとって明かりにかざした。「連中を雇った人間がこの水晶と人を眠らせるガスのはいった容器をくれたそうだ。ネイトとファーガスが聞いたところでは、水晶を通すと、持っている超能力がより力を発揮するそうだ。ネイトによれば、たしかにそのとおりになったらしい。昔から外見をわずかに変えて人の目をだます能力は持っていたそうだが、今夜ほどそれが強く作用したことはないそうだ。ファーガスについても同様らしい。昔から動きはすばやかったが、水晶を持っているときほどではなかったそうだ」

お湯が湧いた。アデレイドはやかんをストーブから下ろしてティーポットにお湯を入れはじめた。

「水晶にエネルギーは感じられないわ」彼女は言った。「ちょっと前にひとつ手にとってみて、なかにエネルギーが残っているかどうか調べてみようとしたの。でも、わたしが手に持っても、ただのガラスの塊にしか見えなかった」

「エネルギーが使いはたされたからさ」グリフィンが言った。彼は水晶をテーブルに戻した。「ネイトが言うには、石はそれほど長く効力を発揮しないと警告されていたそうだ。加減して使うように言われていたらしい」

ジェッドが赤い水晶に目を向けた。「弾丸がなくなった銃ってことですね。役に立たない」

「そのとおり」グリフィンが応じた。

レギットが眉根を寄せた。「替えの弾丸をどうやって手に入れるんです？」

アデレイドの頭のなかでひらめくものがあった。

「たぶん、調律しなきゃならないものじゃないかしら」彼女は考えをめぐらせながらゆっくりと言った。「繊細な楽器と同じように」

全員が彼女に目を向けた。

「ありうるな」グリフィンが言った。「それに、調律するやり方を知っているのがそれを作った人間だけであるのはまちがいない。そうであれば、ある程度の保険にもなる」

トレヴェリアン夫人が当惑した顔で訊いた。「いったいどういう意味ですか、ミスター・ウィンターズ？」

グリフィンは彼女に目を向けた。「この水晶をネイトとファーガスのような街のごろつきの手に渡すことになったらと考えてみればいい。連中に大きな力を持つ武器を与えるわけだ。雇い主が誰にしても、その武器が自分に向けられるのは避けたいはずだ」

トレヴェリアン夫人は目をみはった。「おっしゃる意味がわかりましたわ。つまり、替えの弾丸を手に入れるためにふたりが雇い主のところに戻ってこなければならない以上、水晶のために命を狙われることを恐れなくていいというわけですね」

「ふたりがあの毒ガスの装置をどこから手に入れたのか知りたいですね」デルバートが言っ

た。「まだ頭が痛い」

「わたしもよ」とトレヴェリアン夫人。「それにひどい悪夢もあったわ。しばらくのあいだ、よく眠れなくなるんじゃないかしら」

「たしかに悪夢だな」ジェッドが言った。「これまで見たこともないような夢だったから。何もかもあまりに現実的で」

「じっさい、また眠りに落ちたいと思わないぐらいだね」レギットが付け加えた。

「悪夢はわたしがどうにかできるわ」アデレイドが静かに言った。

男たちは彼女に目を向けた。

アデレイドはにっこりした。「そういうことに対処する能力を持っているのよ」

「やつらはこういう有害なガスをどこで手に入れたんでしょう?」とジェッドが訊いた。

「それは私も知りたいね」とグリフィン。

「クロロフォルムのような薬品や意識を失わせる亜鉛化窒素のような気体があるのはたしかだけど――」アデレイドが言った。「今夜のガスのような効果を持つものは聞いたことがないわね」

そう言ってポットを手にとり、カウンターに置かれたどっしりとした六個のマグカップにお茶を注いだ。

ジェッドは見るからにほれぼれと彼女を見つめた。「銃を撃てるご婦人にはこれまでお目にかかったことがありませんよ、ミセス・パイン」

「何年かアメリカ西部でモンティ・ムーアのワイルド・ウエスト・ショーの巡業に同行していたから」と彼女は言い、ティーポットを下ろした。「一番人気の出し物のひとつに、モンティ・ムーア自身による射撃のショーがあったの。わたしは助手を務めていたわ。彼が親切にさまざまな銃やライフルの使い方を教えてくれた」

デルバートは顔を輝かせた。「モンティ・ムーアのことは聞いたことがあります。去年、射撃の名手だって記事が新聞に載ってましたよ。助手が空中にトランプを投げると、それが地面に落ちてくる前にトランプに三つの穴を開けるって話だった」

「それも走る馬に乗ってね」アデレイドが付け加えた。

グリフィンは眉を上げた。「それで、その記事がほんとうなら、きみはカリフォルニアのちょっとした金鉱の株を持っていて、大金を出す相手に売ってもいいと思っているなんてこともほんとうかい？」

アデレイドはにっこりした。「わたしが投げるトランプにモンティがあらかじめ穴を開けておくだけの用心をしていたことは認めるわ。でも、じっさい、びっくりするほどの腕前だった。観客たちは彼に夢中だったわ。たぶん、射撃に関してなんらかの超能力を持っていたのね。彼自身は気づいていなかったと思うけど」

「銃を撃つ超能力ですか？」レギットが興味津々で訊いた。「そいつは役に立つな」

「これだけは言えるけど、彼の射撃能力がたしかなものだと思っていなかったら、的にするリンゴを手に持つことに同意したりはしなかったわ」

グリフィンは祈るようにつかのま目を閉じ、それから彼女に目を向けた。「射撃のショーで標的を手に持っていただって？　そんな情景を思い浮かべるだけでも神経が耐えられない気がするよ」

「きっと耐えられるわ」アデレイドはお茶のはいった最後のマグカップを彼に手渡した。

「今夜つかまえたあのふたりのことはどうするの？　警察に引き渡す？」

ジェッドとレギットとデルバートは彼女が理解できないことを口にしたとでもいうように彼女を見つめた。しかし、その提案にはっきりした欠点があることを指摘したのはトレヴェリアン夫人だった。

「警察に行くわけにはいかないのでは？」トレヴェリアン夫人は言った。「結局、ミスター・ウィンターズは暗黒街の大物ですもの。そういう立場の人は家に誰かが押し入ってもスコットランド・ヤードは呼ばないものだわ」

「ごめんなさい」アデレイドが小声で言った。「忘れてたわ」

グリフィンは本題からそれたやりとりのことは無視した。

「ファーガスとネイトをどうするか、私も考えていたんだが――」彼は言った。「いちばん簡単なのは、逃がしてやることだと思う」

トレヴェリアン夫人は身をこわばらせた。「この家であんなことをしたのに?」

グリフィンは両手でカップを包んだ。「ふたりは必死で姿を消そうとするんじゃないかと思うんだ」

デルバートが顔をしかめた。「何が身のためかわかっていたら、きっとそうするでしょうね」

「今夜あのふたりを逃がしたあとで、誰がやつらを見つけようとするかわかったらおもしろいだろうよ」とグリフィンが言った。

レギットが立ち上がった。「尾行させるように手配しますよ、ボス。やつらを逃がす前に尾行の準備を整えるのに三十分ください」

グリフィンはアデレイドに目を向けた。「さて、ミセス・パイン、きみにいくつか訊きたいことがあるんだが、それにはふたりきりで話さなければならない」

23

ふたりは書斎に戻って扉を閉めた。開けておいた窓から吹きこんだ冷たい風が、残っていた毒ガスを散らしてくれていた。

アデレイドは絨毯の真ん中で足を止めた。熱い記憶に体がほてる。ここで何があったか思い出さずにこの部屋に足を踏み入れることは二度とできないだろう。そういう意味では、これから一生、あの情熱的な出来事を日々思い出して過ごすことになりそうだ。

グリフィンが窓を閉めた。それから、暖炉のところへ行って陰鬱《いんうつ》な表情で薪の燃えかすを見つめた。

アデレイドは腰を下ろさなかった。グリフィンと言い争うことになったら、立っていたほうがいいとわかっていたからだ。

「今夜ランプをあやつったときに、自分がじっさい何をしたかわかるかい？」と彼は訊いた。凍りつくほどに冷たく抑えた声だった。

「あなたのドリームライトの波形がランプのエネルギーの波形と協調していないところがあると直感が告げたの」彼女は答えた。穏やかで専門家らしい声を精いっぱい保とうとする。「わたしは波形を少し調整しただけよ」

グリフィンの顎がこわばった。「波形を調整するか」とくり返す。「そういう言い方をするのかい？」

「たぶん、あなたはもうひどい悪夢にも幻覚にも悩まされることはないと思うわ」とアデレイドは思いきって言ってみた。「それはあなたのドリームライトの波形に若干乱れがあったせいで生じていたものにちがいないから」

「私が自分の超常的な側面がほかにどんな驚きをもたらすと予想していたかわかるかい、アデレイド？」少々丁寧すぎる口調で彼は訊いた。

アデレイドはため息をついた。「わからないわ。でも、今夜わたしはあなたのドリームライトの波形をわずかに調整しただけということは言っておかなければ。そう考えれば、あなたのオーラのなかで、ドリームライトの部分に乱れがあったのは驚くべきことでもなかった」

グリフィンはすばやく険しい横目を彼女にくれた。「いったい何が言いたい？」

アデレイドは息を吸った。「グリフィン、よく聞いて。数週間前にあなたが第二の能力と呼ぶものが現れたときに、あなたのドリームライトの波形が一時的に乱れたんだと思うの。

それが唯一理にかなった説明だわ。あなたの超常感覚が、ドリームライトの部分で突然これまでよりずっと大きなエネルギーをあつかわなければならなくなったわけだから」

「波形の乱れね。まあ、呪いの効果をそう言い表すこともできるだろうな」

アデレイドは熱っぽく自分の理論を語り出した。「たぶん、時間とともにあなたの波形も自然にそのエネルギーの大きさに合っていったと思うわ。今夜わたしがしたのは、その過程を速めただけのことよ」

グリフィンは口をゆがめた。「つまり、私は嬉々《きき》としてケルベロスへと転じていけるわけか？」

「そんな質問には答えたくないわ」アデレイドは彼に責めるようなまなざしを向けた。「すでにはっきり言ったはずだけど、わたしが思うに、あなたが正気を失うことはないんだから」

グリフィンは消えつつある暖炉の火から顔をそむけて窓辺へ歩み寄り、しばらく静かに夜の闇を見つめていた。

「だったら、いったい私はどうなるんだ？」しばらくして彼は訊いた。

アデレイドは床に残された光る足跡を見つめ、穏やかにせき払いをした。

「そうね、それについては推測できる」と答える。

「どう推測する？」

「あなたはケルベロスにはならないわ。ただ、生まれ持つ能力を最大限に発達させることになるだけよ」

「超能力が発達するのは十代から二十代はじめにかけてだ」彼は髪を手で梳いた。「私は三十六だ」

「たぶん、あなたは遅咲きの超能力者なのよ」

グリフィンはそれを聞いて振り向き、ひどく危険な目をして彼女のほうへやってきた。

「私の身に起こっていることについて冗談を言っていいときじゃない、アデレイド・パイン」

アデレイドは肩を怒らせた。「気を悪くしたなら、ごめんなさい。でも、わたしの言っていることが正しいという確信があるの。理由はなんであれ、あなたの祖先があなたの今の年までランプのエネルギーにさらされなかったせいで、あなた自身の能力も三十六歳になるまで発達しきることがなかったんじゃないかしら。だから、あなたも複数の能力を持つ超能力者になったわけじゃない。ただ、すでに持っていた能力がさらに力を増しただけよ」

グリフィンは彼女の目の前で足を止め、彼女の顔を探るように見つめた。「私がもともと持っていたのは影をあつかう能力だ。今、私は悪夢を引き起こすことができる」

「どちらもドリームライトの領域のものであるのは明らかよ」アデレイドは言い張った。

「ほんとうにそうなのか？　きみは専門家か？」

アデレイドは気圧されるのを拒んだ。「わたしはドリームライト・リーダーよ。わたしも似たような超能力の持ち主だわ。あなたの能力もドリームライトの領域のものでしょう。考えてみて。あなたは長年自分を影で包んできたけど、今はほかの人にその影を投げかけることができるのよ。その能力を使うと、影を投げかけられた相手の感覚が文字どおり覆われてしまうんだわ。それで動揺して心がひどい幻覚と悪夢に満たされてしまうのよ」

「なんとでも言えばいいが、アーケインは私の新たな能力をもともと持っていた能力の延長線上のものにすぎないとはみなさないと思うね。それで、第三の能力についてはどうなんだ？　それはいつ現れる？」

「第三の能力なんてないのよ。超能力が第三段階に達するというだけで」アデレイドは言った。「おまけに、あなたがそれを必要とする状況におちいらなければ、それが現れることもないかもしれない。そういう状況におちいったら、直感が前もって知らせてくれて、どうすればいいかわかるわ」

「気を悪くしないでもらいたいんだが、アデレイド。あまり気休めにはならない説だな」

「そう、気休めになるかどうかはわからないけど、ニコラスの日誌を読んだかぎりでは、超能力にさらに劇的な変化が現れるにはランプの力が必要なようよ。わたしの手助けも必要になるわ。だから、第三段階の能力は偶然現れることはなさそうね。わたしたちふたりが計画的に引き出さないかぎりは」

「しかし、その超能力の第三段階とはどんなものなんだ？」

「わからない」彼女は正直に答えた。「あなたの祖先が日誌に使っている暗号を解いたのはあなたよ。第三段階の能力について手がかりになるようなことは書いてなかった？」

「わかっているのは、祖先がそれを第三かつ最強の能力と記していることだけさ。それから、ミッドナイト・クリスタルについての不愉快な説明と、シルヴェスター・ジョーンズの子孫を滅ぼせという命令が書かれていただけだ」グリフィンはきつくマントルピースをにぎりしめた。「くそっ、この呪いから自由になることはないのか？」

「今夜は石のひとつが暗いままだったわ」彼女が言った。「あなたにはジョーンズ家の人間を攻撃しようという強い思いはないようだから、ミッドナイト・クリスタルを動かさなくてよかったみたいね」

「たぶん、多少運がよかったことをありがたく思うべきなんだろうな。これまでほぼずっとジョーンズ一族のことは避けてきたからね。そういう意味では何も変わっていないのはたしかだ。とくに超常的な問題をあつかうスコットランド・ヤードとも言うべき調査会社をつくるのがアーケインの責任だと彼らがみなしていることを思えば」

アデレイドは唇を引き結び、ファーガスとネイトが使っていた赤い水晶について考えた。

「ほかの可能性もあるわ」としばらくして言った。

「それは？」

「ミッドナイト・クリスタルが光らなかったのは、ニコラスがそれに力を封じこめるのに失敗したからかもしれない」

グリフィンはそのことを考えて顔をしかめた。ゆっくりと一度うなずく。

「きみの言うとおりかもしれないな。あれはランプに最後にとりつけた水晶だった。彼は正気を失いつつあり、超能力も急速に衰えていた。怒りと募る狂気のなかで、復讐をはたす強力な道具を作り上げたとみずからに信じこませただけなのかもしれない」

「でも、じっさいはただのガラスのかけらにすぎなかった」

グリフィンはマントルピースを指でたたいた。「それでも、わたしが三つの能力を獲得するためにランプを使ったとケイレブ・ジョーンズが疑ったら――」

「あなたがもともと持つ能力の第三段階よ」

「ケルベロスが生み出される過程を止めようとするよりも、それを恐れるあまり、性急な行動に出るかもしれない」

「彼があなたの息の根を止めようとすると本気で思っているの？」

グリフィンは肩をすくめた。「そうするのが理にかなっているからね。ジョーンズはどこまでも理にかなったことをする人間だ。私が彼なら――」

「ええ、わかってるわ」アデレイドは苛々と手を振って彼をさえぎった。「あなたが彼なら、そういう性急な手を打つだろうってことね。そういうことを言うのはやめてって言ったでしょう」

「悪いね」

アデレイドはため息をついた。「あなたの一族とジョーンズ一族は昔から互いに憎み合い、不信に駆られてきたの?」

「血のなせるわざだと言えるよ」グリフィンは彼女に目を向けた。「さっき、壁のなかの通路にいたとき、きみはスミスがきみを拉致しようとしたときにああいう赤い水晶を持っていたと言ったね」

「ええ。それを使って娼館の主《あるじ》を殺したのよ」

「それからもう何年もたっている。そういうものが街に出まわっていたとしたら、私の耳に届かなかったはずはない。私自身、いくつか買おうとしただろうしね」

彼女は顔をしかめた。「その水晶はかなりの超能力の持ち主にしか役に立たないもののようだから」

「きっときみには驚きだろうが、アデレイド、暗黒街にだって超能力を持った人間はいるんだ」

アデレイドは顎をつんと上げた。「いやみを言う必要はないわ。そんなことよくわかっているから」そこで言いよどむ。「はじめて会ったときに、あなた、ロンドンの街で起こっていることで自分の耳にはいらないことはほとんどないとおっしゃったわね」

「あのときは自分の評判を守るために若干誇張したかもしれないが、この水晶ほども強力な道具が私の注意を引くことなく、これまでずっと裏社会に出まわっていたなんてことは信じられないね」

「つまり、問題は、十三年もたってから、どうしてさらにふたつの水晶が突然、街のふたりのごろつきの手に現れたかってことになるんじゃない？」

「残念ながら、それも答えを見つけなければならない数多くの疑問のひとつさ。早急にね」

24

アデレイドがネグリジェとガウンを身につけたところで、つづきの部屋とのあいだの扉をノックする音がした。

彼女は扉のところまで行って扉を開けた。グリフィンがそこに立っていた。黒いガウンをはおっている。

「少し眠るんだと思っていたわ」と彼女は言った。

「眠ろうとはしたんだ」彼の口がゆがむ。「それがうまくいかなかったというわけさ」

「わたしも眠れなかったわ」彼女も認めた。「階下《した》へ行ってあなたの高級なブランデーを一杯いただこうかと考えていたところよ。あなたは何をしていたの?」

「考えごとをしていた」グリフィンは疲れきった様子で手で顔をこすった。「ブランデーを一杯やるほうが効きそうだな」

「侵入者と毒ガスの装置と水晶について考えていたの?」

「いや」とグリフィン。「なぜか、撃たれた晩のことを思い返していた」

アデレイドは驚いてドアをさらに広く開けた。「話して」

グリフィンは当然の権利というように彼女の部屋へはいってきた。まるで夫のようねとアデレイドは胸の内でつぶやいた。もしくは長年の愛人。でも、そう、ここは彼の家なのだから。

「最初はラットレルかほかの娼館の主が劇場に暗殺者を送ってきみを殺させようとしたと考えるのが理にかなっているように思えた」彼は言った。「しかし、数時間前の出来事から言って、その推理がまちがっていると思えてきたんだ」

「どういうこと？」

「劇場で銃を撃った男がきみを殺すんじゃなく、拉致しようとしていたとしたらどうだ？」

「そうだとしたら、どうしてわたしを撃とうとしたの？」

「おそらく、きみを狙ったわけじゃないんだ」グリフィンは言った。「私が先にきみをつかまえるのを阻止しようとしただけだ」

そうかもしれないと思い、アデレイドの全身を妙な衝撃が通り抜けた。彼女はドアから離れ、ドレッシングテーブルの前の椅子にゆっくりと腰を下ろした。

「あなたのおっしゃる意味がわかる気がするわ」と小声で言う。

グリフィンは狭い部屋のなかを行ったり来たりしはじめた。「劇場での一件は娼館の襲撃とは関係がなかったんだ。ランプのためだったんだ」

「でも、わたしがランプを持っていると誰が知っているっていうの？　もしくは、わたしがランプをあやつれるってことを？」アデレイドは両手を広げた。「あなた以外にあのいまいましいランプを誰が必要としているの？」

「ほかにひとり、以前きみとランプに異常な興味を示していた人物がいたことをわれわれは知っている」

「十五歳のわたしを買おうとした人ね」彼女は小声で言った。「ミスター・スミス」

「そうだ」

「でも、彼がほんとうは何者であるかは知らないわ。あの晩、マスクをしていたから、顔すら見ていないのよ」

「それでも、もう一度会ったら、ドリームプリントで見分けがつくんじゃないのか？」

アデレイドは身震いした。「ええ。でも、どうやって彼を見つけられるっていうの？

「どこから探しはじめればいいかはわかっているつもりだ」グリフィンは振り返りかけたところで動きを止めた。「ところで、きみは荷造りをしたほうがいいんじゃないか？」

「どうして？」

「きみと私はしばらく姿を消すからさ」

25

「おふたりは新婚旅行に出かけるわけじゃないんだよ、ミセス・トレヴェリアン」デルバートはうなるように言った。「身を隠すんだ」

「そんなことわかっているわ」とスーザン・トレヴェリアンは言い、大きなチーズの塊を茶色の紙で包み終えた。「それでも、飢えなくちゃならないってことはないでしょう」

「飢えることはないさ」デルバートはすでに彼女が鞄《かばん》につめこんだ焼きたてのパンとピクルスの瓶とリンゴに目を向けた。「それだけの食糧があれば」

「どのぐらい身を隠すつもりかわからないから」

「夜だけのことさ」デルバートは言った。「ボスはすっかり身を隠してしまうわけにはいかない。協会の仕事もあるからな。守らなきゃならない評判もある。ボスはただ、ミセス・パインの夜の居場所を誰にもわからないようにしたいだけだと思うぜ」

「わかったわ」トレヴェリアン夫人は鞄にチーズの包みを入れた。「でも、あなたもそう思うでしょうけど、なんだかすてきよね」

デルバートは眉根を寄せた。「いったいどうしてそう思うんだい？」

「いっしょに姿を消すんですもの。秘密の場所でふたりきりで夜を過ごすわけでしょう。刺激的な小説に登場する恋人同士の密会みたいだとは思わない？」

「刺激的な小説なんて読んだことがない」

「惜しいことをしてるってわかってないのね」

「ああ、わからないね」デルバートはトレヴェリアン夫人をじっと見つめた。「あんたのほうはどうなんだ、ミセス・トレヴェリアン？　あんたも密会をしたりとか、そういうことを夢見ているのかい？」

「まさか」彼女は布の鞄を閉じた。「わたしは三十九歳で、十歳からメイドの仕事をしているのよ。そう、恋人を持つとかそんなこと、とっくにあきらめているわ」

「ミスター・トレヴェリアンの身には何があったんだ？」

「ミスター・トレヴェリアンなんて人はいないわ。最初に家政婦の仕事に応募するときに、ミセスと名乗っただけよ。そのほうが年上で経験も積んでいるように思われるから。もちろん、今はわたしもかなり年をとったし、経験も積んだから、ミセスを名乗らなくてもいいかもしれないけど、もうその名前に慣れちゃったものでね」

デルバートはうなずいた。「わかるよ。時間ってのは奇妙な流れ方をするもんだよな？

ある日、将来に夢を抱いた若者だったと思ったら、次にはその将来のなかに自分がいて、それが思っていたのとはまったくちがったものになってるってわけだ」

「あなたはどうなの、ミスター・ヴォイル？　ミセス・ヴォイルがいたことはあるの？」

「あるさ。ずっと前にはな。肺炎で亡くなったんだ」

「お気の毒に」

「今言ったように、大昔の話さ」

「お茶のお代わりはいかが？」

「ああ、もらうよ」

トレヴェリアン夫人はふたつのカップにお茶を注ぎ、彼と向き合うようにテーブルについた。デルバートは暗黒街の人間かもしれないが、頼りになる力強さがあって、非常に魅力的だ。体つきもとても男らしい。彼女は胸の内でつぶやいた。このたくましい腕に抱かれた女は、きっとうっとりとわれを忘れてしまうことだろう。

「ちがう将来を夢見たりはしないの？」と彼女は訊いた。

「夢見るにはもう遅すぎる年だからな」とデルバートは答えた。

「ええ、そうかもしれないわね」

「ただ、ときおり考えることはある」とデルバート。「あんたは？」

「ときにはね」彼女はお茶のカップを手にとった。「でも、あなたも言ったように、少し遅すぎるわ。夢っていうのは若い人が見るものよ」

「それでも、今夜のことを考えるには遅すぎないさ」

「なんですって？」

「思ったんだが、ボスとミセス・パインが夜にいなくなるとしたら、修道院にはおれたちだけだ」

「レギットとジェッドはいるわ」トレヴェリアン夫人は言った。

「あのふたりはいるさ」彼も言った。「でも、邪魔しないでくれと言い聞かせることはできると思う」

「何を考えているの、ミスター・ヴォイル？」

「書斎でカード遊びをしてもいいと思ってね。それから、ボスの高級な酒をほんの少しいただく」

「あなたが高級なお酒を失敬しても、ミスター・ウィンターズは気にしないかしら？」

「今夜はほかのことで頭がいっぱいじゃないかと思うんでね」

トレヴェリアン夫人はゆっくりと笑みを浮かべた。「あなたの言うとおりね。カード遊びをして、ブランデーをちょっぴりいただくのは、夜の過ごし方としてはとてもすてきだわ」

「秘密の場所で密会するほど刺激的ではないけどな」

「それでも、すてきであることに変わりはないわ」と彼女は言った。

26

「伝言は受けとった」スミスは椅子の肘かけをきつくつかんだ。「女とランプを手に入れるのは手もないことと言っていたじゃないか。雇う予定のふたりはそういったことを専門にしている連中だと言っていた」

ラットレルは椅子に背をあずけ、優美な象眼模様のはいった広々とした机越しにスミスをじっと見つめた。事務所のほかのすべての家具と同様に、その机も最高級の品質で最高の職人の手によるものだった。彼は真の紳士の家にあるべき高価な家具と美術品に囲まれていることにおおいなる満足を感じていた。飾られている古代の遺物はすべて本物だったが、机の上に置いてあるエジプトの女王の小さな彫像だけはちがった。しかし、その問題にもすぐに片をつけるつもりでいた。

道端の溝のような場所で生まれた身にしてはずいぶんと遠くまできたわけだ。彼はその事実をたのしんでいた。

「昨晩は少しばかり失敗があってね」と彼は言った。

「これを少しばかりの失敗だと言うのか?」スミスは怒り狂っていた。「きみは取引をしたんだぞ、ラットレル」

男の本名はスミスではない。しかし、これまでラットレルは礼儀正しく偽名を受け入れてきたのだった。

スミスは背が高く、骨ばった体つきをしていた。彼には上流階級の生まれの人間だけが持つ、腹立たしいほどの傲慢《ごうまん》さがあった。かつては真っ黒だったと思われる髪の毛は今はすっかり白くなり、薄くなりつつあった。

なんらかの強い超能力を持っているのはたしかだったが、まわりで脈打つエネルギーには異常な乱れがあった。裏切りに満ちたロンドンの暗黒街の荒波を渡ってきたラットレルには、相手のなかに精神的な不安定さを示すものがあれば、そうとわかった。

「まだ契約は有効さ」ラットレルがひややかに言った。「協会の会長相手に行動を起こすのは慎重を期する仕事だと言ったはずだ。それでも、事をやり遂げることは約束する」

「ウィンターズは守りを固めることだろうさ」

「経験不足の若いごろつきに劇場でパインをつかまえさせようとして失敗したときから、すでにやつは守りを固めていたと言っていい。あそこで失敗したからこそ、おれのところへ来たわけだろう? あの晩、彼女を連れ去ったのがウィンターズだとあんたは知らなかった。

やつが女を自分の家に閉じこめていることがわかったのはおれのおかげだ。くそっ、あんたはグリフィン・ウィンターズが会長だったことすら知らなかったじゃないか」

「きみが言っていた悪名高き暗黒街の大物がウィンターズだとは今でも驚きだよ」

「しかし、やつがそのパインって女におおいに関心を抱いていることはわかったわけだから、話は変わってくる、そうだろう？」

「ああ、そうさ」スミスは手をこぶしににぎった。「きみが言うように、その会長というのがほんとうにグリフィン・ウィンターズだとしたら――」

「ほんとうさ。ウィンターズとおれは同じ世界に属している。敵同士にしかわからないほどに互いを理解している。協会の会長がグリフィン・ウィンターズだとおれが言っている以上、そのことばを信じるんだな」

「だったら、話は変わってくる」スミスはかすれた声で言った。「彼がアデレイド・パインを命がけで守ろうとしているのだとしたら、彼がランプを持っていて、彼女の助けが必要だということだ」

「それで、あんたもパインとランプの両方を必要としている」

「わからないか？　ニコラス・ウィンターズとその子孫がしくじったところで成功するのが私の運命だということは今や明らかだ」

「ひとつ訊きたいことがある」ラットレルが言った。「ランプが見つかったかどうかわからないってのに、パインを手に入れたいと思うのはなぜだ?」

スミスは毛を逆立てた。「最近、強いドリームライトの能力にほかの使い道があるとわかったんだ」

ラットレルの直感がかすかに働いた。「赤い水晶と関係のあることかい?」

「そう、あれはできるかぎり完璧なものにしたつもりだ」スミスは苛立つように片手を動かした。「しかし、強い力を持つドリームライト・リーダーの助けがあれば、超能力を強めるあの装置の力をより進んだものにできるかもしれないんだ。アデレイド・パインがロンドンにふたたび現れたと聞いたときに、彼女を利用できると思った。とはいえ、今や彼女もランプも手にはいるとなれば――」

「おれがランプとご婦人の両方を手に入れてやるさ。心配はいらない」

「あのふたりの泥棒はきみになんと言い訳したんだ?」スミスが訊いた。「なぜうまくいかなかった?」

「修道院に送られた二人組とはまだ話せていない」彼は認めた。「姿を消しちまったからな」

「姿を消した?」

「会長を悩ます連中にはよくあることさ。だからこそ、今回のことを探ってもおれにつながらないよう、念には念を入れたってわけだ」ラットレルは強調するように間を置いた。「もちろん、あんたとのつながりもわからないようにした」

スミスは椅子から立ち上がり、部屋のなかを行ったり来たりしはじめた。「水晶が失敗の原因でないことだけはたしかだ。どちらもきちんと調整してあった」

「何がいけなかったのか、見当もつかないね」ラットレルも認めた。「おそらく、ガスの装置がうまく作動しなかったんだろう。わかっているのは、ふたりが姿を消し、おそらくは二度と見つからないだろうということだけだ」

二人組が修道院を逃れた場合を考えて、部下に探させていることは付け加えなかった。ふたりが見つかったとしても、すぐに姿を消すのはたしかだったからだ。今度は川に投げこまれることになる。しかし、ふたりが姿を現すことはなさそうだった。結局、ウィンターズはそういう評判を持つ男だ。

「不安に思う理由はない」彼はことばを継いだ。「きっと今週末までには女もランプも手に入れてみせるから」

スミスは机の前で足を止めた。「たしかか?」

ラットレルは笑みを浮かべた。「約束する」

「ドリームライト・リーダーを見つけることはもちろん、ランプをとり戻すこともあきらめていたんだ。私がどれほど長く待っていたか、きみには想像もつかないだろう」

「そんなことはないさ」ラットレルが穏やかに言った。「あんたがどれだけ待っていたかはちゃんとわかっている」

スミスは顔をしかめた。「いったいなんの話をしている？」

「あんたは二十年前にランプを手に入れた。アデレイド・パインを見つけるのにはそれから六年かかった。そしてその両方を娼館の火事で失った」

スミスはそれを聞いて驚きのあまりことばを失い、何度か口をぱくぱくさせてから、ようやくかすれた声を発した。

「あの娼館の火事を知っているのか？　あの晩、私はあやうく命を落とすところだった」

「あんたがその火事を逃れたのは、その場から逃げようとした用心棒が意識を失っているあんたを見つけてかついで安全なところまで運んでくれたからだ。そう、そいつはあんたから褒美をもらえると思ったわけだ。意識をとり戻したあんたが一ペニーもくれることなく逃げ出したときに、そいつがどれだけがっかりしたか想像してみるといい。たぶんそいつは上流社会の人間にえらく悪い印象を抱いたはずだ」

「きみがそんなことまで知っているとは信じられないな」

「仕事を請け負う人間については秘密をすべて知っておくのを習いとしているもんでね。ところで、帰る前に、今日持ってくる約束だった新しい水晶をいただこうか」

スミスの青白い顔が怒りに真っ赤になった。「私が大工か仕立て屋であるかのような口のきき方をやめてもらえるとありがたいな、ラットレル。私は科学者なんだ」

「最近まわりじゅう科学者ばっかりって気がするな。さあ、どうか、水晶をお願いしますよ。最初にもらったやつは効力を失ってしまったから。今じゃただのガラス玉と同じだ」

「長くはもたないと警告したはずだ。とくに大量のエネルギーを集めようとしたときには」

スミスは不満そうに言った。

それでも、上着のポケットに手をつっこむと、赤い石をとり出して机越しに差し出した。

ラットレルは石を手にとった。「また連絡する」

スミスは不快そうにためらった。商人のようにさっさと追い払われることが不満なのは明らかだ。しかし一方で、自分よりも社会的に劣っているとみなす男の前から逃れられることにほっとしているのはまちがいない。

スミスは帽子を手にとり、その場を辞した。

ラットレルは水晶をじっくり眺めた。興奮に脈が速くなる。まだ使われていない石は明るく澄んでいた。大きな能力を持った人間には最高の武器だと彼は胸の内でつぶやいた。おれのような人間にとっては。

条件が同じなら、仕事相手は正気の人間が望ましい。正気と狂気の境目にいる人間はどういう行動をとるか予測がつかないものだ。しかし、スミスの場合は例外としよう。

赤い水晶に力を与える能力に加えて、スミスはその精神的な不安定さをおぎなってあまりある最高の条件を備えていた。じっさい、そのせいで非常に貴重な存在と言える。スミスはアーケイン・ソサエティの理事のひとりだったのだ。

27

「また暗い通路ね」アデレイドはあきらめたように言った。「予測すべきだったわ」

「悪いね」グリフィンは言った。地下にある通路の低い石造りの天井に頭をぶつけないように彼は首をかがめた。「この修道院から目的地まできみを安全に連れ出せる方法がほかにあったら、そっちを使ったんだが」

「わかってる。気にしないで行って」

こういう地下道も、歩みをゆるめなければいくらかましねとアデレイドは胸の内でつぶやいた。超能力を高めることにも同じ効果がある。肩に下げた鞄は気を楽にする役には立ってくれなかったが。グリフィンにも言ったのだが、着替えとシルクのシーツを持たずに身を隠すのはお断りだった。グリフィンも鞄を運んでいる。彼女が肩に下げているものよりもかなり重い鞄だったが、そのせいで歩みが遅くなることはなかった。

ふたりは修道院の地下にある秘密の跳ね上げ戸から、大昔に造られた地下道にはいった。

これもまた、中世の修道士のありがたい遺産だった。それもグリフィンいわく、こんな崩れかけた石造りの建物を買ったもうひとつの理由だった。

超常感覚を大きく開くと、床に積み重なったどんよりとしたドリームプリントが見えた。何世紀も前のドリームプリントもあった。ほとんどが消えかかっている。しかし、まだ恐怖と明らかな動揺に燃えているものも多かった。大昔、この地下道を通らざるをえなかった大勢の人々が、今自分を苦しめているのと同じ、心乱す恐怖と闘っていたのだ。その人たちがこの地下道を使わざるをえないと思ったとしたら、よほど追いつめられていたことだろう。

しかし、グリフィンのあとには、彼の超能力が発する独特のエネルギーが熱く光っていた。長年のあいだに彼がここを何度も通ったことは明らかだ。今日あとに残しているドリームプリントがこれまで以上に力強いものであるのもたしかだ。

「あなたがこれまで以上の力を得たのはたしかよ」彼女は口を開いた。「ドリームプリントを見ればわかるわ」

「それでも、まだ狂気の兆しはないと?」

「まったくないわ」彼女は請け合った。「はじめて会ったときにはエネルギーの波形にわずかな乱れがあって、あなたが長いあいだ悪夢に苦しめられていると推測したんだけど、それもなくなっているわ」

グリフィンは答えなかったが、彼女のことばを信じたがっているのはたしかだった。少なくとも今のところは。

水がしたたり落ち、湿気が増した。ときおり背後の暗がりでネズミが走りまわる音も聞こえた。

アデレイドは少なくとも冒険にふさわしい装いをしていた。ほっそりした体形にぴったりにあつらえた上着とズボン。男物のしゃれたかつらの下で髪はピンでしっかりとまとめてある。グリフィンとふたり、ようやく地下道から出て誰かに会ったとしても、きっと男とみなされることだろう。

「修道院にこういう地下道や秘密の通路があるのをどうやって知ったの？」と彼女は訊いた。

「ずっと昔、暗黒街の底辺にいたころに見つけた」とグリフィンは言った。

アデレイドは、暗黒街で生き残ろうともがいていた時代に彼がどれほど過酷な人生を送っていたか、想像せずにいられなかった。

「暗黒街の人間にとって完璧な隠れ場所だったのはまちがいないわね」批判するような口調にならないように気をつけながら彼女は言った。「感傷的な意味合いも大きいにちがいないわ」

「暗黒街の人間はあまり感傷というものを持ち合わせていないけどね」彼はおもしろがるように言った。「ただ、ときおりこの地下道が役に立つのはたしかだ」

「ほかにこの地下道のことを知っている人は？」

「デルバートとジェッドとレギットだけだ」

「あなたってこれまでずっと暗闇に身を隠して生きてきたわけでしょう、グリフィン？」

「そんなふうに考えたことはなかったが、そうだな、そう言えるかもしれない。私の超能力からしてぴったりの生き方だとは思わないか？」

「そうでしょうね」

グリフィンはしばらく口を閉じてから言った。

「そうするようになったのは十六のときだった」

「ご両親が亡くなった年ね」

「殺された年だ」

アデレイドは驚いて唐突に足を止めた。

「殺された？」息を呑む。「殺されたとは言わなかったじゃない」

「新聞や警察は、父が投資に失敗したことを気に病み、母を射殺してみずからも命を絶ったと結論づけた。でも、私がそれを信じたことはない」

地下道の角を曲がった彼の姿が見えなくなった。

少しのあいだでも彼の姿が見えなくなると、神経が凍りつく気がした。アデレイドは急いであとを追った。角を曲がると、彼が鉄の門の前で立ち止まっているのが見えた。

「その石を踏まないように気をつけてくれ」彼が地下道の床を指差して言った。「罠だから。ナイフが飛んでくるようになっている。レギットがしかけたんだ。あいつはナイフのあつかいがとてもうまい」

「わかったわ。教えてくれてありがとう」

アデレイドは気をつけて石をまわりこみ、グリフィンのそばで足を止めた。門の向こう側に石の階段があるのがかすかに見えた。

グリフィンは手を上げてゆるんだ石を脇に押しのけ、隠し場所から鍵をとり出した。その鍵を門の鍵穴に差しこむと、どっしりとした鉄格子の門が驚くほど楽々と開いた。

「ちょうつがいを新しくしたんだ」グリフィンが説明した。「よく油を差してある」

彼は門を通り抜け、階段へと先に立って進んだ。階段のてっぺんで明かりをつけると、厚い木の扉を押し開いた。地下道に流れこんできた空気はなんとも言えずさわやかだった。もうひとつのドアの下からぼんやりと光がもれているのが見え、そこが石の壁で囲まれた部屋であることがわかった。壁も床も、何十年にもわたって積み重ねられた非常に暗いドリームプリントで覆われている。

「地下聖堂ね」彼女は小声で言った。

「久しく使われていない」グリフィンがきっぱりと言った。

何世代にもわたって死者を埋葬し、その死を悼んできた悲しいエネルギーは、時とともに薄れることはあっても、すっかり消えることはないのだと彼に説明してもしかたないだろう。アデレイドは胸の内でつぶやいた。ドリームライトを敏感に感じとる自分のような人間には、人を葬ったこういう場所は、いつまでも死と喪失に満ちているように思われるのだ。

グリフィンは彼女のそばをすり抜け、アーチ型の石の扉を開いた。湿った空気が部屋に流れこんでくる。アデレイドは超常感覚を閉じ、外の薄暗がりに目を凝らした。

地下聖堂同様、墓地全体が久しく使われていないのは明らかだった。雑草や蔦《つた》や伸びすぎた草がうっそうと茂っている。木々の枝は死者をとむらう古い石碑に怪物のように垂れ下がっていた。少し先には小さな教会の残骸と、霧のなかにそびえたつ石の塀が見えた。霧に包まれたなかで、崩れかけた石や石像は滅びた古代都市の遺跡のように見えた。

「ここはあなたとラットレルが休戦協定を結んだ墓地なの?」とアデレイドが訊いた。

「ちがう。この場所に敵を連れてくることはない。ここは私の秘密の場所だ。クレイゲート墓地は街のちがう界隈《かいわい》にある」

でも、わたしのことは連れてきたのね、とアデレイドは胸の内でつぶやいた。グリフィンはわたしを信頼してくれている。なぜか、そう考えるととてもうれしかった。

「目的地はここから遠くない」とグリフィンが言った。

ふたりは荒れはてた墓石の迷路のなかを進み、石塀が崩れている場所を乗り越えた。すぐに狭い路地ばかりの古く寂れた界隈が現れた。あちこちに窓の明かりは見えていたが、ほとんどの建物は暗くなっていた。ふたりは迷路のような路地を縫うようにして歩きつづけた。

まもなく、あたりの様子が変わり、明らかにより裕福な家々が建ち並ぶ地域に出た。家々の入口には街灯がともり、馬車や辻馬車の走る音が霧のなかから聞こえてくる。

グリフィンは角を曲がったところにある、よく手入れされた小さな公園を抜け、裏の路地を先に立って歩いた。塀に囲まれた庭の裏口のところで足を止めると、別の鍵をとり出して庭の門を開けた。

アデレイドは先に庭に歩み入った。先ほどの墓地同様、何年も手入れされていない庭だ。家の窓に明かりもともっていない。

「ここは何なの?」彼女は小声で訊いた。

「私が生まれ育った家だ」グリフィンは音を立てずに門を閉めた。「両親が殺された場所だ。両親が死んですぐに、債権者に金を返すために売られたんだが、何年か前に買い戻すことができた。今は誰も住んでいない」

「どうしてわたしをここへ連れてきたの?」彼女は静かに訊いた。

「きみに両親が死んだ部屋を見てもらいたいんだ」

ようやく彼女にも奇妙な逃避行の理由がわかった。彼のもくろみに驚いて、アデレイドは彼をちらりと見やった。

「あなたのお母様とお父様を殺したのが、わたしを娼館で拉致しようとした男と同じかどうか見てほしいってことなのね」彼女は言った。「あなたはそこにつながりがあると思っている」

「スミスのエネルギーの波形はもう一度見ればわかると言ったはずだ」

「ええ。でも、どうしてあなたのご両親の家に彼のドリームプリントが残っていると思うの？」

「そいつがきみを見つける前に、ランプを手に入れていたからさ。ランプは両親が殺された晩に父の金庫から盗まれたんだ」

アデレイドはすばやく頭をめぐらした。「でも、そのふたつの出来事には――ランプの盗難とわたしを拉致しようとした試みには――数年の開きがあるわ」

「それはわかっている」グリフィンは厨房の扉の鍵を開けた。「少なくとも、両親が殺されたという私の推測が真実なのか、それとも、長年のあいだに私が作り上げた陰謀説にすぎないのか、きみには判断できるかもしれない」

アデレイドは暗闇が垂れこめる部屋に足を踏み入れた。

「いつもカーテンは閉めたままにしてある」グリフィンが言った。「近所の人間は、この家が北部で暮らし、めったにロンドンにはやってこない家族のものだと思っている。私のことはたまにやってきて異変がないかたしかめる管理人だと思っているわけだ」

「そうなの」

「こっちだ」

ふたりは厨房の床に鞄を下ろし、裏の階段から二階へ上がった。踊り場に着くと、アデレイドはまた超常感覚を開いた。

寝室の廊下にドリームプリントが燃え立つのが見え、息をつめる。

「ああ、グリフィン」彼女は小声で言った。

二十年もたつというのに、暴力のエネルギーが暗闇のなかで不気味に揺れながら光っていた。

グリフィンは彼女の顔を探るように見つめた。その目は火を見つめる錬金術師さながらに暗く輝いていた。

「殺人者のドリームプリントが見えるんだね？」彼は小声で訊いた。

「ええ」アデレイドは大きく息を吸った。「ここで殺人が起こったのはまちがいないわ。でも、その痕跡はわたしがスミスとして知っている人が残したものじゃない」

「ちくしょう」グリフィンは低い声で毒づいた。「きっとそうだと思っていたのに」

「残念ね」アデレイドは穏やかな声で言った。

「だからといって、つながりがないと決まったわけじゃない」彼はなおも言った。「この一件に複数の人間がかかわっていたこともありうるわけだから」

アデレイドは言い争わなかった。言い返しても意味はない。彼は自分の推理に固執しているのだから。

「そう、少なくとも、これが殺人だったことについてはあなたの推測どおりだとはっきり言えるわ」アデレイドは言った。「ご両親が殺されたのはたしかよ」光り輝く痕跡をじっと見つめながら身震いする。「古いことわざにもあるように、〝殺人は痕跡を残す〟ものよ」

「犯人は正面の階段からのぼってきたのか?」とグリフィンは訊いた。その声は妙に抑揚がなかった。まるで無関心な第三者を装うことに決めたかのように。

「ええ。そしてもと来たとおりに戻っていった。裏の階段は使わなかった」

「両親がそいつのために玄関を開けたかどうかわかるかい?」

アデレイドは彼に目を向けた。「そうだとしたら、何がわかるの?」

「両親がそいつを家のなかに招き入れたとすれば、殺人者は知り合いだったということになる」

彼女はうなずいた。「その痕跡がわかるかどうかたしかめさせて」

アデレイドは階段の上まで行って、玄関の間を見下ろした。暗闇のなかで暗いエネルギーが光ったが、玄関にその痕跡はなかった。

「犯人は家の裏の部屋から来ているわ。でも、厨房にその人のドリームプリントはなかった」

グリフィンは彼女のそばに立った。手すりをつかみ、階下《した》を見下ろす。「そいつは窓から忍びこんだんだな。使用人が休みの日だと知っていたにちがいない」

アデレイドは階段に残る沸き立つエネルギーの道をよく見た。そして息を呑んだ。

「グリフィン、階段の下で何かが起こったのよ。たぶん、あなたのお父様が倒れたんだわ」

「しかし、父は銃で撃たれたんだ」

アデレイドは首を振った。「その前に気を失ったのよ。何があったにしても、ある種の眠りにおちいったんだわ。意識を失っていた」

「でも、それはおかしい。頭をなぐられたとか？」

「そうかもしれない」アデレイドは振り返って廊下に目を戻した。「同じようなことがあの寝室の扉のところであなたのお母様の身にも起こった。彼女もそこで気を失っている」

グリフィンは廊下を渡り、寝室の扉を開けた。

アデレイドはゆっくりと彼のそばに近寄り、寝室をのぞきこんだ。通常の感覚で見れば、何も変わったところはなかった。マットレスもシーツもないベッドの枠だけが置かれている。片隅には大きな衣装ダンスがあった。長年のほこりをかぶったドレッシングテーブルの鏡がカーテンの閉まった窓のそばに置かれている。

一見、この部屋で暴力行為が行われた形跡は何もなかった。しかし、アデレイドが超常感覚を開くと、殺人者が残したドリームプリントが見えるかぎりありとあらゆるものに残されていた。

「ご両親はここで亡くなった」彼女はささやいた。

別の痕跡もあった。そこから発せられる不穏なエネルギーはこれだけの年月がたったにもかかわらずあまりに強く、アデレイドはそれについて口に出す前に通常の感覚に戻らなければならなかった。

「ご両親はあなたが見つけたのよね？」彼女は訊いた。「ほかのに混じってあなたのドリームプリントも残っているわ」

「その日、私は友人と出かけていたんだ。夕方になって戻ってきた。使用人たちはまだ戻っていなかった。玄関をはいるとすぐに、何か最悪のことが起こったのがわかった。家のなかが奇妙なほどに静まり返っていたからだ。今でもそのときの感じは忘れない」

「それで、二階へ来てこの寝室の扉を開けた」

「そうだ」

アデレイドは彼の腕に触れて言った。「あなたにとってどれほど恐ろしいことだったか、想像することもできないわ」

「何が見えるか教えてくれ」グリフィンはあの抑揚のなさすぎる声で言った。

同情はいらないってわけねとアデレイドは胸の内でつぶやいた。ほしいのは答えだけ。彼女は指を彼の袖から離し、気をおちつけてまた超常感覚を開いた。超常的な光が不気味な色で部屋を染めているのが見えた。

「争った形跡はないわ」彼女は言った。「たぶん、殺人者がふたりの気を失わせ、この部屋に引きずってきて、ここで撃ったのよ」

「そうやって父が母を殺し、それから自分で命を絶ったように見せかけた」

「ええ。それがここで起こったことだと思う」アデレイドはベッドの近くの床を見ながらことばを継ぐのをためらった。「ご両親が亡くなる前に残したエネルギーの残滓《ざんし》のようなものがあるわ。頭をなぐられたのではないと思う。断定はできないけど、ご両親の意識を失わせるのに、きっと殺人者はなんらかの超能力を使ったんじゃないかと思うわ。亡くなる前に催眠状態に置かれていたようだから」

「殺人者は超能力者だった」グリフィンは目を細くした。「なんらかの超能力を持った人間でなければ、そもそもランプには興味を持たないだろうからね」

「盗まれたランプは金庫にはいっていたって言ったわよね?」

「ああ、階下《した》の父の書斎にあった金庫だ。金庫からなくなっていたのはランプだけだった」

「金庫にランプが入れてあったのを知っていた人はほかにいたの?」

「いや、両親と私だけだ」グリフィンは答えた。「父はランプを家族だけの秘密としていた」

「ニコラス・ウィンターズの日誌については?」

「そのときそれは金庫にははいっていなかった」グリフィンが言った。「当時は私が自分の部屋に保管していた」

「どうして？」

「一族の呪いについて父に聞かされていたからね。私は十六だった。当然ながら、私が別の超能力を持つようになるかもしれないという事実に興味を惹かれたんだ。それで、日誌を解読しようと決めた。毎晩解読に励んだよ。暗黒街へと姿を消すときに持ち出した数少ない物のひとつでもある」

「どうしてランプのために人を殺そうと思う人がいるの？　古い言い伝えによれば、ウィンターズの血筋の男性のみがランプが発するエネルギーをあつかえるということなのに」

「スミスがきみを拉致しようとするほど強くランプを求めていたのはなぜだと思う？」グリフィンが訊いた。「自分がランプのエネルギーをあつかえると信じていたのは明らかだ」

「もちろん、そうね。強い超能力を手に入れるためなら、言い伝えの細かいことなど無視する人もいるということだわ」

「アーケインに伝わる言い伝えの問題は——」グリフィンが言った。「どれがほんとうでどれがまちがっているか、誰にもわからないということだ」

28

「あんたがおれをだましたのはたしかだ、ミスター・ハーパー」ラットレルは机の上に載っているエジプトの女王の小さな彫像を見つめた。「正直、驚きだったよ。そういう危険を冒すだけの度胸の持ち主はそう多くないからな」

少し前に事務室に通されたときには、ノーウッド・ハーパーは部屋の優美な家具調度に驚いたのだった。オービュッソンの絨毯、上等の机、壁にかかった金メッキされた額の鏡、飾られているさまざまな古代の遺物は、暗黒街の大物の持ち物としては意外なものだった。はじめノーウッドは自分のエジプトの女王像がこんな最高の品々に囲まれていることにわくわくする思いを感じた。

しかし、ラットレルに呼ばれた理由がわかると、その喜びが恐怖に変わった。生まれてこのかた、これほどまでに怯《おび》えたのははじめてだった。心臓の鼓動が速くなり、てのひらは氷のように冷たくなった。ラットレルから仕事の依頼を受けたときに、直感が――けっしてまちがったことのないノーウッドの直感が——それは請け負わないほうがいいと告げていたのだった。そういう意味では妻も同じことを言った。しかし、自分のなかの芸術家精神が挑戦を受けて立たずにはいられなかったのだ。ラットレルは最高のものを求めており、ノーウッドは自分が最高のものを作り出す人間だと自負していた。

「その彫像が本物であるのは、た、たしかです」彼は口ごもった。「エジプトの第十八王朝のもので、誰よりも信頼できる筋から手に入れたものです」

「きっとそうだろうな」ラットレルは眉を上げた。「あんたの作業場で作られたものだろうから」

「土台に刻まれた象形文字を見てくださいよ。すばらしいものです」

「悪くないな」とラットレルは言った。

「彫像の優美な形にもお気づきのはずです」ノーウッドは付け加えた。

「女王はえらく魅力的な体形をしているが、それが最近作られたものだという事実を変えることにはならない。おれは本物のエジプトの遺物を注文したのだ。ハーパー古物商が請け負ったのもそうだ」

専門家としての誇りが一瞬、ノーウッドの怒りに火をつけた。「いいですか、あなたの職業からして、古代の遺物の専門家だとは言えないはずだ。どうしてこの彫像が偽物だとそれほど確信をもっておっしゃるんです？」

ラットレルは笑みを浮かべた。「あんたの目にはおれは低俗で無教養な暗黒街の人間に見えるかもしれないが、ミスター・ハーパー、あんただって古代の遺物の偽物を売買しているわけだから、おれの職業を非難できる立場にはないと思うね」

ノーウッドはぞっとして手をひらひらと動かした。「お気を悪くなさらないでください よ。ただ、あなたがどうやって、その、古代の遺物に詳しくなったのか知りたかっただけなんですから」

「超能力については何か知っているかい?」

ノーウッドは凍りついたようになった。ハーパー家は大きな一族で、ほぼすべての人間が模造品を作る超能力に恵まれていた。いくつかノーウッド家の人間の作ったものが、国の第一級の専門家によってまぎれもない古代の遺物と認められ、大英博物館に展示されているのもたしかだ。ラットレルが超能力を話題に出した事実は多少ならず不吉に思えた。

「おっしゃってる意味がわかりません」ノーウッドは弱々しく答えた。

「ミスター・ハーパー、どうやらおれはドリームライトからエネルギーを引き出す強い超能力に恵まれているようなんだ」

ノーウッドは気を失いそうになった。ドリームライトの能力を持つ暗黒街の大物に最高級の偽物を売りつけてしまったのだ。足もとに墓標のない墓穴が大きく口を開けた気がした。

「ミスター・ラットレル、これだけは言えますが――」

「おれが何の話をしているのか見当もつかないという人間がほとんどだが、あんたはずいぶんとはっきり理解しているようだな」ラットレルは言った。「すばらしい。そうとなれば、話はずっと簡単だ」

「ミスター・ラットレル、よければ――」

「きっとあんたも知っているはずだが、ドリームライトにかかわる能力は千差万別だ。しかし、たとえ弱い能力しか持っていない人間でも、あんたのかわいい女王像のような遺物がだいたいいつごろ作られたものか、見分けることはできるものだ。創作というのは多大なエネルギーを発するものだからな。そうしたエネルギーは必ず作られたものに痕跡を残す。そうした痕跡を見れば、それが生み出されてからどれほどの時間がたっているのか感知できるわけだ。あんたの女王像がつい最近作られたものであるのはおれにははっきりわかったよ」

ノーウッドには自分の命が、この恐ろしい状況から言い逃れできるかどうかにかかっているとわかった。自分はハーパー家の人間だ。嘘をつく能力には長《た》けている。彼は姿勢を正し、名誉を傷つけられたという空気をかもし出そうとした。

「ミスター・ラットレル、その彫像が偽物だとしても、私がそのことを知らなかったのはたしかです。さっきも言ったように、信頼できる筋から手に入れたものですから」

「もういい」ラットレルはすわったまま身を乗り出し、羽目板を張った壁に吊り下げられた呼び鈴の黒いヴェルヴェットのひもを引っ張った。「別のときだったら、うまい作り話を聞くのもおもしろかっただろうが、今はあまり時間がない」

「ミスター・ラットレル、これだけは言えますが――」

事務室の扉が開いた。ブルドッグのような顔をした筋骨たくましい大男が部屋にはいってきた。剃《そ》りあげた頭が明かりを受けて光っている。

「なんでしょう、ミスター・ラットレル？」と男は訊いた。

「ミスター・ハーパーを客間へお連れしてくれ」

「了解」大男はノーウッドの腕をつかみ、扉のほうへと引っ張った。

「もうひとつ」とラットレルが言った。

たくましい用心棒は足を止めた。「なんです？」

「ドクター・ハルシーに人間の実験台が手にはいったと伝えてくれ。超常的な研究の進歩のために、ミスター・ハーパーがきっと喜んで協力してくれるはずだ」

29

アデレイドは顔が隠れるようにヴェールを直した。目立たない小さな本屋の正面の窓に目を向ける。窓ガラスにこびりついた汚れがあまりにひどく、店のなかをのぞき見ることはできなかった。

「ここがあなたの仕事場なの？」興味を惹かれて彼女は訊いた。

「街のあちこちにある仕事場のひとつさ」グリフィンが答えた。「同じ場所をつづけて二度使うことはめったにない。私のような仕事をしていると、日々の習慣が傍目《はため》に明らかすぎるのはありがたくないことだからね」

「身を隠しているというのに、通常どおりに仕事をするのになんの問題もないというのは正直驚きだわ」

「会長にしても、その部下にしても、暗黒街ではつねに変幻自在に見せなければならないからね」グリフィンは言った。「それが評判を守るのには重要だ」

彼は扉を開けた。暗がりのどこかでベルが鳴った。アデレイドはスカートをつまみ上げて店のなかに足を踏み入れた。カウンターの奥でガスランプがともっていたが、その光はあまりに弱く、暗がりを照らす役には立っていなかった。

店は長いこと掃除されていないように見えた。棚にはさほど興味を惹かれない本が乱雑につめこまれている。

アデレイドは超常感覚を開いた。グリフィンの暗い玉虫色のドリームプリントがほこりをかぶった床に何層にも積み重なっている。

ほかの痕跡も残っていた。どんよりとしたエネルギーが毒気を放っている。驚いたのは、その痕跡の多くに強い感情が燃え立っていたことだ。ほぼすべてが黒い感情だ。不安が渦巻き、追いつめられた感情が沸き立っている。絶望の悲しい波形や恐怖を示すどぎつい色の光もある。

世間で評判となった最新の小説を求めてこの本屋に来る人はほとんどいないのねとアデレイドは胸の内でつぶやいた。床に無秩序に渦巻くエネルギーから、名もなき通りや不穏な影の世界に生きる人たちにとって、この小さな店が最後の頼みの綱であることがわかる。ここへやってきた人はほかに頼れるところがないからここへ来たにすぎない。アデレイドはそういう人たちが何を期待してここへ来たのだろうと考えずにいられなかった。

奥の部屋からしかめ面をしたしわくちゃの老人が現れた。老人は金縁の眼鏡越しにグリフィンに細めた目を向けた。どことなく苛立った様子だ。店に雇い主が現れるのは彼にとって最高にうれしい出来事ではないらしい。

「おや、あなたでしたか」老人は眼鏡を直した。「ハーパー家の人たちが待っていますよ」

「ありがとう、チャールズ」グリフィンはアデレイドに目を向けた。「チャールズ・ペンバートンを紹介させてくれ。研究の邪魔をされるのが大嫌いな学者だ。ただ、私とは契約を結んでいてね。この本屋を切り盛りしてもらうかわりに、私のほうは彼の論文が立派な雑誌に掲載されるよう便宜をはかっている」

アデレイドはチャールズに目を向けた。「どんな分野の研究をなさっているんです?」

チャールズはむっつりと答えた。「超常現象です」

アデレイドはにっこりした。「そうだと想像してしかるべきでしたわ」

チャールズは蛇腹のふたのついた机の奥に腰を下ろした。「そういえば、季刊の『超常現象と超能力の研究』誌の次の号に論文が載りますよ」

アデレイドは驚いて彼をじっと見つめた。「アーケイン・ソサエティが発行している雑誌ですね。その雑誌には父の論文もいくつか載りました」

「この分野では数少ないまっとうな発行物ですからな」とチャールズは言った。アデレイドが感心した様子を見せたことで多少愛想がよくなっている。「私の論文はD・D・ホームをめぐる論争についてです」

アデレイドはうなずいた。「この分野では伝説となっている人間ですものね。多大な能力に恵まれた人物だったそうですね。いろいろと驚くべきことをした人で、空中浮遊したり、火のなかを歩いたりできたとか」

「ばかばかしい」チャールズは鼻を鳴らした。「いかさま師にすぎませんよ。空中浮遊して窓から出たりはいったりできたというのは、単に巧妙な奇術にすぎなかったと私は論文のなかで証明しています。ふん。あの男は手先の器用なペテン師だったんだ」

「えらく成功したペテン師だったけどな」グリフィンがおもしろがるように言った。「彼は上流のなかでももっとも上流の階級に受け入れられていた。そんな見事な経歴を残せたことは認めてやらなくては」

チャールズは眼鏡の縁越しにきついまなざしをグリフィンに向けた。「まじめでまっとうな超常現象の研究に悪い評判を与えたのは彼のような連中ですからね。『超常現象と超能力の研究』誌に載る私の論文では、彼にまつわるまちがった伝説を論破しています」

「それについてはあまり確信を持たないほうがいいな」グリフィンはそう言ってアデレイドの腕をとって奥の部屋へ通じる閉じた扉へと向かった。「私の経験から言って、おもしろい伝説と退屈な事実の二者択一となったら、みな結局は伝説のほうを選ぶものだ」

「ショー・ビジネスの世界で長年過ごしたわたしの経験からしても、それが賢明な見方だと言えますわ」とアデレイドも言った。

チャールズはうんざりするように鼻を鳴らした。

アデレイドはグリフィンをちらりと見やった。「あなたがどうしてミスター・ペンバートンの論文をソサエティの季刊誌に載せる便宜をはかれるの？　アーケインとのつながりはすべて避けてきたはずでしょう」

「今の編集者のひとりに恩を売ってあるのさ」

「ああ、そうでしょうね。どんな恩を売ったのか、興味あるわ」

「いつか話してあげるよ。ところで、新しい顧客と面談の予定があるんだが、きみにも超常感覚を開いて加わってもらいたい」

アデレイドはヴェール越しに彼をじっと見つめた。「どうして？」

「きみの能力が役に立つかもしれないからさ」

「わかったわ」

アデレイドは奥の部屋に足を踏み入れた。背後でエネルギーが震えた。グリフィンが超能力を使って自分を影で包んだことは振り返って見なくてもわかった。

その小さな部屋には男性がふたりと女性がひとり待っていた。みな簡素な木製の椅子に腰を下ろしている。礼儀正しくおちついた顔を作り、うまく不安を隠しているが、アデレイドにはその裏に動揺が隠されているのが感じとれた。

超常感覚を開くと、三人のドリームプリントから熱く張りつめたエネルギーが発せられているのがわかった。ドリームライトの跡には別の類いのエネルギーも光っていた。三人とも明らかに超能力の持ち主だ。

アデレイドとグリフィンが部屋にはいってくるのがわかると、男性たちが立ち上がった。

「ミスター・ウィンターズ」ふたりの男のうち年長のほうが口を開いた。銀髪で、身なりもよく、上品な外見をしている。話しぶりにも教養が感じられた。「急なお願いだったのに、会ってくださってありがたいですよ。自己紹介させてください。わたしはカルヴィン・ハーパー」彼は女性を顎で示した。「妻のミセス・ハーパーと弟のイングラム・ハーパーです」

三人はみなアデレイドに期待するような目を向けたが、グリフィンは彼女を紹介しようとはしなかった。

「お会いしたことはないが、あなたの数多い一族の方々のことは多少存じあげています」グリフィンが言った。「長年のあいだに互いの道が交わることも多少あったはずですし。タガート・ギャラリーに展示されたすばらしい花瓶についてはお祝いを言わせてもらいますよ。タガートにひとつ購入を勧められたんだが、私は断った」

カルヴィン・ハーパーは深い苦悩をにじませていた。「ミスター・ウィンターズ、過去に誤解があったとしたら、お赦しいただきたい」

「あったとしてもたいしたことじゃないですよ」グリフィンは何気ない口調で応じた。「あのエルトリアの花瓶が偽物であるのはタガートの問題であって、私には関係ない。彼は花瓶に満足しているようだから、心配する必要はないと思いますね」

ハーパー夫人はグリフィンをじっと見つめていた。彼の顔立ちをはっきり見極めようとしているのはたしかだ。グリフィンはけっして目に見えないわけではなかったが、その顔は影に包まれているように見えた。まるで部屋の真ん中ではなく、明かりのついていない暗い廊下にでもいるように。

「どうしてタガートの花瓶が偽物だと思われたんです？」ハーパー夫人がひややかに訊いた。

「タガートがすばらしい展示品の多くをハーパー家の作業場から手に入れていることはわかっていますから」とグリフィンは答えた。

イングラム・ハーパーはむっとした顔になった。「いいですか、ミスター・ウィンターズ、うちの家族が偽物の美術品の恥ずべき売買にかかわっているとおっしゃりたいのだとしたら――」

「イングラム、もういい」カルヴィンがきっぱりとさえぎった。「お相手は会長なんだ。こんな話をしている暇はない。ノーウッドの命がかかっているんだから」

「そうね」ハーパー夫人は小声で答え、手袋をはめた指で濡れてくしゃくしゃになったハンカチをにぎりしめた。「まだ生きていることを願うしかできないんですもの。今日ここへうかがったのは、力を貸していただきたいとお願いするためですの、会長。ほかに誰に頼っていいかわからなくて」

カルヴィンは肩を怒らせた。「生死がかかるほどの窮状におちいった人間にあなたが力を貸してくださることもあるという噂《うわさ》を聞きましてね。こちらはいくらでも言い値をお支払いする準備があります」

「私は恩を返してもらうという形で報酬をいただいている。情報や奉仕を必要とするときに、恩返しとしてそれを受けとるというわけです」とグリフィンが言った。

カルヴィンは唾を呑みこんだ。「ええ。それはわかっています」

グリフィンはうながすように首を傾けた。「まずはノーウッドというのが誰なのか話してもらえますか？」

「ええ、もちろん」ハーパー夫人はおちつきをとり戻した。「ノーウッドはわたしの甥《おい》です。彼の妻もいっしょに来られればよかったんですけど、すっかりとり乱してしまって、ベッドから離れられなくなってしまったんです」

「私はノーウッドの父です」イングラムが付け加えた。「息子はきわめて才能ある彫刻家です。小さな古物商を営んでもいます」

「たしか、ハーパー古物商でしたね」グリフィンが言った。「そう、その店については多少噂を耳にしたことがあります。イギリスやアメリカで本物とされている数多くの私的収集品のなかに、ノーウッドの作品がいくつかまぎれこんでいるのは明らかです」

イングラムはため息をついた。「息子を弁護しようとしても、おおいなる才能に恵まれているとノーウッドが過信しているせいだとしか言えません。あんな危険な人間に自分の作った女王像を売りつける危険を冒すなど」

グリフィンはハーパー家の面々の不安そうな顔をじっと見つめた。「つまり、ノーウッドが偽の古物を売りつけた収集家が、だまされたと知って不愉快に思っているということですか？」

カルヴィンの顎がこわばった。「その収集家がノーウッドの売った彫像が本物の古代の遺物ではないと思ったのは明らかです。もちろん、それはたんに大きな誤解にすぎませんが」

「そうでしょうね」とグリフィン。

「しかし、ノーウッドは姿を消してしまいました。店を出るときには、女王像を買った収集家の相談に乗ってくると店員に言っていたそうです。ノーウッドは出かけたきり戻りませんでした」

ハーパー夫人はハンカチで目をふいた。「この数時間は悪夢のようでしたわ。いつなんどき、ノーウッドの死体が川から引き上げられたという知らせが来るかと身がまえて」

カルヴィンがなぐさめるように彼女の肩に手を置き、それから、グリフィンに目を戻した。「今朝、ノーウッドが囚われの身になっているという噂を耳にしたんです」

「身代金を要求する手紙は受けとったんですか？」とグリフィンが訊いた。

「いいえ、そういうものは何も」ハーパー夫人は目をぬぐった。「そういった知らせは何もありません。だからこそ、よけい恐ろしくて。ここへあなたに会いに来たのもそのためですわ。ノーウッドの身に何があったのか探るのに必要な人脈を持っている方をほかに思いつけなくて」

「少々心配しすぎのように思えるが」グリフィンが言った。「収集家というものは、だまされたと思ったら、返金を要求するだけですよ」

しばしの間があいた。ハーパー家の面々は目を見交わした。

イングラムがせき払いをした。「その収集家というのが、ミスター・ラットレルかもしれないと考える理由があるんです」

「そいつは最悪だ」グリフィンがひどくやさしい声で言った。「ノーウッド・ハーパーがラットレルに偽物を売りつけたと？　なんとね、驚くべき神経ですね」

「力を貸していただけますか？」イングラムが懇願した。「一族の者みんなが動揺しているんです」

「多少調べることはしましょう」グリフィンは言った。「しかし、相手はラットレルだ。ノーウッド・ハーパーはすでに川底に沈んでいるかもしれませんよ」

「それはわかっています。ただ、甥はまだ生きている気がするんです。たとえどれほど恐ろしい危険にさらされているとしても」カルヴィンは険しい顔で言い、肩を怒らせた。「でも、調べてくださった結果がどうあれ、恩に着ますよ。今後何か必要なことがあったら、ハーパー一族がお役に立ちます。頼んでくだされぱいい」

ハーパー夫人が立ち上がって前に進み出た。「ハーパー家に今の世代でご用がなかったとしても、ご恩が一族に代々受け継がれることになると保証しますわ。ハーパー一族は恩をけっして忘れませんから。あなたのご子孫にわたしたちの助けが必要になったら、何をおいてもできるかぎりお力になるつもりです」

「私が生きているあいだに恩を返していただくことを何か思いつくようにしますよ」とグリフィンは言った。その声にはなんの感情も表れていなかった。

アデレイドの直感が働いた。グリフィンは子孫を作るつもりがないのだ。だからこそ、結婚しないのね。しかし、昨晩わかったことだが、彼は精力にあふれた男性だ。家族を持ちたくない、あるいは持てないと彼が考えているのは何があったせいだろう。

でも、そうね、わたし自身、それとよく似た決断をしている。

30

「ノーウッド・ハーパーについてはひとつだけたしかなことがある」グリフィンは窓辺に置いた小さなテーブルの上に地図を広げた。「愚か者ということさ」

「彼を見せしめにするのをためらわない、情け容赦のない最悪の暗黒街の大物に偽物を売ったから？」とアデレイドが訊いた。

「そんな取引をするなど、常識を疑うと言われてもしかたないときみだって思うはずだ」

「きっと芸術家としての自尊心にあやつられたのよ」とアデレイドは言った。

彼女はテーブルの上にお茶のはいったふたつのマグカップを置き、グリフィンが地図に丸をつけるのを見つめた。

「こういうことはよくあるの？」と訊く。

「家の人間みんなを眠らせるようなたくさんの最悪の装置とともにふたりの超能力者を送りこんできた、誰とわからない人間をどうにか探し出そうというときに、私が持っているとは誰も知らない場所に身を隠すということかい？」グリフィンは地図から顔を上げようとはしなかった。「これだけは言えるが、できるだけそういう事態におちいるのは避けようとしているさ。便利とはけっして言えないからね」

アデレイドは彼と向かい合うように腰を下ろし、狭い部屋を見まわした。ハーパー一家との面談のあとでグリフィンに連れてこられた部屋だった。事務所として使っている本屋を目にしてからは、名も知れぬ路地に面したつぶれた店の二階にある、小さなふた部屋しかない隠れ家を見ても驚きはしなかった。暗黒街の帝王というものが、身を隠す際には贅沢や便利さなど気にかけないのは明らかだ。

「隠れ家のことを言ったわけじゃないわ」彼女は言った。「新しい顧客のことよ」

「ああ、そう、ハーパー一族か」グリフィンは腰を下ろしてマグカップを手にとった。「正直に言うよ。ノーウッドがまだ生きているとは思えないね」

「でも、生きているとしたら、救い出すつもりなのね」

グリフィンはお茶を飲んでカップを下ろした。「できることはやるさ。ラットレルと交渉することもできるかもしれない」

「どうして？　きっと偽物を作って売るような一族の力が必要となることなんてないでしょうに」

「超能力を用いて偽物を作る一族さ」彼は強調するように言って肩をすくめた。「ハーパー一族はそういう意味では真の超能力の持ち主だ。いつかその技を必要とするときが来るかもしれない」

「もしくは、あなたの子孫が恩返しを必要とするかもしれないしね」アデレイドは穏やかに言った。

自分が見えない門を押し開こうとしたことに気づいて彼女は息をつめた。しかし、そうせずにいられなかったのだ。このところ、グリフィンの秘密をすべて知りたいという思いにとりつかれたようになっていたからだ。

「それはないな」とグリフィンは言った。その話はそこまでというようにカップをテーブルに置く。

アデレイドは眉根を寄せた。「どうしてそう思うの?」

「私は危険な世界に属しているんだ、アデレイド。子供はもちろん、妻をそこに巻きこむわけにはいかない。一度、若くてまだ人生に理想を抱いていたころに、家族を持ったことはあるが」

「結婚していたの?」アデレイドはぎょっとした。なぜか、そんな事実を知らされるとは思っていなかったのだ。

「二十二歳のときに恋に落ちたんだ。相手は十九歳だったが、自立して数年がたっている女だった。街での身の振り方を知っている女だったよ。私の世界に通じていた」

「どんなふうに出会ったの？」

「ロウィーナはオーラを読む能力を持っていて、商才があった。占い師として生計を立てていた。そのせいで、数多くの秘密を知ることになった。当時の私も今と変わらず、情報を金で買っていた。そういうこともあって、彼女に便宜をはかってやったんだ」

「どんな便宜?」

「彼女を脅すようになった顧客を消してやったのさ」

グリフィンはアデレイドに揺るがないまなざしを向けた。暴力行為をほのめかしたことに、驚愕か、少なくとも強い拒絶を示すものが彼女の顔に現れるだろうと思っているのだ。

アデレイドは興味を示しただけで、穏やかな表情を保った。

「その人はロウィーナをどうやって脅したの?」と彼女は訊いた。

「ロウィーナがとてもきれいな女だったことは言ったかな?」

「いいえ、そのあたりは省略したわ」とアデレイド。

「ブロンドで、青い目で、このうえなく美しかった」

「真の天使ってわけね?」アデレイドは礼儀正しく訊いた。

「そう思っていた男もいただろうな」

あなたも含めて? アデレイドは訊きたかったが、答えはすでにわかっていた。結局、彼はそのきれいなロウィーナと結婚したのだから。

「男の顧客の多くは幸運とともにロウィーナの好意も手に入れられるだろうと思っていた」グリフィンはつづけた。「ひとりの紳士が彼女に異常なほど熱をあげた。彼女から肘鉄をくらうと、追いまわすようになった。その態度はどんどん強引になっていったんだ」

アデレイドはテーブルの上で手を組み合わせた。「そういう状況には何度も遭遇したわ」

彼は眉を上げた。「じゃあ、きみも？」

「ええ。その手の男性って止めるのが不可能じゃなくても、むずかしいのよ」

「問題の紳士は、彼女が自分のものにならないなら、誰のものにもさせないというような書きつけを残すようになった。そう、ロウィーナはオーラを読む能力を持っていた。オーラから、自分の命が危険にさらされているのがわかったんだ」

「そこであなたが問題を解決してあげたのね」

「それを実行するには細心の注意を要したよ。問題の紳士は姿を消しても誰も気にしない、名もなき勤め人ってわけじゃなかったからね。爵位を持ち、社会的立場もある、上流社会で名の通った人物だった」

「きっと事故に遭ったんじゃない？」彼女はわずかに眉を上げて訊いた。

「ほんとうに悲劇的な事故だった。絶望のあまり橋から飛び降りたんだから。家族はそれを新聞から隠すのに大変な思いをしたよ」

問題の紳士が橋から飛び降りるのに誰かが手を貸したのはまちがいないわね、とアデレイドは胸の内でつぶやいた。

「なるほどね」彼女は抑揚のない声で言った。「それでどうなったの?」

「ロウィーナはあれこれの情報を流してくれることで恩返ししてくれた。私には彼女のもとを訪れる理由ができた。しばらくして、結婚を申しこむと、彼女は受け入れてくれた」

「それでどうなったの?」

「一年半後、ロウィーナは出産のときに亡くなった。赤ん坊もいっしょに命を落とした」

「ああ、グリフィン」アデレイドは組んでいた手をほどき、テーブル越しに手を伸ばして彼の腕に触れた。「とてもお気の毒だわ」

グリフィンは彼女の手に目を向けた。「もうずっと昔のことだ」

「そういう喪失感もときとともに薄れるでしょうけど、完全にはなくならないものよ。わたしたちはどちらもそれを知っている。いずれにしても、ロウィーナが亡くなったのはあなたがこの世界にいるからじゃないわ。自然死であって、あなたが暗黒街の大物だからってわけじゃない。どうしてその悲劇のせいで、自分が二度と結婚できず、家族も持てないって思いこむようになったの?」

グリフィンは彼女と目を合わせた。「私のような職業の男はいい夫にはなれないよ、アデレイド。当時の私は組織を築き上げ、ロウィーナと自分自身と私のために働いてくれている部下の命を守らなければと、それればかりを考えていた。ロウィーナとはあまり多くの時間を過ごせなかったが、彼女の身の安全は絶対に守ろうと思っていた。その結果、彼女は自由を奪われたように感じ……苛立つようになった」

「愛人をつくったの？」

「私の側近で親友だった男だ」グリフィンは答えた。「街をうろついていた時代からいっしょにやってきた仲間だった。ベンには両親が殺されてから誰にも感じたことがないほどの信頼を寄せていた」

そこで突然、アデレイドは理解した。

「あなたは彼を信じてロウィーナを守ってもらおうとした」と彼女は言った。

「彼女が外出するときには必ずベンが用心棒となった」グリフィンの口がゆがんだ。「自分が彼女に目を配れないときには、もっとも信頼できる人間にそうしてもらいたかったのさ」

「あまりに悲しい話ね。まるでランスロットとグィネビアだわ」

グリフィンの目がおもしろがるような冷たい色を帯びた。「ひとつ大きなちがいがある。私はアーサー王ではない」

「それはそうよ」アデレイドは真剣そのものの口調で同意した。

グリフィンはめったに見せない笑みを見せてアデレイドを驚かせた。「それはそう？　私が私なりに今の時代の勇敢な王だと力づけてくれるつもりはないのか？」

アデレイドも笑みを浮かべた。「あなたは剣だって持っていないんじゃないかと思うもの」

「昨晩、ああいうことになったのに、そんなことを言うのかい？　がっかりだな」アデレイドは自分が真っ赤になるのを感じた。「この話をそっちのほうに持っていかないで」

グリフィンは笑みを引っこめ、お茶を飲んだ。「今考えれば、ロウィーナに用心棒をつけるなど、大変なことになるとわかってしかるべきだったんだ。その一年半のあいだ、彼女は私といるよりも、ベンといるほうがずっと多かったんだからね。ベンのことを自分の守護神とみなすようになったんじゃないかと思う。たしかにそれはそうだった。くそっ、その役目を彼に与えたのは私だ」

「それ以上は言わないで、グリフィン。過去を悔やむのもいいけど、その責任が全部自分にあるなんて考えてはだめよ。ロウィーナが用心棒と恋に落ちたのはあなたの責任じゃないわ」

グリフィンはかすかな笑みを浮かべたが、目は笑っていなかった。「私をすべての罪から解放してくれようというのかい？」

「すべては無理ね。話を聞いただけでも、あなたは理想的な夫とは言えなかったみたいだもの。仕事で成功し、家族の無事を守りたいというあなたの思いはきっと――」もうひとつ合点がいくことがあって、アデレイドはことばを止めた。「ああ、いやだ。どういうことかわかったわ。あなたは家族と仲間を守りたいという思いにとりつかれたようになっていた。それで、あとになって、そんな思いに駆られることこそがウィンターズ一族の呪いを受け継いだ証なのではないかと思うようになったのね」

「〝第一の能力を使うと、心が高まる不安で満たされてしまう。それは研究室ではてしなく時間を過ごしてもやわらがず、強い酒やケシを煎じたものを飲んでもなだめられるものではない〟」グリフィンは引用した。「当時の私はまさにそんな感じだった。ただ、研究室ではてしなく時間を過ごしていたわけではないけどね。組織を大きくするのに時間を費やしていた。とはいえ、結局は同じことになった。そして、ロウィーナと赤ん坊は両方とも死んでしまった」

「そのときはじめて、自分がケルベロスになるべく運命づけられているんじゃないかと思うようになったのね」アデレイドはあとを引きとって言った。「そしてなぜか、その呪いこそが、妻と子供の命を奪ったのだと信じるようになった」

「たぶんね」

「こんなこと、訊くべきじゃないと思うんだけど、訊かずにいられないわ。赤ちゃんはあなたの子供だったの?」

「ちがう。ロウィーナが最後に告白した。自分が死ぬとわかって、良心のとがめをなくしたかったんだろうな。赤ん坊がちがう男の子供だとわかれば、私がその死をそれほど悼まないにちがいないと思ったんだ」

「でも、もちろん、あなたは死を悼んだ。ふたりの死を悼み、ベンとの友情までが失われたことを悲しんだ。彼らはあなたにとって家族だったわけだから。しかも、二度目に失う家族だった。あなたが呪いを真剣に受けとめ出したとしても無理はないわ」

そして、自分が家族を守れない人間だと思いこんだとしても無理はない。

グリフィンはお茶を飲んだ。「なんとも気の滅入る話になってきたとは思わないかい？」

「ええ、そうね」アデレイドはやさしく言った。「話題を変えましょうか？」

「そのほうが賢明だと思うね」

「話題を変える前にひとつだけ」アデレイドは言った。「知っておかなくちゃならないことがあるの。ベンはどうなったの？」

グリフィンはゆっくりとひややかな笑みを浮かべた。「どうなったと思う？」

アデレイドは鼻に皺《しわ》を寄せた。「裏切りへの復讐として命を奪ったとほのめかしているつもりなら、時間の無駄よ。そんなこと一瞬たりとも信じないから」

「ほかのみんなはそう信じている」皮肉な笑みが消えた。グリフィンはわずかにうんざりした顔になった。「私の腕も落ちてきているにちがいないな。よくない兆しだ」

「グリフィン、あなたは自分を責めるのに忙しくて、ベンを殺す暇などなかったにちがいないわ」アデレイドは苛立った口調で言った。「親友の身に何があったの？」

「そう、ロウィーナのことで、友情はもちろん、仕事仲間としての関係も変わってしまったことは、どちらもすぐに理解した」彼は言った。「葬儀のときに、喉をかっ切るつもりかと彼に訊かれたので、そのつもりはないと答えた。そこで彼はオーストラリアに移住するつもりだと告げてきた。ふたりとも、それはすばらしい考えだと思った。一週間後にベンは船出したよ」

「それはよかった」

「でも、こういう話にしてはつまらない結末だと思わないかい?」

「あなたは暗黒街の帝王よ」彼女は言った。「ほかのときに充分派手な行動や冒険は経験しているわけだから、たまにはつまらない結末があっても気分が変わっていいんじゃないかしら」

「でも、アーサー王のたとえはどうなる?」

「たしか、アーサー王はランスロットを殺したりしなかったわ。宮殿から追放しただけよ。わからないわよ、もしかしたら、ランスロットもオーストラリアに渡ったのかもしれない」

31

ふたりはトレヴェリアン夫人が包んで持たせてくれた食べ物を夕食にした。パンとチーズとピクルスとゆで卵。地下道にもぐる前にグリフィンがセラーからとってきたワインのボトルもあった。

ワインがアデレイドをおもしろがらせたのがグリフィンにはわかった。

「魔法の棒をひと振りって感じね」と彼女は言った。グラスの縁越しに彼に向けられた目はきらきらと輝いている。「ワインのボトル一本でこのささやかな冒険がピクニックに変わったわ。いったいどうしてこれを持ってこようと思ったの？」

「こういうことには多少経験があるからね」と彼は答えた。「姿を隠すのは快適とは言えないが、だからといって、そのあいだずっとわびしい生活を送らなきゃいけないってことにはならない」

「そのこと、覚えておくわ」

アデレイドは小さなチーズの塊にピクルスを載せ、そのチーズを薄切りしたパンに載せてひと口食べた。

グリフィンはしばらく彼女が食べる様子を眺めていた。一心に食べる様子に、体の奥で何かがかきまわされた。彼女がそばにいるだけで刺激的であるのもたしかだった。彼女のことを思うだけでも同じ作用があった。これまでいろいろあったにもかかわらず、彼女のあたたかくやわらかいほてった体を腕に抱くことを想像せずにはいられなかった。

「隠れ家は慎ましい場所ばかりだが、きみはうまく順応しているようだね」彼は言った。

「ご婦人の多くはそろそろ気つけ薬が必要になるころだろうが」

アデレイドはにっこりした。「あなたと同じように、わたしもこういうことには多少経験があるし、そういうときに身を隠した場所は簡素なんてものじゃなかったから」明らかに満足そうに彼女はまわりを見まわした。「ここは頭の上には屋根があるし、洗面台だってあるもの」

「隠れ家と聞いて、どういうものを予想していたんだい？」

彼女は華奢《きゃしゃ》な肩をすくめた。「洞窟とか、廃屋の地下室とかかしら」

「きみが以前身を隠さなきゃならなかった理由は？」

「たいていは身を隠さなきゃならないってほどのことじゃなかったわ」アデレイドは真面目な顔で言った。「ただ、夜の闇にまぎれて街をすみやかに離れなきゃならないことが多かった。正直に言って、記憶に残っているなかで少なくとも一回は、完全に悪いのはわたしだったし」

グリフィンはナイフを手にとってパンを薄切りした。「その話を聞きたいな」

「わたしのはじめての仕事はミセス・ペックという霊媒の助手を務めることだったの」

「死者と話ができる能力なんてないよ」グリフィンは切ったパンをかじった。「だから、本物の霊媒なんてものもいない」

「ええ、それはわかってる。でも、そういう能力が存在すると簡単に信じる人がどれほど多いか知ったら驚くと思うわ。霊と交信するのはとても利益のあがる仕事なの。ミセス・ペックとはニューヨークへ向かう船の上で出会ったの。それで、彼女の助手を務めるようになったんだけど、わたしが本物の超能力を持っていると気づいて、彼女は演目を変えたわ。わたしは〝神秘のゾラ〟になった」

「いい芸名だ」

「わたしもそう思ったわ。世間を騒がせた小説からとった名前よ。わたしは超能力を披露して観客を驚かせ、大金と引きかえに個別に顧客をとるようになった。ドリームライトを分析して、顧客に助言するの。その仕事はとてもうまくいったわ。でも、そういう見せ物の世界でけっして犯してはならない失敗を犯したの。顧客が聞きたくないことまで話してしまったのよ」

グリフィンはチーズを食べた。「どんな仕事にも失敗はつきものだ」

「痛い思いをしてそれを学んだわ。あるとき、顧客のひとりに、その夫が最悪の暴力男であることを告げたの。彼女はすでに何度となくなぐられていたけど、いつか激昂した夫に殺されてしまうかもしれないってね。すぐに夫のもとを去って身を隠すべきだって助言したわ。その女性はわたしの助言に従った。妻が姿を消すと、その夫はそれをわたしのせいにした。ミセス・ペックとわたしはかなり急いで街から逃げ出さなければならなくなったわ」

「その夫は追ってこようとしたのかい？」

「残念ながら、追ってこられる状態にはなかったわ。最後の見せ物を終えたところでわたしを襲ってきたの。その人のことはとても深い眠りに落とす以外に選択肢がなかった。わたしが彼を眠りに落としたときに、彼の心に何か異常なことが起こったにちがいないわ。そのとき、恐怖のあまり、必要以上のエネルギーを使ってしまったせいね、たぶん。いずれにしても、彼が目覚めると、みんなは彼が脳卒中を起こしたんだと思った。ほんとうの意味でその人が回復することはなかったわ」

「それでその妻は？」

アデレイドはかすかな笑みを浮かべた。「たしか、家に戻り、寝たきりのかわいそうな夫がちゃんと世話をされて寿命をまっとうできるようにしてあげたはずよ。寿命といっても十日ほどだったけど。そのご婦人がおそらくは砒素《ひそ》を使って、それを早めてあげたのかもしれないとわたしは疑っているわ。夫が亡くなると、妻は彼の財産を意のままにできるようになった」

「幸せな結末だな」

アデレイドはもうひとつピクルスを噛《か》んだ。「わたしも気に入っているわ」

「どうしてワイルド・ウエスト・ショーに出ることになったんだ？」

「ミセス・ペックとわたしはそれから数年で大金を稼いだの。結局、彼女は引退してシカゴへ移り住むことを選んだわ。わたしは西部へ行ってショーをつづけ、さらにお金を稼いだ。サンフランシスコでショーを行ったときに、モンティ・ムーアが見に来たの。ショーのあとで楽屋に来て、自分のワイルド・ウエスト・ショーに出ないかともちかけてきた。はじめは断ったわ。ひとりで充分やっていけたから。でも、共同主催者としてやらないかと言われて、申し出を受けることにしたの。彼のショーはとても人気があったけど、超能力者のショーを加えたら、さらに受けるんじゃないかと彼は考えたのね。そのとおりだったわ」

「でも、急いで夜逃げしなければならないことも増えたんじゃないのか？」

アデレイドはにっこりした。「まあ、そうね。そういうことも旅まわりの一座にはつきものだから。地元の人にとって、旅まわりの人間はよそ者であって、信用ならないってわけ。何かよくないことが起こると、たいてい真っ先に責められたわ。洗濯物が盗まれた？　きっと旅まわりの一座の若いやつだ。妻のブレスレットがなくなった？　ショーに出ている連中のなかにスリがいるのはみんな知っている」

「きみの言いたいことはわかるよ」

「真夜中にウィリーとバスターという馬たちと二頭のバッファローに荷物を積んだり、小道具やらテントやらを列車に運び入れたりしなきゃならないことも頻繁だった。でも、退屈することはなく、必ずもうけはあがったわ。しまいにワイルド・ウエスト・ショーを売却することになり、モンティは引退し、わたしはイギリスに戻ってきたの」

「稼いだ金はどうしたんだい?」

「モンティの助言に従って、鉄道事業や、ふたつの海運業者や、サンフランシスコの土地に投資したわ。何よりも、サンフランシスコ湾を見晴らす大きな邸宅を手に入れた。そこを住まいにするつもりだったのよ」

「それなのに、きみはイギリスに戻ってきた」

アデレイドはまたチーズを手にとった。「ランプを持ってね」

「どうしてだ?」

「戻るべきときだったからよ」彼女は思い出にふけるような目をランプに向けた。「そう、偶然なんてものはないのよ。たぶん、イギリスに戻らなくちゃならないと勘が告げたんだわ」

「でも、まだ家は持っているのか?」

「ええ。管理人の夫婦が見てくれているわ」

グリフィンはワインを少し飲み、彼女に笑みを向けた。「きみは並々ならぬ人生を送ってきたんだな、アデレイド・パイン」

「あなただって、グリフィン・ウィンターズ」

「ただ、ひとつ不思議なことがある」

「ひとつだけ？」

「きみはほんとうに結婚したことがないんだろう？　それはなぜだい？」

「ああ」アデレイドはそうひとことだけ言ってワインを飲んだ。

グリフィンはしばらく答えを待った。彼女がそれ以上答えるつもりがないことがわかると、少しばかりうながしてみた。

「話したくないなら、それでいい」彼は言った。「詮索《せんさく》するつもりはなかったんだ」

「もちろん、詮索するつもりだったはずよ。わたしがあなたの奥さんと親友のことを訊いたときと同じように」アデレイドはグラスのワインをまわした。「どうしても知りたいというなら話すけど、わたしの超能力のせいで結婚は不可能なの」

グリフィンはグラスを下ろし、テーブルの上で腕を組んだ。「いくらでも理由はつくれたはずだが、そんな答えが返ってくるとは思わなかったな。きみの超能力の何が結婚を不可能にしているんだ？」

「わたしたち、どちらもドリームライトに関する超能力を持っているでしょう。でも、わたしのドリームライトのエネルギーに対する親和性はあなたの能力とはちがうわ」

「それはわかる」

「わたしは他人のドリームライトの波形にとても敏感なの。ふつう、人が起きているときには、ドリームライトのエネルギーは低く抑えられているわ。超常感覚を開かなければ、わたしも楽にそれをやり過ごすことができる。でも、眠っているときには、ドリームライトがまわりに大量のエネルギーを発するの」アデレイドはぎこちなく片手を動かした。「そういうエネルギーがとんでもなく気に障るのよ。夢を見ている誰かといっしょのベッドで眠るなんてことはできないわ。誰しもみな夢は見るしね」

グリフィンはみぞおちを蹴《け》られたような気がした。「きみは男といっしょに眠ることができないというのかい？」

「ええ」残念そうな笑みが顔に浮かぶ。「わたしたちって似た者同士よね？　あなたは自分の危険な世界に妻をさらすことを恐れて結婚する勇気がない。わたしのほうはわたしみたいに少々変わった残念な習慣を持つ女を愛してくれる人を見つけられない」

「でも、変わった習慣というだけのことだろう」

アデレイドの目に物思いに沈むような色が浮かんで消えた。「これまでその問題のせいで、誰かとの距離が近づいたり、誰かと親密になったりしても、すべてだめになったわ。もちろん、男の人たちは最初はえらく都合のいい女だと思うのよ。わたしは自分の家で暮らし、結婚を求めないから、愛人として完璧というわけ。でも、そういう男の人たちがある意味、わたしに拒絶されているんだと思いはじめるのに時間はかからないわ。たぶん、そのとおりなんでしょうけど」

「ちがうね」グリフィンはきっぱりとした口調で否定した。「男たちはきみがほんとうの意味で自分のものではないと悟るのさ。最初は手ごわい相手だと思って夢中になるが、きみを自分のものにできないと悟ると、怒りに駆られてしまうわけだ」

アデレイドは肩を上品にすくめた。「そうかもしれない。わたしのほうにもうまくいかなくなる原因があるのもたしかだけど。すぐに恋人を拒絶してしまうようになるから。恋人のドリームライトが耐えがたくて眠れなくなり、感覚に障るようになるのよ」

ワイングラスをにぎるグリフィンの手に力がこもった。「それは私とは寝たくないとほのめかしているのかな?」

アデレイドは鋭く息を吸った。「そういう意味で言ったんじゃないわ。正確にはちがう」

「今夜はきみに迫ったりしないから、安心してくれ」グリフィンは言った。「きみは私の保護のもとにある。それを利用するようなことはしない」

彼女はせき払いをした。「それはとても高潔なお考えね。でも――」

グリフィンは彼女のことばを途中でさえぎった。言うべきことを言わなくてはと思ったからだ。「きみにとって昨晩の出来事は超常的な力が働いたせいだとすでにはっきり言われているからね」

「そんな言い方はやめて。あなたは無理強いしたわけじゃないわ、グリフィン。わたしだって世間知らずの女ってわけじゃないのよ。あなたも言ったように、ふたりのあいだに惹かれ合うものがあるのはたしかだし」

「それをきみはランプのエネルギーのせいだというわけだ」

「それだけじゃないわ」彼女の声が苛立《いらだ》ちを帯びた。

「きみがランプを動かしてくれたときに、情熱に屈するつもりがなかったのは知っている。部屋じゅうを満たしたエネルギーに囚われただけだ」

「エネルギーにぼうっとして流されてしまったってわけ？」棘《とげ》のある声。

「いわばそうだ」

「それで、あなたのほうはどうなの？　あなたもたんなる被害者？」

「まさか」グリフィンは小声で言った。「自分のやっていることははっきりわかっていた」

「つまり、この部屋にいるなかで、わたしだけが弱い意志の持ち主ってわけ？　そうおっしゃりたいの？」

「そういうことを言っているんじゃない」

「わたしたちのどちらも、バーニング・ランプの影響を受けたわけじゃないなら、昨日のことはどう考えたらいいの？　たんにそういうこともあるってだけ？」

グリフィンは彼女をじっと見つめた。「怒っているんだな」

「とても観察眼が鋭くていらっしゃるのね」アデレイドはワインを飲み干した。「あなたの行動があなたに責任があるように、昨日のわたしの行動はわたしだけに責任があるってことをはっきりさせようとしているのよ。それでも、どちらも予期せぬ形で興奮したのはたしかだけど」

「予期せぬ形ね」彼は抑揚のない声でくり返した。今や彼も怒りに駆られはじめていた。

「わたしたちがああいうことになったのは愛ゆえのことじゃないとわかっていると言いたいだけよ」

「だったら、なんなんだ？」

「もちろん、情熱に駆られたからよ。でも、欲望にもとらわれていたのはまちがいないわ。あなたはわたしを利用したわけじゃない」

グリフィンは長くゆっくりと息を吐いた。「少なくとも紳士らしい振る舞いをしようとしていることは認めてほしいね。暗黒街の人間にとって、それは簡単なことじゃないんだ」

アデレイドは謎めいた笑みを浮かべた。「あなたにとっては簡単なことよ、グリフィン。自分で認めようと認めまいと」

彼は顔をしかめた。「私は協会を牛耳っている人間だ。自分の欲望ぐらい抑えることはできる」

「そのことはかけらも疑わないわ」彼女の声がやわらいだ。「昨日あんなことがあったからって、あなたが今夜それにつけこもうなんて夢にも思っていないことはわかっているのよ」

グリフィンはワインを飲み、昨日の記憶を抑えつけようとした。「もちろん、思っていないさ」

しかし、じっさいは思わずにいられなかった。

32

アデレイドはエネルギーが荒れ狂うなかで目覚めた。夢が発するエネルギーの強さに体が揺さぶられる。夢のなかでモンティ・ムーアのために標的を掲げていたら、銃で狙いをつけているのがモンティではなく、ミスター・スミスに変わった。次の瞬間には、シルクのシーツをにぎりしめて寝台の上に起き直っていた。

心臓の鼓動が速くなっていた。小さな部屋で音もなく荒れ狂っている嵐から、自分の夢のエネルギーを切り離そうともがく。嵐の波形が自分の夢のものではないことに彼女は気がついた。グリフィンが恐ろしい悪夢に襲われているのだ。彼のエネルギーの波形はどこにいてもわかる。

隣の部屋を照らしているのは窓から射しこむ月明かりだけではなかった。熱いドリームライトが不気味な光を発しているのがわかった。

アデレイドは体にまとわりつくシーツを引きはがし、狭い寝台から降りた。床が裸足に冷たかった。入口のところまで行き、寝袋のなかで寝ているはずのグリフィンの様子を見ようと、小さな居間にあたる部屋をのぞきこむ。

しかし、彼は眠っていなかった。寝袋を開け、あぐらをかいてそこにすわっていた。床の彼の目の前にはバーニング・ランプが置かれている。彼はランプの縁に片手を置いていた。ランプはまだすっかり透明にはなっていない。水晶もまだ暗いままだ。それでも、ランプのなかでエネルギーが渦巻いて光り、不気味な輝きを放っていた。

グリフィンは目を開けていた。ランプの心乱されるような輝きを受けてその目が燃えている。彼女に気づいた様子は見せなかった。

「グリフィン？」アデレイドは低い声を保ち、ささやくように言った。夢の状態にはいっている彼を驚かせるのは危険だと直感が告げたのだ。とくにランプの力を引き出しているときには。

アデレイドはそろそろと歩を進め、寝袋のすぐそばで足を止めた。

「グリフィン」もう一度、今度はもっと大きな声で呼びかけた。「聞こえる？」

グリフィンは動かなかったが、彼の夢のエネルギーの荒々しさがわずかに変化した。ランプが危険なほどに輝きを増した。いい徴候じゃないわとアデレイドは胸の内でつぶやいた。わたしの存在にランプが反応しているのだ。

ほかにどうしていいかわからず、彼女はグリフィンのそばにしゃがみこみ、恐る恐る彼の腕に触れた。

直接触れることに身がまえてはいたはずだったが、超常感覚を引き裂くような悪夢のエネルギーのすさまじさには心の準備ができていなかった。じっさいにグリフィンの悪夢が見えたわけではなかったが、直感的なひらめきを持つ超能力のせいで、そのエネルギーが神経に障るほど鮮明な情景に変わった。血や、ベッドの脇から垂れさがる青白い腕や、ドレッシングテーブルの鏡に映る幽霊のような彼の姿が見え、何か恐ろしいことが起こったと察知する心の動きが感じられた。何よりも心が痛んだのは、もはや両親を救うことはできないという彼の思いだった。

グリフィンがくり返し悪夢を見ることは知っていたので、目に見える情景には驚かなかった。驚きだったのは、ドリームライトのエネルギーの特徴である、焼けつくようなエネルギーを感じないことだった。

グリフィンが悪夢をあやつっているのだ。彼にはいつなんどきでもそれを終わらせることができる。しかし、それがランプに与える影響をアデレイドは気に入らなかった。今や金属のランプが半透明になっている。すぐにも水晶が燃え立つことだろう。

アデレイドはグリフィンから指を離し、ランプの縁に手を伸ばした。

グリフィンははっと正気に戻った。まだ高ぶったままの超常感覚があたりにエネルギーをまき散らしている。しかし、悪夢の熱いエネルギーの波形は彼が正気に戻ったことで大きく変わった。

「アデレイド」大きな洞窟の奥底から響いてくるかのようなかすれたささやき声だ。

彼の手が彼女の手首をつかんだ。

「大丈夫?」とアデレイドは訊いた。昨晩、彼の腕に抱かれたときと同じように、自分自身の感覚も渦を巻くように高揚していたせいで、あえぐような声になった。

「今夜はきみに触れないと約束したはずだ」と彼は言った。

ようやくアデレイドにもわかった。少し前まで彼は悪夢の暗く乱れたエネルギーを統制しようとしていたのだ。その夢うつつの状態を破ったときに、彼があやつっていた荒々しいエネルギーは突然霧散したわけではなく、別の種類のエネルギーに変化した。しかし、彼はまだ正気を保っている。それは驚くべきことだった。

彼女の超常感覚もくらくらするほどの興奮に高まっていた。

「その約束はなかったことにしてくれていいわ」アデレイドはささやいた。

「本気でそうしたいのかい?」

「ええ、そう、本気よ」

アデレイドは空いているほうの手の指先を彼のこわばった顎の端に走らせた。肌は熱を持っており、それは目も同様だった。彼の体に震えが走るのがわかる。無意識にアデレイドはさらに身を寄せた。

ランプがすぐさま輝いた。ランプのなかで高まっているエネルギーはすぐにも抑えきれないものになるだろう。

アデレイドはランプの縁を指でつかんだ。全身に走った衝撃に思わず歯を食いしばる。手首をつかむ彼の手に力が加わり、グリフィンも同じ衝撃を感じていることがわかった。しかし、すぐに荒々しく渦巻くエネルギーの波形を見極めることができ、彼女は自分のエネルギーをランプへと注ぎこんだが、自分にはとうていランプを抑えられないことはわかっていた。ランプをあやつれるのはグリフィンだけだ。それでも、そっと慎重に試みれば、彼のために荒れ狂うエネルギーの中心を抑えておくことはできるかもしれない。

グリフィンはランプを見つめた。彼のなかに隠されていた錬金術師の魂が表に出ようとしている。

「われわれは火とたわむれているようなものだな」と彼はささやいた。

アデレイドは空いている手で彼の顎をつかんだ。「グリフィン、よく聞いて。こんなこと、やめなければだめよ」

彼の顔に浮かんだ笑みは魂を揺さぶられるほどに官能的だった。彼はつかんでいた手首を引っ張って彼女を引き寄せた。

「大丈夫さ」と言う。「正気を失っているわけじゃない」

わずかに動揺を覚え、煮えたぎっていた情熱が多少おちついた。

「こういう状態のときにランプがどういう作用をおよぼすかはわからないわ」彼女は言った。「とんでもなく危険よ。こんなことやめて」

「嵐の中心に何があるのか知りたいんだ。理解せずにはいられない」

「お願いよ」アデレイドは言った。「ランプのエネルギーを止めて。わたしのために」

グリフィンはまた笑みを浮かべ、彼女の口を口でかすめた。

「アデレイド、すべてはきみのためだ」と彼は言った。

驚くほど唐突にランプが消え、部屋はまた月明かりだけに照らされた暗闇に戻った。ランプのまわりで渦巻いていた不気味なエネルギーは、アデレイドが思うに、通常のものに戻った。

どさりという音と金属が木にあたる重々しい音がした。グリフィンがランプを脇に払いのけたことが頭にはいってくる前に、アデレイドは寝袋の上にあおむけに押し倒されていた。

グリフィンは彼女に覆いかぶさった。その体は重く、引きしまっていて、硬く感じられた。口が口をふさぐ。

暗闇のなかでまたエネルギーが燃え上がったが、今度はよく知っているエネルギーで、喜ばしいものだった。ふたりのまわりでいつも沸き立つ刺激的で独特なエネルギー。

グリフィンはズボンの前を開け、彼女のネグリジェのひもをほどきはじめた。アデレイドは彼のけがをしていないほうの肩につかまり、なめらかな筋肉に指先を食いこませていた。

彼のシャツのボタンがはずされる。むき出しになった胸にてのひらを這《は》わせ、その手をさらに下へと動かす。すっかり大きく硬くなったものを探りあて、そっとにぎった。

「火とたわむれるとはこういうことだな」と彼は言った。

グリフィンはシルクのネグリジェの前を開けながら、口を喉に下ろし、それから胸へと動かした。ひどく感じやすくなっていた胸の頂きに彼の舌を感じてアデレイドは小さな声をあげた。体の内側がこわばる。彼女はグリフィンを求めてうずき、濡れていた。

グリフィンのあたたかく力強い手が腹にあてられる。内腿《うちもも》のやわらかい肌をそっと噛まれるのがわかり、アデレイドははっと息を呑んだ。それから彼は驚くほど親密な場所にキスをした。わたしは世慣れた女よとアデレイドは自分に言い聞かせた。それでも、これまで関係を持った数少ない恋人たちの誰にも、そんな親密な愛撫は許さなかった。

「グリフィン」

「すべてきみのためさ、アデレイド」彼はまたそう言った。体と同じように張りつめ、こわばった声だ。

絶頂の波が全身に広がった。グリフィンがなかにはいってきて、深く、激しく突いたときにも、アデレイドはまだめくるめくエネルギーの波間にただよっていた。すでに耐えがたいほどの高みへとのぼりつめていた体は、絶頂による痙攣《けいれん》に震えながら、信じられないほどに満たされたきつい感触に激しく反応した。

グリフィンは彼女に覆いかぶさりながらも手で体を支え、わざとゆっくり重々しく動きはじめた。限界まで自分を抑えている動きだった。

アデレイドは彼の体に自分を巻きつけた。「あなたは何も証明してくれなくていいのよ」

「たぶん、自分のためにやっていることだ」とグリフィンは言った。しっかりと抑制をきかせているせいでかすれた声になっている。

「ちがうわ」

アデレイドはそうささやくと、彼をそっと押してあおむけに倒した。それからその体の上にまたがると、慎重に彼の体に自分を合わせた。

「これはあなたのためよ」

一瞬、主導権をとらせてもらうことなどありえないのではないかと思えたが、彼はうなり声を発すると、自分で自分をしばっていた心のいましめをほどいた。それは信頼を示す行為だった。アデレイドはわくわくする思いで、ふたりのあいだに流れる情熱的なエネルギーを意のままに動かした。

グリフィンは歓喜の声をあげて頂点に達した。荒れ狂うほどの解放を迎え、全身をぶるぶると震わせながら、その無限とも言える瞬間に、みずからを彼女のなかに解き放った。

アデレイドには部屋が突然きらきら輝く霧に満たされたように思えた。その終わりなき瞬間、つかのまではあっても、自分のオーラがグリフィンのオーラと混じり合ってエネルギーをはらむのがはっきりと意識された。まるで互いに魂に触れ合っているかのようだった。

次の瞬間、すべては終わった。

グリフィンがゆっくりともとの彼に戻っていくのがアデレイドにはわかった。下にいる彼の汗に濡れ、力の抜けきった体が静かになるのを待つ。やがて、アデレイドはそっと彼から離れた。彼女の体も濡れていた。内腿はわずかに震えており、体じゅうの筋肉という筋肉が疲れはてていた。

眠りに落ちる瀬戸際で、グリフィンは彼女に腕をまわして引き寄せた。アデレイドは身をすり寄せた。彼がすっかり眠ってしまうまで待とう。それから、向こうの部屋にある自分の小さな寝台とシルクのシーツに戻るのだ。

一度大きく息を吐いた次の瞬間、アデレイドは眠りに落ちていた。

33

アデレイドがテーブルの上に昨晩残ったパンとチーズと二個のリンゴを並べていると、グリフィンがシャツのボタンをはめながらもうひとつの部屋から出てきた。今朝、昨日とはちがって見える彼のどこがちがっているのか、こっそり探ろうとアデレイドはその様子をうかがった。暖炉であたためた湯を使い、顔を洗ってひげを剃っていたが、そのせいではない。さっぱりしただけでなく、精力的に見える。まだいつもの固さはあったが、なぜかいつもより若く、屈託なく見える。まるでまだ人生にはいいこともあるのがわかったとでもいうように。

もしくは、そう感じるのは、今朝自分自身が浮き浮きと陽気な気分でいるからかもしれなかった。自分がグリフィンといっしょに眠ったという事実をまだ呑みこめずにいたが、それについて動揺は覚えなかった。朝の光が窓から射しこむまで、目を開けることもなかったのだった。恋人とひと晩ずっといっしょに過ごせたのは生まれてはじめてだった。

グリフィンは嬉々とした表情で息を吸いこんだ。「コーヒーのいい香りがするな」

「昨日の晩のワインと同じように、コーヒーもすべてを変えるわよね」そう言ってアデレイドはふたつのカップにコーヒーを注ぎ、彼と向かい合って腰を下ろした。「真の錬金術ってわけ」

グリフィンは笑い声をあげ、テーブルについた。

アデレイドはその瞬間の親密さを強烈に意識した。なんともすばらしく新鮮な感覚で、自分たちが身を隠していることを忘れそうになるほどだった。グリフィンとここにずっといっしょにいて、現実の世界が存在することを忘れたいとさえ思った。

ああ、ミセス・トレヴェリアンが昨日、今の状況をたのしみなさいと言っていたのはこういうことね、とアデレイドは胸の内でつぶやいた。

グリフィンがリンゴに思いきりかぶりつくと、強く白い歯が一瞬きらりと光った。彼はリンゴを咀嚼《そしゃく》して呑みこみ、笑みを浮かべた。純然たる男らしい満足感がまわりの空気を熱くしている。

「昨晩、きみは私と寝た」と彼は言った。

アデレイドは頬が赤く染まるのを感じた。「まったく、グリフィン、それって朝食の席の会話にはふさわしくないわ」

「いや、私が言いたいのは、きみが私といっしょに眠ったということだ。目を閉じ、眠りに落ち、たぶん、夢も見たんじゃないのかい？」

アデレイドはせき払いをした。「ええ。あなたと眠ったわ」

グリフィンは静かに期待するような空気をかもし出しながら、しばし待った。

「それはどういうことかな？」アデレイドが会話をつづけるつもりがないと見て、彼は言った。

「たぶん、ランプと関係があるんじゃないかしら」彼女はなめらかな口調で言った。「わたしたちふたりとも、ランプのエネルギーの波形に調和していたんだわ。ランプが同じ部屋にあると、ほかのドリームライトの周波数が気にならなくなるのよ」

「言いかえれば、昨晩私といっしょに眠れた理由は見当もつかないってことだ」

「ええ」彼女も言った。「まるでわからないわ。ドリームライトと言えば、いったい昨日、あなたは何をしていたの？」

「わからない」グリフィンはランプの載っている小さなテーブルのほうへ目を向けた「言えるのは、ランプの何かを知る必要に駆られたということだ。あともう少しでわかるような気がしたんだ。あのランプに多少のエネルギーを注ぎこめば、それがなんであるか見極められるかもしれないと思った」

「わたしがいないところでランプを動かそうとしないって約束して」

「約束するよ。身にしみたからね。言い伝えのその部分はまさしく真実だったんだ」

「ランプはドリームライト・リーダーとともに動かさなければならないという部分?」

「そうだ」グリフィンはまたリンゴにかじりついた。「きみが途中でさえぎってくれなかったら、どうなっていただろうと思うよ」

「そんなこと、考えるのもやめて」

「どうして? 何が起こっていたと思うんだい?」

アデレイドはランプにちらりと目を向けた。「これは絶対だけど――」わざとゆっくりした口調で言う。「ランプのエネルギーが制御できなくなったら、あなたの超常感覚を焼きつくすだけでなく、おそらくはわたしの超常感覚も焼きつくしてしまうと思うわ」

グリフィンは驚くというよりも、興味を惹かれた様子だった。「きみがほかの部屋にいたとしても?」

アデレイドはおごそかにうなずいた。「それでもよ。わたしたちふたりとも命を落としていたかもしれないわ、グリフィン。もしくはもっと悪いことになっていたかも」

「ふたりとも正気を失っていたと?」

「ええ」

「そうか。わかった。もう実験はしない」彼はリンゴを食べ終え、コーヒーを飲んだ。「ひげを剃っているあいだにちょっと考えたことがあったんだ」

「考えたこと?」

「今抱えている問題にはわからない部分が数多くあるわけだが、そのひとつはあの容器にはいっていた催眠ガスの種類だ」

「赤い水晶の謎もあるしね」とアデレイドが言った。

「ああ、でも、あの水晶を作った人間を探すのに、どこからはじめていいかはまるでわからない。しかし、催眠ガスを作った化学者を見つけるのには考えがある。ああいう独特のガスを調合できる化学者がそう大勢いるとは思えないからね。誰であれ、そいつが水晶も作った可能性は高いと思うんだ」

「でも、こんな大都市でどうやってひとりの化学者を見つけようっていうの？」

「こんなことは言いたくないんだが、毒に関する超能力を持っているとされるあるご婦人の助言を求めなければならないだろうね」

「ああ、なんてこと。またルシンダ・ジョーンズと連絡をとれって言うのね」

「今回はお茶に誘う必要すらないと思うよ」

34

「あのふたりをご覧なさいな」ルシンダ・ジョーンズは言った。「早朝の決闘で拳銃を向け合っているふたりの紳士そのものじゃなくて」

アデレイドにも、馬車の窓からグリフィンとケイレブ・ジョーンズの姿は見えた。公園は濃い霧に包まれていた。ふたりの男は濃い霧のなかで黒っぽい影にしか見えなかった。ある程度の距離を置いて向かい合って立つその姿は、早朝の決闘にのぞんでいるように見えなくもなかった。

「おっしゃるとおりね」アデレイドは言った。「決闘にのぞむふたりという感じだわ」

「今ではもう紳士たちが決闘することもなくなったのはありがたいわ」ルシンダが言った。

「かつてそれがあたりまえだったなんて、信じられないほどだもの。どうして男の人たちは決闘をしなくなったのかしら」

「たぶん、拳銃が改良されて、より正確に標的を狙える、信頼性の高い武器になったからじゃないかしら」アデレイドが言った。「昔は弾丸が発射されないことや、発射されても標的にあたらない可能性が高かったから。それでも、どちらにしても、名誉は守られたのよ」

ルシンダは笑った。「常識が働いて、決闘が時代遅れのものとなったことはありがたく思うべきなんでしょうね。あなたが銃に詳しくなったのは、アメリカ西部での経験によるものだと考えていいのかしら?」

「ええ」アデレイドは男たちから目を離さずに答えた。「残念ながら、向こうでは最近まで決闘のようなものが横行していましたから。でも、小説や新聞が書き立てるほどによくあることではないわ」

「西部での撃ち合いについては聞いたことがあるわ」ルシンダはアデレイドのズボンと上着をしげしげと見ながら言った。「アメリカでは男装する女性も多いの?」

「いいえ。アメリカの女性がイギリスの女性に負けず劣らずおしゃれに興味を持っているのはたしかよ。今わたしが男装しているのは、何かあったときに即座に逃げ出せるようにしなければならないとミスター・ウィンターズに言われたからですわ」

「ミスター・ウィンターズは用意周到な方のようね」

「それこそが、彼のような職業に就いていて、ここまで生き延びてきた理由だと思いますわ」

「そんな生き方って大変でしょうにね」ルシンダが静かに言った。

「じっさい、耐えられないものだわ。でも、彼はそれしか知らないんです」アデレイドは男たちから目を離さなかった。「あのふたり、何を話し合っていると思います？」

「わからないけど、ひとつだけ言えることがあるわ」

「それは？」

「ミスター・ウィンターズはあなたのこと、とても愛しているにちがいないってこと」

アデレイドは驚いて窓の外の情景から注意を引き戻された。何秒かことばを失う。

「いったいどうしてそんなことをおっしゃるの？」うろたえるあまり、そうことばに出すのが精一杯だった。「これだけはたしかですけど、ミスター・ウィンターズとわたしはお互いのこと、あまりよく知りもしないのよ。こんな状況になったのでしかたなくいっしょにいるだけで」

「ほんとうに？」ルシンダは考えこむような顔でアデレイドを探るように見つめた。「うちの主人によると、ミスター・ウィンターズと会うのはこれがはじめてだそうよ。ご両親が殺されてから、ミスター・ウィンターズはロンドンの暗黒街に身を沈めたらしいから。彼がふたたび浮上してきたときには、多くのことがちがっていた」

「ええ、まあ、ミスター・ウィンターズのこれまでの人生を考えれば、あのふたりが初対面というのも不思議ではないわ」

ルシンダは訳知り顔の笑みを浮かべた。「その状況を変えたのはあなただわ、ミセス・パイン」

「ほんとうはミス・パインなんです。イギリスに戻ってくる前に、喪服を着る言い訳になるようにミセスに変えただけで。でも、わたしのことはアデレイドと呼んでくださいな」

「いいわ、アデレイド。わたしのことはルシンダと呼んでくださらなくてはならないわ。わたしが言おうとしていたのは、ロンドンの暗黒街における最大の権力者をジョーンズ・アンド・ジョーンズとの面談に引っ張り出せるのは、愛以外に考えられないってことよ」

「ミスター・ウィンターズはわたしを守らなければならないと感じているんです」アデレイドは急いで説明した。

「それで、それがあなたへの愛を示すものではないと？」

「まさか。責任を感じる相手を守ろうとするのがミスター・ウィンターズの性格だってことをわかってくださらなくては。そのことに愛は関係ないわ」

「ふうん」

アデレイドは鋭い疑いの目をルシンダに向けた。「何がおっしゃりたいの？」

「別に」ルシンダは陽気に答えた。「わたしはただ、暗黒街の帝王がじつは白馬に乗った王子様だったという情景を思い浮かべようとしているだけよ」

「それを説明するのはちょっとむずかしいわ」とアデレイドは言った。

35

「結婚おめでとう、ジョーンズ」とグリフィンが言った。

「ありがとう」

「それから、調査会社を開いたことも」

「向いている仕事でね」

グリフィンはまわりに渦巻く薄い霧越しにケイレブをじっと見つめた。「あんたの超能力について聞いたことからして、意外なことでもないな。噂では、謎を解いたり、答えにつながるパターンを見つけたりするのが好きな人間だということだった」

「あんただってどう見ても今の職業がぴったりのようじゃないか」

「分相応ってやつさ」

「お互い正気じゃない錬金術師の子孫だからな」とケイレブは言った。

「私がケルベロスへと変わりつつあるんじゃないかとあからさまに訊いてるってわけかい？」

「たぶん、その質問への答えはノーだろうな」ケイレブはそっけなく言った。「ミセス・パインはうまくランプを動かしてくれたわけだろう?」

「ああ」

「もちろん、ランプのことがうまくいってなくても、あんたが十歩も離れていないそこに立ってそれを認めるはずはないわけだが」

「それはそうだ」

ケイレブは馬車が霧のなかに姿を消してしまっていないかたしかめるかのように、馬車のほうへちらりと目を向けた。

「あんたにはバーニング・ランプがあり、ミセス・パインがいる。物事はうまい具合にいっているようじゃないか。どうして私に会いたいなどと言ってきた? 協会の会長がジョーンズ・アンド・ジョーンズの調査を必要とするとは信じがたいんだが」

「じつを言うと、ほんとうにあんたの調査会社の力を必要としているんだ。あんたの奥さんは毒を感知する能力を持っているそうだな」

「それがどうした?」

グリフィンは持ってきた布の鞄に手をつっこんだ。「この装置のなかにはいっているガスの特性について彼女の意見を聞きたいんだ」

彼は金属の容器をケイレブに手渡した。

「ほう」ケイレブは手袋をはめた手で容器を受けとり、まわして眺めた。その表情はいかめしく、内心の思いの読みとれないものだったが、今や強く興味を惹かれたように目が輝いていた。「この装置は?」

「そのなかにはいっていたガスは深い眠りと、ほんの数分という短いものだったが、不愉快な悪夢をもたらすものだった。二日前の晩、ふたりの侵入者がそれと同じような装置を六個使ってうちの用心棒と犬をおとなしくさせたんだ。ミセス・パインと私は幸いその効果を免れた」

ケイレブはあきらかにぎょっとした様子で目を上げた。「敵があんたの家のなかに侵入したと言うのか?」

「控え目に言っても、ばつの悪い出来事だった」

ケイレブはつかのま笑みを浮かべた。「あんたのような立場の人間にとってはってことかい? それはそうだろうな。しかし、その連中はいったいなんのために侵入したんだ? なぜあんたに逆らう危険を冒す?」

「ミセス・パインとランプを狙ったのさ」

ケイレブは装置に目を落とした。「それはひどく厄介ななりゆきだな」

「それに別の問題もあるんだ、ジョーンズ。どちらの侵入者も中程度の超能力者だったが、奇妙な赤い水晶を持っていて、それが短いあいだ、やつらがもともと持っている能力をかなりの程度まで高めていた」

「ちょっと待ってくれ、つまり、超能力者がからんだ問題だと言っているのか？」

「狩猟能力を持つ人間と幻覚を見せる能力を持つ人間だった」グリフィンはそこで間を置いた。「超能力を持つ人間がみな、あんたの属する世界に生まれるわけじゃない。なかには私と同じ世界に属する人間もいるんだ。下層階級出身の超能力者がアーケイン・ソサエティに招き入れられるのはまれだが」

「そんなことは私にもわかっている」ケイレブは静かに言った。「侮辱するつもりで言ったんじゃない。超能力も知性と同じで、それがどう現れるかは社会階級とは関係ない」

「アーケインのなかにもそういう生物学的事実をわかっている人間がいるのはうれしいね」

「ソサエティの新しい会長である、私のいとこのゲイブは、組織をより開かれたものにし、民主主義の要素をとり入れようと努めているところだ。彼は社会階級など気にもかけないからな。ジョーンズ家の人間はみなそうだ。それでも、物事を変えるには時間がかかるものだ。しかも、アーケインがひどく保守的な組織であるのはまちがいないしな」

「すまなかった。私はその問題について少々敏感すぎるのかもしれないな」グリフィンは布の鞄のなかから輝きのない水晶のひとつをとり出し、ケイレブに手渡した。「侵入者たちはそれぞれこれをひとつずつ持っていた。短いあいだだけ作用して、すぐに効力を失うもののようだ。それでも効力があるのはたしかだ。それは証言できる」

ケイレブは水晶をじっくりと眺めた。好奇心があたりにエネルギーを放っている。まるで水晶自体を問いつめているようなまなざしだ。

「あんたがランプとドリームライト・リーダーを手に入れたことを知っている誰かがいるわけだ」彼は言った。「それが誰であれ、ふたりの武装した侵入者をあんたの家に送りこむ危険を冒すほどに、その両方を心底手に入れたがっている」

「まったく腹立たしいことさ。今日ここへ来たのは、あんたの奥さんが多少知恵を貸してくれるんじゃないかと期待してだ。この催眠ガスがどういうものか見極めてくれれば、それを調合した化学者を見つけることもできるかもしれない。ありふれたものであるはずはないからな」

「この街でひとりの化学者を見つけるのは言うはやすしだぞ。私も最近似たような経験をした」

「この催涙ガスはあんたの世界じゃなく、私の世界で作られたものだ」グリフィンは静かに言った。「暗黒街で答えを見つけるやり方はわかっている。それでも、まずは質問が正しいかどうかをたしかめたくてね」

ケイレブはそう聞いてかすかに笑みを浮かべた。「あんたと私にはあんたが思っている以上に共通点があるようだ、ウィンターズ。さあ、ルシンダが何を教えてくれるか訊いてみよう」

彼は振り返ると馬車へ向かった。グリフィンは並んで歩きはじめた。

「恩に着る、ジョーンズ」

「このことはわれわれのどちらにとってもおおいに関心を惹く問題だからな。こうしてようやく知り合えたわけだから、ひとつあんたに訊きたいことがある」

「なんだ？」

「ご両親が亡くなったときのことについて、昔から不思議に思っていたことがひとつあるんだ」とケイレブ。

「それは？」

「どうしてあの晩あんたは姿を消した？」

「理由は明白じゃないか？」

「いや」

「両親を殺し、ランプを盗んだのはアーケインだと思ったからさ。ソサエティが私の命も狙うかもしれないと考えるのは理にかなったことに思えた。そこで暗黒街に身を沈めるしかないと判断したんだ」

ケイレブは称賛の口笛を吹いた。「あんたの思考回路はすばらしいな、ウィンターズ。私と同じだけ陰謀説を信じたがる人間に会ったのはあんたがはじめてだと思うね。どうしてご両親が殺されたとそこまで確信しているんだ？　どう見ても、父上が母上を殺害してから自殺した悲劇的な事件だったはずだが」

「父が母を撃ち、みずから命を絶つなんてことはありえないからさ。それが経済的な理由だとしたらなおさらだ。父には金をもうける才能があった。損失を穴埋めし、投資家たちに弁償するなど、手もないことであるのは父自身がほかの誰よりもよくわかっていたはずだ。おまけに、金庫からランプもなくなっていたからな。あの晩何があったのか、私には疑問の余地はなかった」

「そうか」ケイレブは興味を惹かれたように言った。

「ミセス・パインが最近超能力を用いて私の推理を裏付けてくれたよ。事件現場で殺人者の存在を感じとったんだ」

「これだけ年月がたったあとでも？」

「彼女が言うには、殺人というものは痕跡を残すものだそうだ。少なくともドリームライトの形で」

「ジョーンズ・アンド・ジョーンズは今、犯罪事件を解決する仕事を請け負っている」ケイレブは言った。「新しい犯罪だけでなく、古い事件についても請け負っていけない理由は見当たらないな」

「われわれはふたつの事件が別物だとは思っていない。両親の殺害は今起こっていることとつながりがあるんだ」

「ほんとうにあんたの思考回路はすばらしいな、ウィンターズ。私もそう思うよ。偶然ではない。私が半分正気を失っているにちがいないと思わないでくれる誰かと話ができるのはありがたいな」

グリフィンはケイレブをちらりと見た。「どうして自分が正気だとわかる、ジョーンズ？」

「簡単さ。疑念を抱いたら、妻に訊くことにしている」

馬車の扉が開いた。ルシンダとアデレイドが外をのぞきこんだ。

「ミスター・ウィンターズがきみにこの装置を調べてほしいそうだ、ルシンダ」ケイレブは金属の球を馬車のなかに差し入れ、ルシンダがそれを受けとった。

グリフィンはまわりのエネルギーが変化するのを感じた。ジョーンズ夫人がみずからの超常感覚を高めたのだ。

馬車のなかから怒りとともに息を呑む音が聞こえてきた。

「わたしのシダ」ルシンダが大声で言った。「この容器にどんな毒がはいっていたにせよ、わたしのアメリオプテリス・アマゾニエンシスから作られたものであるのはたしかよ」

「そうとわかって、いくつか説明がつくことがあるな」ケイレブが言った。「ベイジル・ハルシーが新たな資金提供者を見つけたということだ」

36

四人はジョーンズの馬車のなかにおさまった。狭苦しいわねとアデレイドは胸の内でつぶやいた。さらには、これほど狭いなかに四人の超能力者が集まっているため、あたりにただようエネルギーの大きさは無視できないほどだった。みな注意して自分の超常感覚を抑えようとしていたにもかかわらず、目に見えないエネルギーが沸き立っていた。

「ジョーンズ・アンド・ジョーンズは超常的な問題をあつかう調査会社だ」ケイレブが説明した。「ソサエティの会員であれば、誰からでも喜んで調査を請け負う。しかし、ジョーンズ・アンド・ジョーンズの大きな存在理由は、新たな陰謀をたくらんでいる危険な集団と対決するためだ」

「その陰謀ってどういうものですの?」とアデレイドが訊いた。

「陰謀をたくらむ連中はみずからエメラルド・タブレット学会の会員と名乗っている」ケイレブが答えた。「その組織はいくつかの分会や班のようなもので成り立っているらしい。分会のうちふたつは滅ぼしてやったんだが、学会の指導者たちの身もとはまだわかっていない。相手にしているのは現代の錬金術師といった連中だ。異常なほどに固く秘密を守っている」

アデレイドは眉根を寄せた。「今は現代ですわ、ミスター・ジョーンズ。きっと今では誰もが錬金術などなんの意味もなさないものだとわかっているはずです」

ほかの三人がいっせいに彼女に目を向けた。

「偉大なるニュートンが真面目に錬金術の研究をしていたことを忘れてはならないわ」ルシンダが礼儀正しく言った。

「ニュートンはすばらしい人物だったかもしれないけれど、十七世紀の人間ですから」とアデレイド。

「シルヴェスター・ジョーンズとニコラス・ウィンターズもそうだ」ケイレブがうなるように言った。「そして、われわれはいまだに彼らの錬金術の実験結果に振りまわされているわけだ」

アデレイドはせき払いをした。「たしかにおっしゃるとおりね、ミスター・ジョーンズ。ただ、この現代的な時代に、まだ鉛を金に変える方法を見つけられると信じている人間がいるとはとうてい信じられないって言いたいだけですわ」

「現代の錬金術師が求めているのは卑金属を金に変える方法じゃないわ」ルシンダが言っ

た。「創設者の秘薬を再現しようとしているのよ」

アデレイドの口のなかがからからに乾いた。「でも、それもアーケインの伝説のひとつにすぎないと思っていたわ」

「バーニング・ランプのようにね」グリフィンが抑揚のない声で言った。

アデレイドは顔をしかめた。「ええ、そのとおりよ」

「これまでわかったかぎりでは、陰謀をたくらむ連中はさまざまなやり方で秘薬を再現しようとしている」ケイレブが言った。「これまでのところ、そのどれもが深刻な副作用を引き起こすものとなっているようだが、秘薬を用いようとする者たちが必ずわれわれに多大な問題をもたらしてくれることだけはたしかだ」

「その人たちが雇っている研究者のひとりがドクター・ベイジル・ハルシーよ」ルシンダが説明した。「そしてたぶん、彼は息子のバートラムを助手にしているわ。いずれにしても、少し前にベイジル・ハルシーはわたしの温室からシダを盗んだの」

「さっきおっしゃったアメリオプテリス・アマゾニエンシスのこと?」とアデレイドが訊いた。

「ええ」ルシンダはそう言って金属の容器を調べた。「そのシダは並外れた超常的な特性を持っているの。どうやらハルシーがそれを使って催眠ガスを作ったようね」

「問題は――」ケイレブが言った。「今やつが誰のために働いているかだ」

「どうやらそれは私の世界の人間のようだな」グリフィンがそう口をはさみ、ガスのはいっていた容器を見つめた。「わが家に忍びこんだ二人組に問いただしたんだ。あのふたりはこういう仕事を請け負うようになって久しいそうだが、雇い主は上流階級ではなく、暗黒街の人間だと確信していた」

「ハルシーがそのガスと水晶を作ったとしたら、設備の整った研究室が必要だったはずだ」とケイレブが言った。

「私の世界でそんな大がかりなことに金を出せる人間は非常に少ない」グリフィンが言った。「それに、そういう超常的な武器に興味を持つ可能性のある人間はたったひとりだ」

ケイレブはかすかな笑みを浮かべた。「つまり、あんた以外にはひとりしかいないということかい？」

「ああ」グリフィンはケイレブに目を向けた。「どうやら、ラットレルが休戦協定を破ったらしい。ということは、何か、やつが私に攻撃を加える危険を冒してもかまわないと思えるようなことがあったということだ」

ルシンダの顔にはっきりと当惑の色が浮かんだ。「休戦協定って？」

ケイレブはグリフィンから目を離さなかった。「ミスター・ウィンターズはきっとクレイゲート墓地での休戦協定のことを言っているんだと思う」

グリフィンはおもしろがるような顔になった。「ジョーンズ・アンド・ジョーンズは私が想像していた以上に私の世界の勢力図に通じているんだな」

「あんたの世界であんたは伝説の存在だ」ケイレブはそっけなく言った。「休戦協定も同様さ。伝説というものは外の世界にも伝わってくるものだ」そう言って顔をしかめた。「ラットレルも超能力者だと思うのか？」

「あの男とは多少やりとりしたことがあるが――」グリフィンは答えた。「それについては疑いの余地はない。どうしてスコットランド・ヤードがやつに手を出せないんだと思う？」

「協会の会長の素性を暴けないのと同じ理由だろうな」ケイレブはそう言ってルシンダに目を向けた。「超能力者が犯罪者になると、どういうことになるかわかったかい、ルシンダ？」

「ええ、わかったわ」ルシンダは答えた。「驚くほどのやり手になるのね」

そのやりとりのあいだ、そんな会話には興味がないというように、グリフィンは礼儀正しく待っていた。

ケイレブはグリフィンに目を戻した。「さて、ウィンターズ、ベイジル・ハルシーの居場所を見つける手助けをしてくれるかい？」

「ハルシーという人間にさほど興味はない」グリフィンは言った。「それでも、ラットレルについて何か手を打たなければならないのはたしかだ。今のところ、そのふたつの問題はつながっているようだしな」

「どうやってラットレルを止めるつもりだ？」あきらかに興味を惹かれたようにケイレブが

訊いた。「なんと言っても、やつの組織はあんたの組織に次ぐ力を持っているわけだが」

グリフィンは窓の外の霧に包まれた公園に目を向けた。

「首を切れば、ヘビは死ぬ」と彼は答えた。

「まったく、グリフィンたら、ジョーンズ・アンド・ジョーンズのためにみずからラットレルとその組織を滅ぼそうと申し出るなんて、信じられないわ」とアデレイドが言った。

「アーケインのためにするわけじゃない」グリフィンは言い返した。「きみをつかまえるためにあの二人組を送りこんできたときに、ラットレルは休戦協定を破ったんだ」

37

時刻は午前一時になったところだった。ふたりはロンドンの町なかを移動するのに彼が使っている目立たない馬車のなかにいた。ジェッドが御者台に乗っている。濃い霧のせいで満月の月明かりが不気味にぼんやりと光り、グリフィンにバーニング・ランプを思い出させた。彼はうなじの産毛が総毛立つ気がした。

情報を求めて街に噂を流してからたった一日で見こみのありそうな最初の情報が舞いこんできたのだったが、時間がかぎられていることはわかっていた。ラットレルが噂を耳にするまで長くはかからないだろう。

「ラットレルにはきっとあなたからの反撃に備えができているわ」アデレイドは言った。

「大軍というわけじゃなく、あなたひとりなんですもの」

「ときに大勢にはできないことがひとりにはできるものだ。たしか、非常に熱心な社会改革者がトロイの木馬作戦で、娼館を内側から滅ぼしたこともあったはずだが」

「それとこれとはまるでちがう話よ」アデレイドは言い張った。

「いや、同じさ。ほんの少し規模がちがうだけで。ただ、少なくとも今のところはそれについてとやかく言うのをやめてくれてもいいな。今夜ラットレルを殺しに行こうってわけじゃないんだから。今夜は情報を売りたがっている人間に会うことだけが目的だ」

「なんだかいやな予感がするの」

「まあ、たしかに、ふだんだったら、こんな夜を過ごしたいとは思わないがね」彼も認めた。「暖炉の前で赤ワインのボトルを開け、きみとふたりで過ごすほうがずっといい」

ともに暮らす家がほんとうにあるかのようにね、とグリフィンは胸の内で付け加えた。しかし、彼はすぐにそうした想像をかつての夢がついえた場所へと追いやった。自然というものが心やさしきものならば、そうした淡い望みをかすみがかった忘却の彼方へと消し去ってくれるはずだ。それでも、自然がやさしさとは無縁で、ただ生死をもたらすものだということはずっと前に学んでいた。それも必ずしも正しい順序でもたらしてくれるとはかぎらない。

「気をつけると約束して」アデレイドが緊迫した口調でささやいた。

彼女には約束というものがわかっていないとグリフィンは思った。絶対に守れるとわかっているもの以外、約束などするものではないのだ。

「すぐに戻ってくるつもりでいるよ」約束する代わりに彼は言った。「数分で戻らなかったら、どうすればいいか、ジェッドがわかっている」

「そんなこと言わないで」アデレイドは言い返した。「無事に戻ってくるって約束してほしいの」

グリフィンは身を前に乗り出して彼女の唇にかすめるようなキスをすると、馬車の扉を開けた。

危険を前にしたときに感じる慣れたエネルギーが全身を貫き、感覚という感覚が鋭くなった。グリフィンは月明かりのもと、狭く曲がりくねった路地へ向かった。角を曲がって路地にはいる前に足を止めて振り返る。

霧のなかで馬車は影のようにしか見えなかった。御者台にいるジェッドのやせた姿が見分けられるだけだ。暗くなった馬車の車内にいるアデレイドの姿は見えなかったが、彼女が自分をじっと見守っているのはわかった。

真に私の身の安全を気遣うように見守っているわけだ。暗黒街の帝王の身の安全を。

社会改革者というのは、まるで常識ってやつを知らない、と彼は胸の内でつぶやいた。

38

恐ろしいエネルギーの冷気はあまりにかすかで、ほとんどわからないほどだった。アデレイドははじめ、気温が数度下がったせいだと思い、無意識に紳士用の上着の襟を高く立てた。

馬車の天井にある跳ね上げ窓はジェッドと話ができるように開けてあった。

「外は冷えているんじゃない、ジェッド?」彼女は小声で訊いた。「座席に毛布があるわ。ほしい?」

答えはなかった。数分前まではジェッドと、それほど頻繁ではなかったが、気安い口調で会話を交わしていたのだった。ふたりには共通するものがあった。結局、どちらもジェッドの雇い主の身を心から心配していたのだから。

また不気味に冷たいエネルギーが彼女の感覚を乱した。まるでずっと昔嗅いだにおいのように、それは記憶を呼び起こした。

「ジェッド?」

反応はなかった。

アデレイドは身を起こして座席の上に膝立ちになり、開いた跳ね上げ窓から手を伸ばし、ジェッドの腕をたたいた。袖に触れた瞬間、一部鋭くなっていた超常感覚に電気が走った。ジェッドは御者台の上で、まるでその場で凍りついたかのように身をこわばらせていた。

アデレイドは息を呑み、熱いストーブに触れたかのように指を離した。

しかし、次の瞬間、直感が金切り声をあげた。ジェッドが死にかけているのは疑う余地もなかった。彼の感覚を凍りつかせている恐ろしいエネルギーに反撃を加えなければ、彼が命を落とすのはたしかだ。

アデレイドは片方の手袋を脱ぎ、歯を食いしばって超能力を高めた。そしてまた窓から手を伸ばし、ジェッドのこわばった腕をつかんだ。彼の上着の厚い生地が殺人的なエネルギーを多少弱めてくれたが、それも多少でしかなかった。

アデレイドは彼の腕を引っ張ってどうにか手を後ろにまわさせ、手に手が届くようにした。それから、厚手の手袋を脱がせ、彼の指と指をからませた。荒れたてのひらは墓石のように冷たかった。

ジェッドの全身を駆けめぐっているエネルギーの波が彼女の感覚に押し寄せてきて、血を冷たくした。

そのエネルギーの波形は年月を経てより奇怪でゆがんだものになっていたが、知っているものであるのはたしかだった。スミスはあの晩娼館で会ったときよりもずっと強いエネルギーを発していると彼女は思った。

しかし、彼女自身のエネルギーももっと強くなっていた。十五歳のときはまだ超能力も発達の途中だった。ドリームライトをどう制御し、あやつっていいか、学びはじめたところだったのだ。今夜は成熟し、洗練された能力を最大限使ってジェッドの命を救うために戦うつもりだった。

その冷たさはこれまで経験したすべてを超えていた。渦巻いてまっすぐ彼女のなかへと流れこんできたそのエネルギーは内側から彼女を凍りつかせた。どんな火をもってしてもあたためることはできないほどに。冷たいエネルギーの波は容赦なかった。逃れる唯一の方法はジェッドの手を放すことだったが、アデレイドはそれだけはするつもりがなかった。手を放せば、ジェッドが奔流に呑みこまれ、命を奪われてしまう。

アデレイドは冷たいエネルギーの波形を乱そうと、熱いドリームライトのエネルギーをそこに注ぎこんだ。狭い天窓のせいで視界はかぎられていたが、殺人者がどこか近くにいるのはわかった。超常的なエネルギーは多くても十五フィートから二十フィートほどの範囲にしか届かないはずだったからだ。これほど強いエネルギーを長時間持続させることはできないはずだ。きっとほんの数分、とアデレイドは胸の内でつぶやいた。ほんの数分ジェッドをつかまえていればいいはず。

ジェッドは魂を打ち砕くほどの悪夢のなかにいた。アデレイドも彼といっしょにそこにはいっていくしかなかった。

39

死体はランタンの黄色っぽい明かりのなかに横たわっていた。情報を買いに来てもこういうことになるとグリフィンは思った。しかし、少なくとも、こうして人が殺されていたことで、馬車にアデレイドを残してきてから感じていた不安の高まりの説明にはなる。はじめは、彼女の身に危険がおよぶ可能性があるかぎり彼女を自分の目の届かないところに置いてくるのがいやで、超常感覚が張りつめているのだと自分に言い聞かせていた。今は今夜の計画がどこかまずいことになったと直感が告げている気がした。

グリフィンはみずからを影で包み、路地の濃い闇のなかに立って、地面に伸びている人物を見つめていた。情報提供者になるはずだった人物に先に接触した人間がいたのは明らかだ。しかし、ときに死者もまだ語れることもある。

グリフィンは超常感覚を鋭くしてさらに待った。不安はまだ心で渦巻いていた。それどころか、さらに強まっていく。

今夜はアデレイドの身の安全を守るのに必要な情報を得に来たのだ。集中を乱すわけにはいかない。

殺人者がまだ近くにいることを示すエネルギーの痕跡はなかった。これほどにひどい暴力行為を犯して、すぐさま超常的な痕跡を消せるはずはない。殺人者がその行為をたのしんだとしても、そのあとしばらくは熱いエネルギーがその場に残っているものだ。グリフィンの経験から言って、真に心ない殺人者は殺人という行為にひどく興奮する。おそらく、どこか異様な形で精力を得られるからだろう。

罠《わな》がしかけられていないと確認すると、グリフィンは自分を包むエネルギーを少し強めて前に進んだ。慎重にランタンの明かりのなかにはいり、しばらく死体をじっと見下ろして傷が残っていないかどうか探した。傷は見当たらなかった。

しゃがみこむと、死んだ男のポケットを探ってみた。たたまれた紙が一枚はいっていた。弱い明かりのもとで見ると、何かの成分が羅列してある。ちがうポケットにもう一枚紙がはいっていて、そちらは領収書だった。S・J・ダーリング薬店という店名がかろうじて見分けられた。

危機が迫っているという感覚が刻一刻と強くなっていた。それはもはや死んだ男のせいではなかった。

アデレイドだ。

グリフィンは振り返って走り出した。霧のなかでほとんど影にしか見えなかったが、何も変わったところはないように見える。しかし、馬がおちつきを失っていた。ハーネスをつけられたままで身動きし、頭を上下させている。ジェッドは御者台にいたが、おちつかない馬を押さえようという素振りは見せなかった。

グリフィンは拳銃を抜いて前に飛び出した。差し迫った危機を感じて鼓動が速くなる。ぼんやりとではあるが、少し前に比べて空気が冷たくなっている感じがした。

「ジェッド」

答えはなかった。おかしい。この距離ならジェッドに聞こえているはずだ。

答えたのはアデレイドだった。

「スミスが近くにいるの」アデレイドが馬車のなかから叫んだ。「この通りのどこかにいるはずよ。ジェッドを殺そうとしているの」

その声に必死さが表れていて、突然グリフィンはすべてを理解した。ジェッドが異常なほど身動きしないことも、自分の超常感覚に寒気が走ったことも。グリフィンは冷たい感覚がどこから来ているか探し、即座にそれを見つけた。

ジェッドが馬車を停めたところから十五歩も行かないところにある路地の暗い入口から冷たいエネルギーが発せられていた。暗闇のなかにこぶし大の赤く光るものがある。グリフィンはその血のように赤い光を頼りに狙いを定めた。それから、悪夢のエネルギーを放った。

ふたつのエネルギーがぶつかり合い、暗がりで超常的な炎が燃え上がった。しかし、戦いにはならなかった。スミスの超常感覚がすでに疲弊《ひへい》しはじめているのはたしかだった。赤い水晶が突然暗くなり、光を失った。

凍るような感覚が薄れた。グリフィンの耳に路地を去っていく足音が聞こえた。敵を追いかけたくなる衝動に駆られたが、まずはアデレイドのところへ行かなくてはならなかった。

急いで馬車に戻って扉を開けると、暗闇のなか、アデレイドが座席に膝をついていた。天窓の外へ手を伸ばし、ジェッドの手をにぎっている。

「大丈夫か？」と彼は訊いた。

「ええ」疲れきっているかのように抑揚のない声で彼女は答えた。「ジェッドも大丈夫。少なくとも大丈夫だとわたしは思うわ。ああ、グリフィン。彼、ひどく冷たかったのよ」

アデレイドはジェッドの手を放し、床にくずおれかけた。

グリフィンは馬車に飛び乗り、彼女が馬車の床に倒れこむ前にその体をつかまえた。腕に抱くと、その体はドリームライトのエネルギーのせいで熱病にかかったかのように熱く燃えていた。

40

超能力を使った反動でぶるぶると激しく体が震え、疲弊しきっていたせいで、辻馬車の車内に乗りこむのもやっとだった。スミスはどうにか御者に住所を告げると、身を前に倒して組んだ腕に熱くなった額を載せた。御者には酔っぱらった紳士がひと晩愛人のところで過ごしてから家に帰るのだと思われたことだろう。

どうしてすべてがこれほどにうまくいかなかったのだ? 計画はすばらしく単純だったはずだ。ラットレルによると、ウィンターズがベイジル・ハルシーという科学者についての情報を寄せた者には礼をはずむつもりでいるという噂を街に流したという。ラットレルの用心棒のひとりがそれに応じた。ラットレルは今晩裏切り者を始末するつもりだと知らせてくれた。ウィンターズが隠れ家からおびき出されることになるので、パインの未亡人もいっしょに連れてくる可能性は大きいということだった。

ラットレルは女をつかまえる仕事はスミスにまかせたのだった。彼はアデレイド・パインには興味がなく、会長に真っ向から立ち向かう危険を冒す準備はまだできていなかった。バーニング・ランプについても関心がなく、興味があるのは水晶だけだった。

スミスは苛立ちに声をあげた。パインの未亡人をつかまえるのはたやすいはずだった。しかし、まずは護衛として連れてこられたにちがいない御者を片づけなければならなかった。

これほどに単純な計画が、これほど最悪の結果になろうとは。

今訓練している三人の狩猟能力を持つ若者たちの助けがあれば、成功していたかもしれなかった。しかし、敵が会長だと知って、三人は尻ごみしたのだった。会長と呼ばれる男の評判のせいだ。彼を悩ませた人間は消える運命にありますからと若者のひとりが言い訳していた。赤い水晶を没収するぞと脅しても、今夜の仕事を手伝うことに同意させられなかった。

頼りになる助っ人というのはいつも見つけるのがむずかしい。

今夜もまたアデレイド・パインにしてやられたとわかって怒りが燃え立った。相手はドリームライト・リーダーではあっても、ただの女なのに。調べたところでは、彼女の能力はドリームプリントの痕跡を感知できるというだけのものだ。そういう能力の持ち主である女たちは、占い師としてようやくみじめに生計を立てている者がほとんどだ。私がパインに敗北するなどということがあってはならない。

スミスはうまくいかなかった原因を分析しようとした。答えはほぼすぐに明らかになった。最初のときと同じように今度もパインを手に入れられなかったのは、邪魔者をとり除くのに多大なエネルギーを使わなければならなかったからだ。水晶には長年かけて改良を加えてきたのだが、それでも効力が尽きるのが早すぎる。

彼は顔を上げた。二度と同じ失敗はくり返せない。次にアデレイド・パインを手に入れる機会に恵まれたときには、能力を使いはたさざるをえない状況におちいらないようにするのだ。

辻馬車がタウンハウスの前で停まった。彼はポケットに手をつっこみ、御者にいくつかコインを渡すと、馬車から降りた。手がひどく震えていたため、玄関の鍵穴に鍵を差しこむのに三度も失敗した。

タウンハウスのなかにはいると、階段をのぼる力が残っていないことはわかっていたため、よろよろと書斎に向かい、強いブランデーをグラスに注ぎ、読書用の椅子のひとつに倒れこむように腰を下ろした。

途切れ途切れの眠りへとおちいる前に最後に頭に浮かんだのは、今回のこともまったくの失敗というわけではないということだった。アデレイド・パインについて非常に重要なことを知ったのだから。それはささいなことだったが、次のときに利用できる興味深い事実だった。

誰しもどこかに弱点はあるものだ。今夜はアデレイド・パインの大きな弱点を知ることになった。

41

アデレイドが目を開けると、明け方のような薄暗い光が見えた。修道院の自分の寝室に戻ってきていると気づくまで、しばし時間がかかった。ベッドのそばの椅子にはグリフィンがぐったりと身をあずけていて、左手でしっかりと彼女の左手をつかんでいた。まるで彼女がするりと逃げてしまうのではないかと恐れるかのように。

アデレイドはしばらくなかば目を伏せたまま彼を見つめてじっと横たわっていた。グリフィンは右手に持ったペンで膝に載せた革表紙の手帳に何か書きつけていた。眠ったとしても、ごくわずかしか眠っていない顔だ。彼が無意識のときにも自分の顔を覆っている影のオーラが、朝の無精ひげにさらに覆われていた。

「おはよう」アデレイドは声を出した。

彼女の手をにぎっていたグリフィンの指に即座に力が加わった。彼は手帳から目を上げた。その目が安堵にゆるむ。

「おはよう」と彼は応えた。それから顔を寄せ、壊れものに接するようにそっとキスをした。

「ジェッドの様子は？」と彼女は訊いた。

「大丈夫だ」グリフィンは手帳を閉じた。「赤ん坊のようにぐっすり眠っている。きみは？」

アデレイドは自分の超常感覚をたしかめ、枕に身を起こした。「ふつうに戻っているわ。回復するのに時間が必要だっただけよ。どのぐらい眠っていた？」

「きみとジェッドをここへ連れてきたのは、今朝の三時すぎだった」グリフィンはそう言ってドレッサーの上の時計に目をやった。「今は十時になるところだ」

アデレイドは顔をしかめた。「どうしてここへ連れてきたの？　身を隠していたいんだと思っていたわ」

「昨晩のことは罠だったんだ。しかけたのが誰であれ、きみと私が身をひそめていたあの部屋まで馬車を尾行できたかもしれない。ああいった場所は秘密の隠れ家で、要塞というわけではないからね」

「そうでしょうね」

「それと、戦略を変えたんだ。人目につかないようにする代わりに、多くの用心棒にまわりを囲ませることにした。今も十人が敷地内を警備している。必要とあれば、もっと多く呼び寄せるつもりだ。ラットレルが同じやり方を二度用いるとは思えないが、またガスの装置を使おうとしたときに備えて、ミセス・トレヴェリアンが厨房の布巾でしゃれたマスクを作ってくれた。みなひとつずつ携えている」

アデレイドはすばらしいというように首を振った。「わたしが眠っている数時間のあいだにそこまで？ 驚きだわ。情報提供者からは何がわかったの？」

「ほとんど何も。私が行ったときには死んでいたからね」

「なんてこと」彼女はかすれた声で言った。「知らなかったわ」

「傷を負っている様子はなかった。超常的な方法で殺されたにちがいない。そいつの名前はサッカーと言った」

「どうしてそれがわかったの？」

「死体から薬草のリストと薬屋で購入したものの領収書が出てきた。化学者のために材料を買ったのは明らかだ。今朝早くその店に人を送って調べさせた。薬屋の店主はとても協力的だった」

アデレイドはデルバートかレギットが怯えた店主からそれを聞き出している情景を思い浮かべた。

「そうなの」と批判する口調にならないように気をつけながら言う。

グリフィンの目につかのまおもしろがるような色が浮かんだ。「脅す必要はなかったさ。金をちらつかせるやり方もうんと効き目があるからね。薬屋は嬉々《きき》として、上得意について知っていることをデルバートにあらいざらい話してくれたそうだ。サッカーを個人的に知っている人間が見つかるのも時間の問題だ。おそらくは飲み仲間が。そいつがもっと多くを教えてくれるだろう」

「あなたってとても有能なのね」

「協会を牛耳るようになってしばらくになるからね、アデレイド。ここのところ、そうは見えなかったかもしれないが、私は自分のやっていることはちゃんとわかっている」

「ええ、もちろん、そうよ」アデレイドはグリフィンが今言ったことを考えて眉根を寄せながら言った。「でも、どう考えても、ケイレブ・ジョーンズの言うとおりのようね。ハルシーが新しい資金提供者を見つけたんだわ」

「ラットレルだ」

「でも、昨晩遭遇したのはスミスよ。それはたしかだわ」

グリフィンは手帳に目を落とした。「スミスとラットレルが手を結んでいるのはたしかな気がするね。そう考えれば、多くのことに説明がつく」

「情報提供者を殺したのは誰だと思う？　スミス？」

「ちがうだろうな。超能力で人を殺せば膨大なエネルギーを費やすことになる。たとえあの赤い水晶の力を借りたとしてもね。サッカーは殺されたばかりだった。スミスが彼を殺して、それからいくらもたたないうちに、ジェッドを殺してきみを拉致しようとしたとは考えられないな」

「だったら、殺したのはラットレル？」

「おそらく。しかし、やつがこういうやり方で人を殺すのはやつと知り合ってはじめてだ。つい最近まで、やつも人を殺せるほどの超能力は持っていなかったはずだ。これだけはたしかだが、昔からそういう能力を持っていたとしたら、ずっと前に噂を耳にしたはずだからね。やつがどういう能力を持っているにせよ、今は水晶を使ってそれを強めているんだと思う」

「つまり、ラットレルはハルシー親子とスミスと手を組んでいるってわけね」

「ラットレルがその三人に関心を持っている理由は明らかさ」グリフィンは言った。「ラットレルの立場にある人間なら、こういう催眠ガスの装置や水晶のような武器を作れる人間とぜひ手を組みたいと思うはずだ」

アデレイドは眉を上げた。「暗黒街の大物なら、みんなそう思うっていうの？」

グリフィンは冷たい笑みを浮かべた。「言い直させてくれ。男であれ、女であれ、権力を持つ者、持ちたいと思う者は、そういう武器を生み出せる人間と手を組みたいと思うものさ」

アデレイドは鼻に皺を寄せた。「もちろん、あなたの言うとおりよ。ハルシー親子とスミスに興味を持つのは暗黒街の大物だけじゃないはずだわ」

「そう、ハルシー親子を雇いたいと思う人間は大勢いるだろう。しかし、スミスに関心を抱くのはみずからも超能力を持つ者だけだ」

アデレイドはうなずいた。

「超能力を持つ人間だけが、水晶を活用できるわけだから」

「そうね」

「昨晩ジェッドを殺そうとした人間のドリームプリントを見てもらいたい。そうすれば、今回の敵が十三年前にきみを拉致しようとした男と同一人物であることがたしかめられるはずだ」

「わかったわ。でも、そのドリームプリントがスミスという男のものであるのはたしかだと思うけど」

「私もそれはまちがいないと思う。ただ、確認したいんだ」

「いいわ」とアデレイド。

「それから、サッカーの死体のまわりに残されていたドリームプリントも見てもらいたい」

「もちろんよ」そう言ってアデレイドは一瞬口をつぐんだ。「グリフィン、昨日の晩のことについて、ひとつだけ理解できないことがあるの」

「それは?」

アデレイドは膝を腕で抱いた。「スミスがわたしを拉致しようとしたのは明らかよ。でも、バーニング・ランプについては？　ランプがなかったら、わたしは役に立たないわ。ランプはどうやって手に入れるつもりだったのかしら？」

「きみを拉致できたら、きっとランプをよこせと交渉してきたことだろうな」

体のなかがいくぶんあたたかくなった。「わたしの命がかかっていると思ったら、あなたはランプを手放してくれた？」

「一瞬のためらいもなくね」

「ああ、グリフィン、とてもうれしいわ。あなたにとってランプがどれほど大事かわかっているから」

「そしてそれから、やつの喉をかっ切ってやったさ」

アデレイドはうなるような声を発して膝に額を載せた。「一石二鳥ってやつね。暗黒街の帝王は理想的な恋人にはなれないって言ったの誰？」


アデレイドは風呂を使い、新しいズボンとトレヴェリアン夫人がきちんとアイロンをかけたきれいなシャツを身につけた。朝食のために階下《した》へ降りる前に、ジェッドの眠っている部屋へ寄った。ベッドの反対側で彼に付き添っていたレギットが入口の彼女に気がついた。

「おはようございます、ミセス・パイン」と彼は言った。「昨日の晩よりもずっとお元気そうに見えますよ。ほんとうです。ボスがあなたを腕に抱いて玄関からはいってきたときには、大評判の芝居の女主人公みたいだった。そう、女主人公がしじゅう神経をやられて気を失ってばかりいる芝居ですよ」

「恥ずかしいわ」彼女はベッドに近づいた。「ジェッドの様子はどう?」

「まだ眠っています」

「きっと大丈夫よ」と彼女は言った。ジェッドの額に触れると、渦巻くようなドリームライトが超常感覚に伝わってきて、顔をしかめまいとするのが精いっぱいだった。「熱も平熱だし、夢を見ていても、ひどい悪夢じゃない。スミスがジェッドの感覚におよぼした打撃は癒されつつあるわ」

「昨日の晩、あなたが彼の命を救ってくれた」レギットが言った。「こいつはおれの親友なんです。暗黒街で暮らすようになってからずっといっしょだった」

「わかるわ」と彼女は言った。

「これだけは覚えていてほしいんですが、なんでもいい、あなたのために何かできることがあったら、おれにひとこと言ってくれればいい」レギットはまじめな顔で言った。「おれはナイフのあつかいはほんとうにうまいんです」

わたしのために誰かの喉をかっ切ってやると男の人に言われるのは今朝二度目だわ。

アデレイドは突然視界をくもらせた涙をまばたきで払った。「ありがとう、レギット。とてもやさしいのね。そのことば、覚えておくわ」

42

アデレイドは超常感覚を高め、路地に残っていたドリームプリントを調べた。何十年にもわたって積み重なったドリームプリントが雨に濡れた歩道で光っていたが、もっとも最近のドリームプリントは、暗い蛍光色の緑色と不気味な紫色の不穏なエネルギーを発していた。

「スミスのものであるのはまちがいないわ」彼女は言った。「彼のドリームプリントは夢のなかでよく見るの。これだけの年月がたってもはっきりわかる」

グリフィンは狭い路地の奥へと目を向けた。「あの晩、やつはあっちへ逃げた。馬車が待たせてあったんだ。一本向こうの通りで辻馬車が走り去る音がしたのはたしかだ」

「あの人……正気とは言えないわ、グリフィン。狂気の兆しが見えるから。昔会ったときよりも今のほうがそれが強くなっている」

「殺人さえ可能にする水晶を持っていて、狂気におちいりかけている強い超能力の持ち主か。それはジョーンズ・アンド・ジョーンズにとって最悪の悪夢となるにちがいないな」

「ほんとうにスミスがソサエティの会員だと思う？」

「そう考えれば、説明のつくことが数多くあるからね。殺された情報提供者について何がわかるか見てみようじゃないか」

ふたりは路地を出て通りを下った。デルバートとほかに三人の用心棒がアデレイドのまわりをとり囲むようにしていた。

グリフィンは一行を小さな裏庭に導いた。死体はなくなっていた。

「今朝、店の主人か、このへんをうろついている少年の誰かが、サッカーを見つけて警察に通報したんだろうな」グリフィンが言った。「別にかまわない。問題はドリームプリントだから」

「なんてこと」アデレイドはささやいた。目にしているものが信じられないというように濡れた歩道をじっと見つめている。「このドリームプリントは知っているわ、グリフィン。見たことがある」

彼は顔をしかめた。「結局、スミスのものだと言うのかい？」

「いいえ、スミスのじゃない」彼女は目を上げた。「でも、殺人者のドリームプリントをほかの場所で目にしたのは絶対にたしかよ」

「どこで？」

「あなたのご両親が亡くなった家で。サッカーを殺したのが誰であれ、その人があなたのお父様とお母様を殺したのよ」

「ラットレルだ」グリフィンが言った。「あの野郎。もっとずっと前に殺しておくべきだったな」

43

「時期的にも合う」グリフィンが言った。「ラットレルは当時、クイントンのもとで働いていた。組織で頭角を現しつつある若者だったんだ。私よりはふたつか三つ年上だった。おそらく、十八か十九だったろう。すでに暗黒街でかなり過激な評判を頂戴している人間だった」

ふたりは修道院の庭に置いてある緑の鋳鉄製のベンチに腰をかけていた。犬たちが足もとでうとうとしている。アデレイドはグリフィンのことがどんどん心配になっていた。影のなかへあまりに深く沈みこんでしまっていて、明るい場所へ引き戻すことができなくなりそうな気がしたのだ。

でも、だからってどうなの？　この人は暗黒街の帝王なのだ。そんな人間をわざわざ救おうとする者などいない。

「どうしてラットレルがあなたのご両親を殺してバーニング・ランプを奪おうとするの？」

アデレイドは訊いた。「そういう意味では、どうして彼がランプのことを知ったの？　あの人は下層階級の生まれで、アーケイン・ソサエティの会員でもないわ」

「さっきも言ったように、やつはなんらかの強い超能力の持ち主だ。強い能力の持ち主がランプに近づけば、その超常的な特質を感じとり、惹かれずにいられないはずだ」

「ラットレルがあなたのご両親の家に強盗にはいって、たまたまランプに遭遇したとは信じられないわ。偶然にしてはできすぎですもの。ラットレルがふつうの盗みのあいまにランプを盗んだのだとしたら、どうしてあなたのお母様の宝石を盗っていかなかったの？　金庫からなくなっていたのはランプだけだとあなたはおっしゃったわ」

「やつがランプを盗むためにあそこへ行ったことはまちがいない。さっきも言ったが、やつは当時クイントンのもとで働いていたんだ。だから、クイントンにランプを手に入れろと命じられたにちがいないな」

「クイントンもなんらかの超能力の持ち主だったの？」と彼女は訊いた。

「いや、ちがうと思う。暗黒街で生き延びるのに必要な直感のようなものには恵まれていたけどね。おまけに強い組織を築き上げるのに必要な粗野な知性と無慈悲な心も持ち合わせていた。しかし、超能力の持ち主かもしれないと疑わせるような噂を聞いたことはない」

「だったら、問題は、どうしてクイントンがランプのことを知ったかよ。そして、彼自身が超能力者でなかったとしたら、どうしてラットレルを盗みに送りこんだか」

「絶対にたしかとは言えないが、多くの説明となるちょっとしたおもしろい芝居を披露できるよ」

「筋書きを話して」とアデレイドはうながした。

「第一幕の開演は二十年前までさかのぼる。アーケインの会員らしい謎めいたわれらがミスター・スミスは、バーニング・ランプの伝説を知るんだ。水晶についての知識もあったので、自分がランプの力を利用できると考える。ランプがニコラス・ウィンターズの子孫の手にあるであろうことも知っている。しかし、ランプを盗み出すのに必要な泥棒の手法については経験がなく、立派な紳士の家に盗みにはいる危険を冒したくはないわけだ。そこで、専門家の手を借りることにする」

「つづけて」

「ミスター・スミスはいくつか問い合わせをし、ロンドンでもっとも力を持つ暗黒街の帝王の名前を知る」

アデレイドは彼を見つめた。「それはむずかしいことだったのかしら?」

「いや。クイントンは有名だったからね。街の半分の娼館を所有していた。四分の三のアヘン窟を持っていたのは言うまでもなく。警察は手出しできなかったが、彼のことはもちろん知っていたはずだ」

「いいわ、それで、スミスはどうにかクイントンと連絡をとって盗みを働いてほしいと持ちかけた」

グリフィンはけがをしているほうの肩を無意識にもんだ。

「クイントンは非常に裕福な男だった」彼は言った。「スミスの金には興味がなかったはずだ。さらには、慎重な男でもあった。ランプを手に入れるためだけに、部下をつかわして著名な投資家の家に押し入らせるなんて計画は気に入らなかったことだろう」

「スミスのためにランプを盗むことが、その危険を冒すに足りることだとクイントンを納得させる何かがあったにちがいないわね」

「クイントンはアーケイン・ソサエティの会員を意のままにできるという考えには惹かれたかもしれないな。とくにスミスがソサエティのなかでも高い地位にのぼりつめた人間だとしたら」グリフィンは肩をもむ手を止めた。それから前に身を乗り出し、太腿に腕を載せた。

「スミスのためにランプを手に入れることで、彼に対して力をおよぼせると思ったのかもしれない」

「それで、クイントンは取引に応じたのね」

「そして、その仕事にいちばんの側近であるラットレルを送りこんだ」

グリフィンのことばにまったくなんの感情もこもっていないことがアデレイドには怖かった。しかめ面やにぎりしめられたこぶしを目にするほうがましだっただろう。

「そういうことだと仮定したら――」彼女はやさしく言った。「ラットレルはランプを雇い主に渡したはずよ」

「そして雇い主のクイントンはそれをスミスに渡した。しかし、スミスはランプを動かすことができなかった。それで、少なくとも伝説の一部はほんとうであると気づいたにちがいない。強い能力を持つドリームライト・リーダーの助けが必要だと。そこで第二幕が開く。彼はきみを見つけるまで六年の歳月を費やした」

「でも、そのころには両親が亡くなり、わたしは孤児になっていた」とアデレイドは言った。

グリフィンは彼女に顔を振り向けた。「きみがどういう超能力を持っているのか、ご両親がソサエティの役員たちに知らせてまもなく、彼らが亡くなったのは偶然とは思えないんだ」

しばしアデレイドにはグリフィンの言っている意味が理解できなかった。じょじょにその意味がわかってくると、あまりの衝撃に頭がくらくらした。胃で何かが渦巻く。一瞬、アデレイドは自分がじっさいに気を失うのではないかと思った。

「つまり、スミスがアーケインの記録を見て、わたしがドリームライトを読む能力を持っていると知り、うちの両親を死にいたらしめたというの?」とささやく。

「ああ、その可能性はあると思う。やつは邪魔なきみの家族を排除しなければならなかった。それ以外にどうやってきみに手を出せる?」

「彼がまたクイントンのところへ行って、うちの母と父の殺害を依頼したっていうの?」

「ああ」

アデレイドは身震いした。「でも、両親の死後、わたしは孤児院に送られたわ」

「しかし、それも短いあいだだ。きみが例の娼館に行くことになるよう手配したのもきっとスミスだと思うね。クイントンとさらなる取引をしたのさ」

手が痛んだ。下に目を向けると、節が白くなるほどに指をきつく組み合わせていた。

「でも、スミスがわたしを試しに来たときに、最後の最後になって娼館の主がわたしを売ることはできないと言いに来たわ」と彼女は言った。

「その晩、クイントンがきみをスミスに売ることについて気が変わるような何かが起こったんだ」グリフィンが言った。「おそらく、きみがほかの誰かにとってさらに価値のある存在だとわかったんだろう」

「そんなことありえないと思うわ。ランプがなかったら、わたしは誰の役にも立たない人間ですもの。それに、ランプを持っていたのはスミスよ」

「ほかの可能性もある」グリフィンはゆっくりと言った。「スミスが娼館に姿を現した正確な日付を覚えているかい?」

「忘れられるわけがないわ」アデレイドは身震いした。「来月の三日でちょうど十三年になる。わたしはその三日後にアメリカに向かう船に乗ったのよ」

グリフィンは明らかに満足した様子で小さくうなずいた。

「それでぴったり合う」

「どういうこと?」

「クイントンは同じ年の一週間前に死んでいる。その日はちょうど、われわれの世界の人間が、朝起きたら彼の組織が彼がもっとも信頼していた部下によって引き継がれたと知った日だよ」

「ラットレルね」

「そうだ。ラットレルははじめのころ、引き継いだ組織をうまく牛耳ろうと忙しくしていた」

「そのせいで、かつての雇い主がスミスと結んでいた契約に、ぎりぎりまで気づかずにいたのかもしれないというの?」とアデレイドが訊いた。

「そうだ」

「たぶん、あなたの言うとおりね。娼館の主が部屋に戻ってきて、経営者が変わったとスミスに告げたのを覚えているわ」

「ラットレルが、スミスとクイントンが結んだ契約の条件を再交渉しようと考えたのはまちがいないな」

グリフィンはそこで口をつぐんだ。アデレイドはしばらく彼のことばを待った。

「それで?」としまいにうながす。「これからどうするの?」

「計画に変更はない」グリフィンは言った。「この世界で誰かを追いつめるのにどうすればいいかはわかっている。ラットレルのことは私がなんとかする。しかし、スミスがアーケインの会員だという推理が正しいとすれば、身もとを明らかにするのはジョーンズ・アンド・ジョーンズにまかせたほうがいいな」

アデレイドの背後でブーツが砂利を踏みしめる音がした。振り返ると、デルバートが近づいてくるところだった。

「お邪魔してすみません、ボス」デルバートはベンチの前で足を止めた。「レギットがサッカーの行きつけだった居酒屋で彼の昔からの仲間たちと話をして戻ってきました」

グリフィンは背筋を伸ばした。「何かわかったことは?」

「サッカーはたしかにラットレルの部下でした。数週間前、彼は仲間たちから見てえらく楽な仕事をおおせつかったそうです。ラットレルがヒドゥン・ムーン・レーンにかくまっているふたりの科学者の世話をする仕事だそうで」

グリフィンはすでに立ち上がり、家へと向かいかけていた。「馬車の用意をさせろ」

「ジェッドがもう玄関にまわしていますよ、ボス」

アデレイドもすばやく立ち上がった。「ヒドゥン・ムーン・レーンに行くの?」

グリフィンは肩越しに彼女に目を向けた。「もう遅すぎるかもしれない」

アデレイドは急いで彼のあとを追った。「わたしもいっしょに行くわ」

「ああ、もちろんさ」グリフィンは言った。「きみを目の届かないところに置いておくわけにはいかないと、昨日の晩、大変な思いをして知ったからね」

44

隠れ月通り《ヒドゥン・ムーン・レーン》は隠れ太陽通り《ヒドゥン・サン・レーン》という名前でもよかったかもしれないなとグリフィンは胸の内でつぶやいた。とくにその日の夕方のように霧が濃い日には。建物が密集しているために、狭い歩道は永遠に薄闇にとらわれているように見えた。人間の気配は皆無だった。そびえたつような建物の窓は閉じられ、鎧戸《よろいど》が閉まっている。

グリフィンはアデレイドとデルバートといっしょに通りの端にある小さな公園に立ち、狭い通りを見まわした。ジェッドと馬車はそばで待っている。

「ふたりのおたずね者の化学者をかくまい、秘密の研究室を持たせるのにぴったりの界隈《かいわい》ね」とアデレイドが言った。

「たしかに」グリフィンも同意した。

「警備の人間がいるかもしれない」とデルバートが警告した。

「そうは思えないな」とグリフィン。

アデレイドは彼に目を向けた。「どうして?」

「ラットレルがすでに作戦を放棄したんじゃないかと思うからさ。私がサッカーの身もとを知り、彼がこの界隈に出入りしていたことをつきとめるのに、それほど時間はかからないだろうとやつにはわかるはずだ。しかし、運がよければ、ハルシーとその息子に、もはや彼らの手助けはいらないとわざわざ告げていないかもしれない。少なくとも、ふたりがまだ研究室にいる可能性はある」

「ラットレルがふたりをただたんに見捨てるっていうの?」アデレイドが訊いた。「でも、彼らがラットレルにとって価値のある存在にちがいないって結論に達したじゃない」

「損失を切るってことさ」グリフィンが答えた。「ラットレルがわざわざハルシー親子を始末した可能性もあるが、そうではないという気がするよ」

「どうして始末しないんです?」デルバートが訊いた。「始末するのがもっともだって気がしますぜ」

「ふたりが都合よく注意をそらす存在になってくれるからさ。ラットレルはアーケインが彼らを追っているのを知っている。ジョーンズ・アンド・ジョーンズの注意が自分よりもハルシー親子に向くようにさせるのは理にかなったことだ。ラットレルもアーケインと面倒なことになるのは避けたいだろうからね」

「ハルシー親子がまだ生きているとして――」アデレイドが言った。「彼らをどうするつもり?」

「ジョーンズ・アンド・ジョーンズに引き渡すさ。ハルシー親子はアーケインの問題であって、私にはどうでもいいことだ。私が彼らに求めるのは情報だけだ」

「全員で行きますか?」デルバートが訊いた。「みんなで踏みこむにはちょっと窮屈じゃないですかね?」

グリフィンは彼に目を向けた。「おまえはミセス・パインとここに残ってくれ。私が行ってざっと偵察してくる。十五分以内に戻らなかったら、どうすればいいかはわかっているはずだ」

「ちょっと待ってくれる」アデレイドがひややかに言った。「不測の事態が起こったときにどうするかは聞いてないわ。どうすることになっているの?」

「私が戻らなかったら、デルバートとジェッドがすみやかにきみをケイレブ・ジョーンズの家に連れていくことになっている。ジョーンズがきみを守ってくれるだろう」

「わたしを自分の目の届かないところには置かないって言ったじゃない」アデレイドが不安そうに言った。「わたしもいっしょに行くべきよ。わたしの超能力が役に立つかもしれないし」

「私は自分の身を隠すことはできるが、ほかの誰かを隠すことはできない」彼は説明した。

「きみはここでデルバートと待つんだ」

アデレイドがまた言い返そうとするのは明らかだったので、グリフィンは自分を影で包み、姿を隠すと、通りを歩きはじめた。

「彼にあきれるとひどく不愉快だわ」アデレイドは小声でつぶやいた。

「そのうち慣れますよ」とデルバートが言った。

グリフィンは二階の窓をそっと開け、音もなく暗闇に沈んだ部屋のなかへはいった。若いころに学んだ教訓は無駄ではなかったと、彼は多少の満足を覚えながら胸の内でつぶやいた。十代のころ、〝二階からはいる男〟として有名になった技をまだ忘れていなかった。当時心していたことは単純だった——一階からは侵入するな。罠や警報があるとすれば、それは一階にしかけられている。

忍びこんだ部屋はひさしく誰も住んでいなかったかのようにがらんとしていた。グリフィンは縄の端をどっしりとしたベッドの枠に結びつけた。それから扉のところへ行き、長く狭い廊下をのぞきこんだ。

しばし静かにその場に立ち、五感を鋭くして耳を澄ました。はじめはなんの音も聞こえなかった。やはり遅きに失したのだ。ハルシー親子は警告を受けたか、直感が働いて、そろそろ新たな資金提供者を見つけるころあいだと悟ったのだ。もしくは、ラットレルがほんとうに彼らを殺してしまおうと決めたか。

やがて、かすかなくぐもった音が家の地下から聞こえてきた。家のなかに誰かいる。

グリフィンは階段を降りて玄関の間に行き、小さな応接間と朝食の間の脇を通り過ぎた。二階と同じように一階にも人の気配はなかった。しかし、厨房のすぐ内側にあるクローゼットの扉のようなドアの下から明かりがもれていた。

そのドアを開けると、地下へと通じる階段が現れた。階下《した》の部屋はガスランプによってぼんやりと照らされている。さらに影でしっかりと身を包むと、グリフィンは階段を降りはじめた。

階段を降りきったところにある地下室は古かった。石造りの感じから見て、家そのものよりも二世紀は前のもののようだった。ロンドンの街はローマ帝国の支配下にあった時代から、建設と改築をくり返してきたのだ。市街地の下には何層にも廃墟が積み重なっている。歩道の下にすっかり隠されている川もある。そうしたロンドンの建築史はグリフィンのような職業の人間にとって非常に都合のよいものだった。

地下室の一方の壁に開いた入口の先に通路があった。グリフィンは入口の脇の壁に身を押しつけ、もうひとつの部屋へとつながる短い石の通路をのぞきこんだ。

もうひとつの部屋では人影が大きく揺れていた。差し迫った口調の声が響く。

「ほんとうにこんなことをしなきゃならないんですか？　やっとぼくのネズミの実験に進展が見えはじめたっていうのに。一日か二日で人間の実験台で試してみられるかもしれないと思っていたんですよ」

若者の声だなとグリフィンは思った。バートラム・ハルシーだ。

「選択の余地はない」その声はもっと年輩の男のものだった。「そう、何かまずいことが起こったんだ。あの用心棒は注文した材料を持ってこないし、資金提供者からの知らせもない。前にもこういう状況におちいったことはあった。できるだけ急いでここから逃げ出さなくてはならない」

「でも、実験器具や、道具や、ガラス容器が。こんなすばらしい道具をまた一からそろえるのは無理ですよ」

「新しい資金提供者を見つけるさ。われわれの能力を必要とする人間は必ずいる。急ぐんだ、バートラム。手帳とシダ以外はみな置いていくんだ」

グリフィンはわずかに超能力を弱めた。ほぼ目に見えない状態だったのが、そうではなくなったが、バートラムとベイジルに顔立ちまではわからないはずだった。

上着の内側に手をつっこみ、ショルダー・ホルスターから拳銃を手にとる。こういった状況においては大きな銃のほうが相手を威圧できると昔からわかっていた。彼は静かに通路を歩き、もうひとつの部屋に足を踏み入れた。

「動くな」と彼は言った。「ベイジルとバートラムだな？」

ふたりは凍りついたように手帳を集めていた手を止めた。年輩の男は眼鏡をかけた大きなクモのような容貌をしていた。若いほうは二十代前半のようだ。バートラムはまだ父ほどすっかり禿げてはいなかったが、血筋は争えない外見だった。

「あんたは誰だ?」とバートラムが訊き、グリフィンにわずかに細めた鋭い目をくれた。

「つまり、ここがハルシーと息子の仕事場か」グリフィンは作業台からガラスの瓶を手にとり、中身をじっと見つめた。

「何をしているんだ?」ベイジルが金切り声をあげた。「気をつけてくださいよ。その作業台には揮発性の薬品が置いてあるんだ」

「そうかい?」グリフィンは瓶を下ろすと、天井から鉄の鎖で吊り下げられている藁《わら》のバスケットのところへ近づいた。バスケットの端から、めずらしい形のシダの細く優美な葉が垂れている。

「シダに触れないでくれ」ベイジルがぴしゃりと言った。「きわめてめずらしく、今の研究に欠かせないものなんだから」

グリフィンは鎖からバスケットをはずした。「暗黒街の大物のために超常的な武器を作るのは、きっとえらくもうかる仕事なんだろうな。あんたがまちがった顧客を選んでしまったのは気の毒だ。まずは私のところへ来るべきだったんだ。私だったら、ラットレルよりもずっと報酬をはずんだことだろう」

「あんたはラットレルが協会と呼んでいる組織の会長なのか?」ベイジルが口ごもりながら

訊いた。

「残念ながらそうだ」グリフィンは笑みを浮かべた。「あんたたちがラットレルのために作った毒ガスで攻撃を受けたのは私の住まいだ。私はそういうことを私個人への攻撃と受けとるたちでね。けちな考えかもしれないが、それでこうしてあんたたちに会いに来たというわけだ」

バートラムはすでに青ざめた顔をしていたが、その顔からさらに血の気が引いた。「ラットレルがあの催眠ガスをどう使うかなんて、ぼくたちには知る由もなかったんですよ」

「あんたたちにわかってもらわなくちゃならないのは、私が長い年月をかけて評判を築き上げてきたってことだ」グリフィンは言った。「それがこの仕事における信用となる。たったふたりの科学者にそれを崩されるわけにはいかないんだ」

「ねえ、ちょっと待ってくださいよ」ベイジルが言った。「息子が今言ったように、私たちはあの容器を作ってガスを調合しただけだ。ミスター・ラットレルがそれを使って何をしようが、われわれに責任はない」

「今後はあんたたちも自分の仕事のそういう側面のことも多少考えておいたほうがいいだろうな」とグリフィンは応じた。

ベイジルの目が眼鏡の奥できらりと光った。「われわれを雇ってくれようというお話ですかな？　そうだとしたら、こちらにも雇われる用意はあると喜んでお伝えしますよ」

「残念だが、その申し出は断らざるをえないな」グリフィンは言った。「アーケインがあんたたちのあとを追っているらしく、私はアーケインの注意をこれ以上惹きたいとは思っていない」

「アーケイン？」ベイジルは目をみはった。「われわれがラットレルのために働いていたことを連中が知っていると？」

「今は知っている」グリフィンは答えた。「私が直面している問題はわかるだろう。あんたたちを雇えば、ジョーンズ・アンド・ジョーンズが私のところへやってくる。そういうこみいったことになるのは避けたいんだ」

バートラムの口が動いた。「あの……いいですか、ぼくたちは科学者であって、犯罪者じゃない。前の雇い主があなたの競争相手のひとりだったこともこっちのせいじゃないんです。ぼくたちに何をお望みなんです？」

「情報さ」グリフィンは言った。「催眠ガスを作ったのがあんたたちだということはすでに聞いた。赤い水晶について教えてくれ」

ベイジルはフクロウのような目をぱちくりさせた。「なんの話をなさっているのかわかりませんな。水晶とは？」

「助けてくれ」

その声はもうひとつの通路の奥から聞こえてきた。

「頼む、助けてくれ。そこに誰かいるのが聞こえたんだ。助けてくれ、お願いだ」

「いったいあれは誰だ?」とグリフィンが訊いた。

「別に誰でもありませんよ」ベイジルが言った。「ミスター・ラットレルが用意してくれた実験台にすぎません」

「ちくしょう」グリフィンは言った。「こういうこみいった話になるとわかっていたんだ。実験台の名前は?」

バートラムは顔をしかめた。「たしか、ハーパーとか。どうしてです?」

「あんたたち自身のためにミスター・ハーパーがまだ元気だといいな。さもなければ——」

グリフィンはことばを止め、拳銃をかすかに動かした。

バートラムとベイジルは、突然部屋に危険な毒蛇が放たれたかのような反応を見せた。両方ともぞっとして拳銃を見つめている。

「いったい、ミスター・ハーパーはどこにいる?」とグリフィンは訊いた。

「その廊下をちょっと行ったところにある部屋ですよ」バートラムが急いで答えた。「じっさい、元気でいるはずです。まだ実験を行うにいたっていなかったので。一日か二日のうちに、これ以上ネズミが死なないとわかったところで、行うつもりでいたんです——」

「ここへ連れてこい」グリフィンは命じた。

バートラムは手にもっていた手帳を落とし、廊下に向かった。ベイジルがそのあとを追おうとした。

「あんたはここに残るんだ、ドクター・ハルシー」グリフィンが言った。「あんたの息子がお行儀よく振る舞うための人質としてね」

ハルシーの薄い肩ががっくりと落ちた。彼はバートラムが廊下の奥へと姿を消すのを見送った。

少しして、廊下の奥からグリフィンの耳に争うような音が聞こえてきた。

「私をどこへ連れていく?」とハーパーが訊いた。怯《おび》えた声だ。「どうなっているんだ? あんたにこんな権利は——」

バートラムがふたたび姿を現した。後ろに四十がらみの男を従えている。ノーウッド・ハーパーはラットレルを訪ねて不運に見舞われ、姿を消したときと同じ服装をしているようだった。仕立てのよい上着とズボンにはひどく皺が寄っている。シャツはくしゃくしゃで、ネクタイはここへ来る途中のどこかでなくしたようだ。おまけに、ひげも剃《そ》っておらず、髪も汚れてもつれていた。手はしばられている。

「これがハーパーです」バートラムが言った。「お渡ししますよ」

ノーウッド・ハーパーは身震いしてグリフィンを恐怖に駆られた目で見つめた。「あなたは誰です?」

「協会の会長だ」グリフィンが答えた。「きみの家族にきみを見つけてほしいと頼まれた。

正直、きみはおそらく死んでいるものと思っていたよ」

「会長ですって?」ノーウッドはぎょっとした顔になった。

「そうだ」グリフィンはバートラムに身振りで命じた。「ほどいてやれ」

バートラムは急いでノーウッドの手のいましめをほどいた。

「どれほどありがたいか、口では言えないほどですよ」ノーウッドはグリフィンに言った。

「このふたりが私に何かとんでもない実験をしようと思っていたのはたしかですからね。薬がどうのという話だった」

「詳しいことはあとで話そう」とグリフィンは言い、厨房の階段へと通じる廊下に顎をしゃくった。「厨房で待っていてくれ」

ノーウッドはそれ以上うながされる必要はなかった。ぎごちない速足で通路へと姿を消した。

グリフィンは不安そうな顔のハルシー親子に目を向けた。「水晶に話を戻そうじゃないか」

「水晶については何も知りません」ベイジルは怒った口調で答えた。「われわれは化学の実験をしていたのであって、水晶を使っていたわけじゃありませんから」

「妙なことだが、そのことばに嘘偽りはない気がするよ。さあ、紳士諸君、この会話はおしまいだ」グリフィンはまた拳銃を振った。「行こう」

「ぼくたちをどこへ連れていくんです?」とバートラムが訊いた。

「すぐそこだ。あんたたちがノーウッド・ハーパーを閉じこめていた部屋にいてもらう。心配いらないさ。ジョーンズ・アンド・ジョーンズの誰かがすぐに来てくれるだろう。きっとあんたたちに訊きたいことがあるだろうからな」

「いや」ベイジルが金切り声をあげた。「そうはさせませんよ。研究は重大な局面を迎えているんだから――」

階上《うえ》で何かが爆発するようなくぐもった音が聞こえてきて、ハルシーのことばはさえぎられた。厨房のあたりで、ノーウッド・ハーパーが悲鳴をあげた。

「ちくしょう」グリフィンはみずからを呪うように毒づいた。「こうなるとわかってしかるべきだったんだ。しろうとめ。けっして命令に従おうとしない」

そう言って空いている手でシダのはいったバスケットをつかむと、厨房へつながる階段へと駆け出した。

「私のシダ」ベイジルが呼びかけてきた。

グリフィンはそのことばは無視し、階段を駆けのぼった。厨房の外の壁はすでに火に包まれていた。その火のせいで、窓と小さな庭に向いた扉には近寄れなかった。ノーウッドは部屋の中央に彫像のように突っ立っていた。

「厨房で待てと言ったはずだ」グリフィンは言った。「どうして裏口の扉を開けた？　裏口には罠がしかけてあったにちがいない」

ノーウッドの口が動いたが、意味のあることばを発することはできない様子だった。

「玄関の扉にも罠がしかけてあるはずだ」グリフィンは言った。「階上《うえ》から外へ出るぞ。来い」

それ以上うながす必要はなかった。ノーウッドは主階段へと廊下を急いで渡り、手すりをつかむと、階段を一度に二段のぼった。グリフィンはそのすぐ後ろについた。

踊り場に達するころには、一階の廊下には煙が充満していた。

「いちばん奥の寝室だ」とグリフィンが言った。

ノーウッドは急いでそちらへ向かった。「ここからどうやって外へ出るんです?」

「私の言うとおりにするんだ」グリフィンは彼のあとから寝室にはいった。「これを受けとれ」そう言って革の手袋を脱いでノーウッドに放った。「それをはめるんだ。縄をつたって降りるのにいる」

グリフィンは窓のところへ行って、ベッドに結びつけておいた縄を伸ばすと、地面に端が垂れるようにした。

「行け」彼はノーウッドに命じた。「急ぐんだ」

ノーウッドは疑問を差しはさまなかった。手袋をはめると、大きく深呼吸し、よろめきながら窓から外へ出た。縄にしがみついて、なかばすべり落ちるようにして地面まで降りた。地面に尻を思いきり打ちつけたが、けがもなく立ち上がった。

ノーウッドが縄を放すと、グリフィンは縄を引っ張り上げ、端にバスケットをしばりつけてシダを彼の手に下ろした。

ノーウッドとシダにつづいて降りようとしたところで、殺人的なエネルギーに超常感覚を焼かれた。寝室の入口に現れた黒っぽい人影を目の端でとらえる。影のなかで真っ赤に輝くものがあった。

「あやうく逃げられるところだったぜ、ウィンターズ」そう言ってラットレルが赤い水晶を持ち上げた。「正直、あんたがここまでたどり着くとはびっくりだよ。厨房でささやかな驚きを演出したところで、きっと事が終わると思っていたからな。ふつうだったら、そこからいちばん近い出口に向かって駆け出したはずだ。しかし、あんたはふつうの人間とは考え方がちがうというわけだ、そうだろう?」

ハーパーといまいましいシダは地下に置いてくるべきだったのだとグリフィンは胸の内でつぶやいた。

45

稲妻が落ちて砂漠の茂みに火がついたかのように、突然アデレイドは動揺に襲われた。

「何かまずいことが起こったんだわ」と彼女は言った。

デルバートが彼女に目を向けた。「どうしてそれがわかるんです?」

「わかるのよ」アデレイドはそう答えると、駆け出していた。「急がなければ」

デルバートは彼女のすぐ後ろに従った。「戻ってきてください、ミセス・パイン。あなたの身の安全を守るよう、ボスにきつく命令されているんですから」

アデレイドはそのことばにはまるで注意を払わなかった。通りの奥で、窓から炎が見えている。

「嘘」彼女はささやいた。「いや」

「ちくしょう」デルバートが小声で毒づいた。

アデレイドは足を速めた。デルバートも同様だった。

家に到達するころには、黒い煙が霧をさらに濃くしていた。一階はなかば炎に包まれている。

「なんてこと」アデレイドはあえいだ。「彼はどこ？　グリフィンはどこ？」

「ボスはいったのと同じ場所から出てくるはずです」デルバートが言った。「階上《うえ》の窓のどこかから。アデレイドを力づけるためというよりも自分を励ますような声だ。「ボスが一階から出入りすることはない。それが決まりなんです。たぶん、今ごろは庭に出ているかもしれない」

「いいえ、彼はまだなかにいるわ」アデレイドが言った。「命の危険にさらされている。わたしにはわかるの。彼を助けなきゃ」

「こうなると、この家にはいることはできませんよ。ボスは自分の身は自分でどうにかできるはずです。そう、経験を山と積んでいますから」

「彼を助けなきゃ」アデレイドは言い張り、玄関の石段のほうへと向かいはじめた。

デルバートは彼女の腕をつかみ、かなりの力で引き戻した。

「すまない、ミセス・パイン」声を荒らげて彼は言った。「行かせるわけにはいきません。この家のなかにはいるのを許したら、ボスに喉をかっ切られてしまう。一階全体がすぐに火に包まれますよ」

「でも、彼はあのなかにいるのよ」

アデレイドは今やとり乱していた。腕をつかむデルバートの手に力が加わった。

「助けてくれ」

その声は燃える家と隣の家をへだてる通路から聞こえてきた。

「助けてくれ」

アデレイドの目に男が駆け寄ってくるのが見えた。手に持った大きくかさばるものを振りまわしている。

「いったいあれはなんだ?」デルバートが小声で疑問を口に出した。「あれはボスじゃない。ほかの誰かです。いったい何を持っているんだ?」

「シダだと思うわ」とアデレイドが答えた。

46

襲いかかってくる、焼けつくようなエネルギーは弱まることを知らなかった。超常感覚がその重さに押しつぶされそうになる。しばしグリフィンは自分のまわりにさらなる影をめぐらせようともがいたが、力を無駄にしていることはわかっていた。第二の能力として自覚しているものについても同様だった。襲ってくる超常的な荒波に対して、悪夢の波で対抗しようとしてもできなかった。

誰にしても、こんな強い力を長く維持できるはずはないと彼は思った。ラットレルが力を使いはたすまで、意識を保っていなくては。

「私の新しいおもちゃはどうだ?」ラットレルが訊いた。「これにどんな超常的な力がかかわっているのか知っている振りをするつもりはないが、驚くべき効果があることはあんたも認めざるをえないはずだ。私の超能力をびっくりするほどに高めてくれている」

グリフィンは筋肉を動かすことができなかったので、逆のやり方を試みることにした。圧倒されるようなエネルギーに逆らうのをすっかりやめ、窓の前の床にすみやかにくずおれたのだ。

その突然の予期せぬ動きがラットレルの虚をついたにちがいなかった。一瞬、水晶に向けていた集中力が途切れた。

グリフィンはまた息をすることができるようになった。超常感覚を抑えつけていたものがつかのま軽くなった。彼は深々と息を吸うと、ほんのわずかなエネルギーを使い、影をまとった。姿を見えなくするほどではなかったが、ラットレルには彼の姿が明確には見えなくなったはずだ。

ラットレルはそれに怒りで応えた。

「動くな」と叫ぶ。

ラットレルはすぐにまた集中力をとり戻したが、グリフィンが思うに、襲いかかってくるエネルギーは少し前ほど安定していなかった。

まただ。広がるエネルギーの波形にわずかな乱れがある。影のエネルギーがラットレルの集中力をそいだのか、水晶そのものが力を失いつつあるのか。人間の心は一定の割合でエネルギーを放出できる機械ではない。超常感覚も聴覚や視覚や触覚や嗅覚となんらかわらない。通常の感覚同様、強い感情や鼓動の速さなど、ありとあらゆるものから影響を受けるのだ。

「ハルシー親子を失うのは残念だな」ラットレルが言った。「役に立ってくれたが、利用価値よりも問題のほうが多いことがわかった。遅かれ早かれ、アーケインがやつらを探しに来ることは前々からわかっていたのだ。今はその問題にわずらわされるのはごめんだ。あんたの組織を手に入れるのに手いっぱいになるだろうからな」

グリフィンはラットレルが投げつけてくるエネルギーの波形にまた小さな乱れが生じたのを感じた。その一瞬を利用して、さらなる影を自分に集める。

「うちの両親だが――」彼はかすれた声を出した。「どうして殺した?」

「選択の余地はなかった」ラットレルが答えた。「信じられないかもしれないが、あの日、彼らが家にいるとは知らなかったんだ。留守だと思っていたからな。しかし、忍びこんでみたら、あんたの母親と父親が二階でふたりだけの時間をたのしんでいたというわけだ。あんたの父親が金庫の開く音を耳にして、階下《した》に降りてきたんだ。それも銃を持って。おれはどうすればよかった?」

「この人でなし」

「それについては反論しないさ」ラットレルはグリフィンにさらに近づき、立ったまま彼を見下ろした。「じつの父に会ったこともないんだからな。おれが生まれる少し前にけんかでナイフが持ち出されて命を落としたということだ。しかし、まあ、誰にでもささやかな悲しい逸話というのはあるものだろう? 社会改革者には願ったりってわけさ。これほどに救わなくちゃならない人間が多くなかったら、連中はどこへ行けばいい？」

「なかには救う価値のない人間もいる」

ラットレルは笑みを浮かべた。「あんたの言うとおりかもな。それでも、救われたいと思っていない人間もいるだろう？　われわれのどちらかが、静かで、退屈で、お上品な生活を送るなんてこと、想像できるかい？　能力の無駄遣いだよ」

「休戦協定だが、どうして破った？」

「あの協定も過去数年は役に立ったが、あんたとちがって、おれは帝国の一部で満足できる人間じゃないんだ。今ようやく全部を自分のものにする準備ができた。それを達成するには、あんたとピアースだけが大きな障害だ。今夜が過ぎても、ピアースは残るが、それについてはさほど問題にはならないだろうよ」

「あんたはアーケインのことを忘れている」

ラットレルはにやりとした。「ソサエティの会員は上流階級の人間だ。おれやあんたのように暗黒街で生き残る必要もなくやってきた連中だ。われわれの世界について何を知っているというんだ？　代々居心地のよい生活をつづけるうちに、すっかりふぬけになっちまってる」

「それについてはあまり確信を持たないほうがいいな」

「やつらのなかにもそれなりに強い能力の持ち主がいるのはわかっている。だからまだ、急いでやつらとやり合おうとは思っていない。しかし、そのうちあの組織のなかでも強大な力を持つ人間をこっちに引き入れるつもりだ。そいつらの秘密を暴いてな。それがあれば、アーケインを意のままにできるようになるはずだ。そんな力が手にはいったら、おれがどれほどのことを成し遂げられるか、考えてみるといい」

「あんたは自分が何を相手にしているかわかっていない」グリフィンが言った。「それはほんとうだ」

「そこがあんたのまちがいさ。おれは自分が何を相手にしているかちゃんとわかっている。アーケインの中核にひそかに手を結んでいる人間もいる」

「あんたは愚か者だ」

「われわれのうち、手も足も出せずに床に転がっているのはどっちだ？」ラットレルが言った。「しかし、これを終わらせる前に、ひとつ知っておきたいことがある。パインはあんたのためにバーニング・ランプを動かしたのか？　そうだとすれば、古い言い伝えによると、あんたは今頃さらなる能力を手に入れているはずだ。しかし、さらなる能力を示すようなものは見当たらないようだが」

「言い伝えというものがどういうものか、あんたにもわかっているだろう。そういう話の九五パーセントは嘘なのさ」

「ああ、バーニング・ランプの伝説に関してはたしかにそうみたいだな。あんたにとっては不運だったわけだ。おれにとって重要なのは、おれと手を結んでいるアーケインの人間が、ランプのエネルギーをあやつれると思いこんでいるということだ。そいつはランプにとりつかれたようになっている。おまけにおれは彼が作ってくれたこの水晶がえらく気に入っていてね。そういうことで、取引することにしたというわけだ」

ラットレルの集中力がまた揺らいだ。グリフィンはさらに影を濃くした。部屋が暗いことも大きな強みだった。明かりのとぼしいその部屋のなかで、自分が急速にぼんやりとした輪郭になっているのはたしかだ。

「立てよ」ラットレルが命じた。「見えるところに立て、ちくしょう」

グリフィンは身動きせず、物音ひとつ立てなかった。ラットレルが苛立ちはじめた。

「聞こえたはずだ」ラットレルは叫んだ。「立て」

その声には怒りとかすかな不安が感じられた。ラットレルは水晶を振りまわし、もはや目には見えない標的を探そうとした。

グリフィンはふいに体が自由になったのを感じた。超常感覚がどっと戻ってくる。彼は悪夢のどんよりとしたエネルギーを放った。

ラットレルが悲鳴をあげた。轟々《ごうごう》と燃える火の音を圧するような甲高く鋭い悲鳴だった。

赤い水晶が弱々しく光ったと思うと、やがて光を失った。

グリフィンはよろよろと立ち上がった。

「やめろ」ラットレルが叫んだ。「近寄るな」そう言って踵《きびす》を返し、ドアへと向かいかけた。

グリフィンは彼に体当たりした。ふたりは床に倒れこんだ。左肩に鈍痛があったが、さして気にならなかった。ラットレルは荒々しく手足を振りまわした。グリフィンはさらなるエネルギーを放った。

ラットレルがまた悲鳴をあげた。次の瞬間、彼の心臓が止まり、悲鳴もやんだ。

グリフィンは悪夢のエネルギーを放出しつづけた。もはや注意を集中させるものがなくなるまで。死の衝撃が感覚に酸を浴びせるように跳ね返ってきた。そんな経験ははじめてではなかった。あとで代償を払うことになるのはわかっていたが、それもしかたのないことと思われた。

今や火はさらに勢いを増していた。煙が寝室へと流れこんでくる。グリフィンはラットレルの死体からよろよろと離れ、水晶をつかむと、窓へと走った。一瞬立ち止まって上着を脱ぐと、それで手を包み、縄をすべり落ちる摩擦に備えた。

窓枠に片足をかけ、縄をつかむ。縄はぴんと張っていた。下に目を向けると、アデレイドの姿が見えた。縄につかまって家の石の壁を見上げている。

「遅かれ早かれ、きみが来るとわかってしかるべきだったな」と彼は言った。

「グリフィン、よかった」

アデレイドは縄を放し、庭へ飛び降りた。グリフィンは窓枠を乗り越え、すばやく彼女のそばへと縄を伝って降りた。

デルバートが拳銃を手に、家の角をまわりこんでやってきた。息遣いが荒い。

「すみません、ボス。振り切って行かれてしまって」

「この人はそういうことに長《た》けているからな」グリフィンはアデレイドの手をつかんだ。

「走れ」

三人は家の角をまわりこんで外の道へと急いで逃れた。ノーウッド・ハーパーがシダを持ったまま待っていた。グリフィンはその指からバスケットを奪いとった。

「逃げろ、ハーパー。この家は燃え落ちるぞ」

石の壁は崩れなかったが、家の内部は燃え盛る炎のなかで崩れ落ちた。グリフィンの耳に遠くから消防馬車の音が聞こえてきた。

彼はアデレイドとほかのふたりを待っていた馬車のそばまで導いて足を止めた。

ジェッドが御者台から見下ろしてきた。「問題でも、ボス?」

「いつものことだ」とグリフィンは答えた。

一同は消防馬車が通り過ぎるのを見守った。しばらくのあいだ、誰も声を発しなかった。

やがてグリフィンがアデレイドに目を向けた。「縄をのぼる技はどこで学んだんだい?

ちょっと待って、あててみよう。モンティ・ムーアのワイルド・ウエスト・ショーだな」

「無法者たちが刑務所を脱獄するという定番のショーがあったから」と彼女は言った。走ったせいで息が切れている。「悪党たちが縄を使って脱獄するの」

「そのショーはどんな終わり方をするんだい?」

「保安官と助手たちが無法者たちをつかまえるの。でも、その前に無法者たちは銀行強盗を働くのよ」

「無法者たちは必ずつかまるのかい?」

「残念ながらそう」とアデレイドは答えた。

「どうやら、そいつらを雇っている人間は暗黒街の大物としては無能だったんだな」

「無法者たちのボスの役割を演じていたのはいつもわたしだったわ」と彼女は言った。「わたしが暗黒街の帝王だったの」

47

ジェッドがルシンダとケイレブ・ジョーンズを書斎に導いた。グリフィンは机の奥で立ち上がって彼らを出迎えた。

「まさか、ジョーンズ夫妻が悪名高き暗黒街の帝王と付き合いがあるとはね」彼は言った。

「私の評判に瑕《きず》がつくかもしれないな」

「こっちの評判にも利はないさ」ケイレブが暗くつぶやいた。

アデレイドはルシンダにほほ笑みかけた。

「どちらの言うことにも耳を貸す必要はないわ」と彼女は言った。「おすわりくださいな」

「ありがとう」ルシンダは椅子のひとつに腰を下ろし、アデレイドに心配そうな目を向けると、その目をグリフィンに転じた。「おふたりとも大丈夫なの？　伝言を届けてくれた男性はぼや騒ぎがあったと言っていたけど。お気を悪くなさらないでもらいたいんですけど、おふたりとも、換気の悪い暖炉の近くにいたようなお顔をしているわ」

アデレイドはすすのついた自分のシャツとズボンをちらりと見て顔をしかめた。グリフィンの服はもっとひどかった。顔はすすで汚れている。

「ちょっとした見ものでしょう?」アデレイドが言った。「きれいにする暇がなかったから」トレヴェリアン夫人がお茶のトレイを運んできた。グリフィンはヒドゥン・ムーン・レーンで起こったことを手短に話した。そして話の最後に、芝居がかった動作で机の後ろからシダをとり出し、それを見て目を天に向けたアデレイドにウィンクした。

「わたしのアメリオプテリスだわ」ルシンダが叫び、勢いよく椅子から立ってグリフィンからバスケットを受けとった。それから、シダを不安そうにしげしげと眺め、ほっと安堵の息を吐いた。「ハルシーがいくつか葉を切りとっているけど、状態は悪くない。きっとまた成長するわ」彼女はグリフィンに目を向けた。「これがわたしにとってどれほど大事なものか、ことばでは言い表せませんわ。ありがとう、ミスター・ウィンターズ。いつかこのご恩を返せるといいんですけど」

ケイレブが顎を引きしめ、せき払いをした。

「ルシンダ」と妻に向かって言う。「このことについて過度にありがたがる必要はないぞ」

「でも、ほんとうにありがたいんですもの」ルシンダは言い張った。「ほんとうにミスター・ウィンターズのおかげよ」

グリフィンはすでにゆっくりと冷たい笑みを浮かべていた。「お気に召すままに、ミセス・ジョーンズ。私は恩を売るのが好きでね。ある種の趣味のようなものだ」

ケイレブはグリフィンに警戒するような目をくれた。「そんなのはただのシダだよ、ルシンダ。もともときみのものだったし。ウィンターズはたんにとり返してくれただけだ。別に恩に着る必要はない」

「ちがうわ」ルシンダは言った。「アメリオプテリスはわたしにとって特別なの。ミスター・ウィンターズには一生恩に着るわ」

「喜んでもらってうれしいですよ、ミセス・ジョーンズ」とグリフィン。

アデレイドは彼にもうやめてというような目をくれ、その目をルシンダに戻した。「ミスター・ウィンターズの言うことは無視してくださいな。あなたのシダを救ったからって、何も恩に着ることはないわ。そうでしょう、ミスター・ウィンターズ？」

グリフィンは上品な仕草で頭を下げた。「ジョーンズ・アンド・ジョーンズの経営者のお役に立てるのはいつでも光栄ですよ」

ケイレブがグリフィンに険しい顔を向けた。「ハルシー親子は逃げたというのか？」

「そう考えるのが妥当だと思うね」グリフィンは答えた。「あの地下の研究室には中世に造られた古い地下道があった」

「やつらがこれまで雇われてきた人間を考えれば、緊急のときの逃げ道を用意していたであろうことは考えられる」とケイレブが言った。あきらめたような声だ。「われわれでもそうしたろうからな」

「ああ」グリフィンも言った。「たしかに」

ケイレブは考えこむようにして息を吐いた。「あんたと私は似たような思考回路をしているようだ」

グリフィンはそのことばには反応しなかったが、否定もしないことにアデレイドは気がついた。

「まあ、いいほうに考えると――」彼女は明るく言った。「ハルシー親子が逃げたとすれば、ジョーンズ・アンド・ジョーンズの仕事が増えたということね」

ケイレブは苦々しい顔になった。「これだけは言えるが、ミセス・パイン、うちの会社は顧客には困っていないんだ。顧客というのは厄介でもあるしね」

「この人の言うことなど気にしないで」ルシンダは愛情深い仕草でケイレブの腕をたたいた。「困難な調査の仕事が気に入っているんだから。わたしもそうよ。さて、ラットレルが命を落としたということで、彼が牛耳っていた暗黒街の帝国はどうなるのかしら?」

グリフィンは机の奥の椅子に腰を戻した。「ミスター・ピアースも私も娼館やアヘン窟の経営に興味はないから、残された事業をめぐって多少争いが起こるだろうね」

アデレイドはルシンダのためにお茶を注いだ。「そのあいだ、わたしの救護院と寄宿学校で、ラットレルの娼館で働いていた女の子たちをできるだけ受け入れるつもりよ。暗黒街を離れるように説得してね」

ルシンダは感心した顔になった。「すばらしいわ、アデレイド。考えてもみて。一気に悪名高い娼館を全部滅ぼしたってことよね。社会改革者の業績として驚くべきことだわ」

「自分の手柄にはできないわ」アデレイドが言った。「驚くべき社会改革者は、ラットレルの帝国を滅ぼすのに成功したミスター・ウィンターズですもの。〈ザ・フライング・インテリジェンサー〉紙の記事を読むのが待ちきれないほどだわ」

グリフィンは危険な目を彼女に据えた。その目はわずかに熱を帯びていた。「ゴシップ紙に名前が載るとしたら、多少ならず不愉快だろうな」

「まったく、そんな怖い顔して脅したり警告したりする必要はないわよ」とアデレイドは言い、ティーポットをトレイに戻した。「そう、ギルバート・オトフォードであれ、ほかの記者であれ、誰にも何も言わないから。でも、すでに広まっているかもしれない噂に関しては責任持たないけど」

「ああ」グリフィンはきっぱりと言った。「きみのことばは信頼できるし、信頼するさ」

アデレイドはにっこりした。「お茶のお代わりは?」

ケイレブが机の端に置いてある赤いガラスの塊を見て眉根を寄せた。「水晶については何がわかった?」

「ほとんど何も」グリフィンは立ち上がり、机をまわりこんで前に出た。机の端に腰をあずけると、水晶を手にとる。「この装置によって、人がもともと持っている超常的なエネルギーを強めることができるようだ。少なくとも一時的には。しかし、この水晶はすぐにその効力を失う」

ケイレブも立ち上がってグリフィンから水晶を受けとり、明かりにかざしてじっくりと眺めた。「これはハルシー親子が作ったものではないと?」

「ちがう。ラットレルがスミスから手に入れたとはっきり言っていた。ラットレルによると、スミスはアーケインの会員だそうだ。ジョーンズ、スミスはあんたの世界の人間で、私の世界の人間ではない」

「あなたのおっしゃるとおりね、ミスター・ウィンターーズ」ルシンダが口をはさんだ。「スミスのことを調べるのはわたしたちの責任だわ。すぐに調査にとりかかります」

ケイレブは顔をしかめた。「スミスがアーケインでどんな立場の人間か、ラットレルが言っていたことを正確に教えてくれ」

「スミスは組織の中心にいる人物だと言っていた」

ケイレブは険しい顔でうなずいた。「だとしたら、理事のひとりである可能性が大きいな。アーケインの中心にいる人物となると」

「そうなると、少なくとも、容疑者はしぼられてくるわね」ルシンダが指摘した。「理事会にいる半分狂気におちいった年寄りの錬金術師たちのなかには厄介な存在になる人間もいるとゲイブには警告したんだが」とケイレブ。

「彼を見つけたら、ほんとうにその人かどうか見分けるお手伝いができるわ」アデレイドが言った。「ドリームプリントがわかっているから」

「それはとてもありがたいわ」ルシンダが言った。「ほかに彼についてあなたかミスター・ウィンターズから教えてもらうことはあるかしら？」

「たぶん、ひとつだけ」グリフィンがゆっくりと言った。「おたくのミスター・スミスはソサエティの家系の記録に異常な興味を抱いている。十三年前に最初にアデレイドを見つけたのも家系の記録からだ」

ケイレブを深い沈黙が包んだ。彼はルシンダと目を見交わした。ルシンダがおごそかにうなずいた。

「サミュエル・ロッジだ」ケイレブがひどく静かに言った。

三十分後、速い辻馬車でロッジのタウンハウスに到達したグリフィンとケイレブは、ロッジの寝室に立っていた。衣装ダンスの扉は開いたままだったが、なくなっているのは一部にすぎなかった。ロッジは包みか小さな旅行鞄にはいるだけの服を持ち去ったようだった。棚の上には革表紙の手帳が置かれたままになっている。

ケイレブはびくびくしている家政婦に目をやった。「彼はいつ出かけた？」

「ミ、ミスター・ロッジは一時間前にお出かけになりました」家政婦はおどおどと口ごもった。「北方にある田舎の邸宅で緊急の家族の問題が起こったとおっしゃって」

「出かける前に来客は？」グリフィンが訊いた。「伝言が届いたとか？」

「え、ええ。勝手口に伝言を届けに来た男の子がいました。緊急だと言って。それを見て、ミスター・ロッジがただちに出立しなければならないとおっしゃったんです」

「ちくしょう」ケイレブが小声で毒づいた。「ハルシー親子が逃げてすぐに伝言を送ってきたにちがいないな」

「きっとまた将来雇ってもらえると期待してのことだろう」グリフィンはそう言って衣装ダンスに近寄り、手帳を手にとった。手帳を開け、記された文章に目を走らせる。「ロッジは最近もアーケインの家系の記録を調べるのにずいぶんと忙しくしていたようだ」

ケイレブは眉根を寄せた。「どういうことだ？」

「ここに書かれていることからして、最近彼は狩猟能力を持つ三人の若者を探して、見つけたらしい。みな孤児として育った人間だ。ある種の実験台だったようだな。そういう能力に水晶が力をおよぼせるかどうか試してみようとしたようだが、アーケインの人間にはその実験について知られたくなかった。ラットレルと手を結んでからは、その三人が用心棒として必要かもしれないと気づいたわけだ」

「いったいロッジはどうやってその三人を見つけたんだ？」

「アデレイドを見つけたのと同じやり方さ。家系の記録からだ。強い能力を持っているとわかったその三人はソサエティの会員の血を引いていた。しかし、みな婚外子として生まれ、孤児となって姿を消したわけだ」

「つまり、ロッジは強い超能力で武装した狩猟者たちに守られているというわけか」

グリフィンは手帳を閉じた。「アーケインの会員の子供のうち、どのぐらいが孤児や婚外子として裏社会へ姿を消しているんだろうと思わずにいられないな」

ケイレブは深々と息を吐いた。「アーケインはもっとよく会員の面倒をみないといけないな」

それから少しして、アデレイドはタウンハウスの玄関の間に足を踏み入れ、超能力を働かせた。大理石のタイルには長年のゆがんだドリームプリントが厚く積み重なっていた。超常的なエネルギーを発する足跡がてらてらと光っている。胃がしめつけられる気がした。突然、グリフィンの手が支えるように腕に置かれるのがわかった。

「ロッジがミスター・スミスであるのはまずまちがいないわね」と彼女は言った。「それについては疑問の余地がないわ」

ケイレブは満足した表情になった。「いくつか問い合わせをしてみた。どうやら彼は大陸に逃げたらしい。戻ってくる危険は冒さないと思うね。ジョーンズ・アンド・ジョーンズが待ちかまえていることはわかっているわけだから」

「理解できないのは――」アデレイドが言った。「どうしてロッジのドリームライトの波形がこれほどに乱れているかだわ」彼女は床をじっと見つめた。「長年のあいだにその乱れがじょじょにひどくなっているみたい」

ケイレブはルシンダに目を向けた。「秘薬が使われた形跡はあるかい？」

「いいえ」ルシンダは答えた。「まったくないわ。ここには毒の痕跡は何もない。少なくとも、感知できるものはないわね」

「水晶だ」グリフィンが言った。「おそらく、長年にわたって水晶を使うことで、ドリームライトのエネルギーの波形に影響が出たんだ」

ケイレブは感心した顔になった。「なあ、ウィンターズ、あんたの能力は暗黒街の帝王にはもったいないと思うぜ。すばらしい調査員になれただろうに」

「どうしてかな」グリフィンが訊いた。「最近、誰も彼もが私がまちがった職業についていると考えるのは？」

48

アデレイドは服を脱ぎ、シルクのネグリジェを着ると、シーツをはがし、ベッドを見つめながらためらうようにそこに立った。疲れる一日だった。自分がひどく睡眠を欲しているのはわかっていたが、目を閉じることもできるかどうかわからなかった。危険や暴力にさらされたあとで必ず襲われる不快な震えがまだ全身に残っていて、感覚が鋭くなっていた。

ブランデーをたっぷり飲めば多少ましになるかもしれないと彼女は思った。そうしようかと考えていると、つづきの部屋のドアがノックされる音が聞こえた。熱いエネルギーが全身を貫き、すぐに震えをとり去ってくれた。

アデレイドは大きく息を吸うと部屋を横切り、ドアを開けた。グリフィンがそこに立っていた。服を脱ぎはじめていたようだが、まだすっかり脱いではいなかった。ズボンは穿いている。シャツの前ははだけていた。彼女以上に睡眠が必要であるのは明らかだ。それでも、彼女が超常感覚を開いてみると、彼のドリームプリントは燃え立っていた。

「グリフィン」彼女は小声で言い、腕を開いた。

ことばを発することなく彼は部屋にはいってくると、彼女を抱き上げ、シルクのシーツの上に押し倒した。

激しく一心不乱に愛され、アデレイドは息を奪われた。

彼女の体が解放を迎えてこわばると、グリフィンは身動きをやめた。

「つかまえていてくれ」と彼は言った。「放さないでくれ」

それが部屋にはいってきてから彼がはじめて発したことばだった。アデレイドは彼の体に自分の体を巻きつけ、彼が絶頂に身を震わせるあいだ、全身全霊で彼を抱きしめていた。

超常的な火花が散り、感覚が麻痺したようになった。グリフィンはしまいにそばで意識を失い、彼女も眠りに落ちた。


少ししてアデレイドは目を覚ましたが、ベッドに彼の姿はなかった。しかし、グリフィンの存在は感じられた。目を開けると、彼は窓辺に立って外の闇を見つめていた。

「グリフィン？」彼女は小声で呼びかけた。「どうかしたの？」

彼は窓の外の暗闇に目を向けたままでいた。「私のドリームライトのエネルギーが安定しているとほんとうに思うかい？」

「ええ。それについてはわたしのことばを信じてくれなくてはならないわ」

「しかし、正気を失うことなく、ふたつの異なる超能力をあやつれるなんてことがどうしてありうるんだ？」

「前にも言ったように、あなたのふたつめの能力は完全に新しい能力ってわけじゃないと思うの。そうじゃなく、もともと持っていた能力のちがう側面が現れたものだと思う。おまけに、あなたはニコラス・ウィンターズの直系の子孫だけど、あなたが受け継いでいる強い血筋は彼のだけじゃないはずよ」

「きみはエレノア・フレミングのことを言っているんだね。ニコラスのためにランプを動かした女性だ」

「彼女もきわめて強い超能力の持ち主だった。たぶん、あなたがそういう強い能力をあやつれるようになったのは、ふたりの血が結合した結果じゃないかしら。もしくは、あなたの能力は、祖先にランプのエネルギーがおよぼした結果かもしれない。ほんとうのところはわからないけれど。わたしに言えるのは、あなたの精神に不安定なところはまったくないってことよ」

グリフィンはことばを発することなく、夜の闇を見つめつづけた。

アデレイドは立ち上がり、彼のそばに立った。

「幼いころ、父が自分の研究について母と話していたのを覚えているの」彼女は言った。「そういう記憶のなかに、父がジョーンズ家の家系について自分の意見を述べていたときのことが残っているわ」

「お父さんはなんて言っていたんだ？」

「父は一度ならずこう言っていた。シルヴェスターが子孫をつくる前に、初期につくり出した秘薬を自分で試してみたと聞いてもまったく驚かないって」

グリフィンはしばらく黙りこんだままだった。やがて首をめぐらして彼女に目を向けた。ほのかな月明かりを受けて、その笑みはとても冷たく見えた。

「ジョーンズ家の人間は創設者の秘薬がとり返しがたく自分たちの血筋を変えてしまったかもしれないとはけっして認めないだろうね」と彼は言った。

「もちろんよ。そんなことを認めたら、少なくとも、初期の秘薬が完成していて、効力があったと言うにひとしいわけですもの」

「ジョーンズ家の人間が、自分たちの血筋こそが創設者の作った秘薬の成功を示す生きた証拠だと知っていたり、疑っていたりするとしたら、バーニング・ランプの効力についても信じている理由にはなる」グリフィンの手が窓枠をきつくつかんだ。「うちの一族に警戒の目を向けつづけているのも不思議はないな」

「ニコラスの子孫とランプのことを昔からずっと気にしている理由になるのはたしかね」

「きっとジョーンズ家の連中は、アーケイン・ソサエティに匹敵する強い超能力者の組織ができるのを恐れているにちがいない」

アデレイドはほほ笑んだ。「まあ、そんな結論に飛びついていいかどうかはわからないけど。暗黒街の大物って、他人の意図についてそんなふうに疑ってばかりいるもの?」

「この世界で他人を疑わない人間はふつうあまり長くは生き延びられないからな」

「わたしのことも疑っている?」

「いや」グリフィンは彼女と向き合った。「一度も疑ったことはない。心の底からきみを信頼しているよ、アデレイド」

正確には愛の告白とは言えないわね、とアデレイドは胸の内でつぶやいた。それでも、暗黒街の帝王から聞かされることばとしては、愛の告白についですばらしいことにはちがいない。

49

翌日の午後三時、寝室の扉が勢いのあまり壁にたたきつけられるほどに思いきり開かれた。勢いが強すぎて、すきまにグリフィンのブーツを履いた足がつっこまれなかったら、また閉まっていたことだろう。

「ああ、いやだ」トレヴェリアン夫人がつぶやいた。彼女はきちんとたたんだシルクのネグリジェをトランクに入れていた。「こういうことになるんじゃないかと思っていたんですよ」

「いったいどうなっているんだ?」グリフィンは部屋に大股ではいってきて、アデレイドの目の前で足を止めた。目に浮かんだ熱はベッドやまわりのすべてに火をつけるのではないかと思うほどだった。「修道院の前に停めた馬車のそばにジェッドとレギットがいたんだが、きみが出ていくところだと言っていた」

アデレイドは衣装ダンスに顔を戻し、ペティコートを手にとった。「ミセス・トレヴェリアンとわたしはレックスフォード・スクエアに戻ります」

「まだここを出てはだめだ」グリフィンは言った。「まだ安全じゃない。ジョーンズ・アンド・ジョーンズはサミュエル・ロッジを見つけていないんだから」

「ミスター・ジョーンズの話を聞いたでしょう」アデレイドがグリフィンの脇をまわりこんでペティコートをトランクのところに運んだ。「ロッジは大陸に逃げて、戻ってくることはなさそうだって。戻ってきたら、アーケインが待ちかまえているんですもの。ロッジにもそれはわかっている。わたしに危害がおよぶことはないわ」

「ケイレブ・ジョーンズの推測がまちがっていたらどうする？」

アデレイドはペティコートをネグリジェの上に置いた。「ミスター・ジョーンズがまちがうことはめったにないはずよ。何にしても、わたしがこの修道院で残りの一生を過ごすわけにいかないのはお互いわかっているはずよ。遅かれ早かれ、わたしは自分の家に戻らなければならない。だったら、早いほうがいいわ」

突然、沈黙が流れた。

トレヴェリアン夫人がせき払いをした。「階下《した》へ降りてやかんを火にかけてこなければ」

そう言って廊下に出ると、静かに、しかししっかりと扉を閉めた。

グリフィンはアデレイドに険しい目を向けた。「いったいこれはどういうことなんだ？」

「そろそろ帰る頃合いだってことよ」アデレイドは穏やかに言い、彼の脇をまたすり抜けた。彼女のスカートの裾飾りが彼の黒い革のブーツの爪先をかすめた。彼女はドレッシングテーブルのところまで行って裏が銀のブラシと櫛《くし》を手にとった。「たしかに、暗黒街の帝王の愛人でいることは、なんて言うか、並外れた経験よ。それでも、愛人は愛人だわ。愛人と同居はしないものよ」

「くそっ、きみは愛人じゃない」

「そうなの？」彼女はブラシと櫛をトランクにおさめた。「だったら、あなたの人生におけるわたしの立ち位置をどういうことばで言い表すの？」

「きみは――」彼はつかのまことばを止めた。「きみは私のものだ」

「あなたのこと、愛しているわ、グリフィン」とアデレイドは言った。

グリフィンは熱を帯びた目で彼女を見つめた。「私がきみを愛していることはきみだって知っているはずだ」

アデレイドはほほ笑んだ。「そうだといいと思っていたのよ。わたしたちのどちらも、本物の家庭というものを久しく経験していなかったから。互いのために家庭を作るかどうかはわたしたち次第だわ」

「きみは結婚を望んでいるんだな」と彼は言った。まるで抑揚のない冷たい声だった。

「わたしたちの両方が望んでいることだと思うわ。ちがう？」

「その望みだけはかなえてやれない。ほかのことならなんでも言ってくれ」彼は両脇に下ろした手をこぶしににぎった。「なんでも」

アデレイドは彼の険しい顔の横に指先で触れ、ほほ笑んだ。

「ほかには何もほしいものはないわ」

「頼むよ、アデレイド」彼は彼女の肩をつかんだ。「わからないのか？ 私にとって結婚はきみを危険にさらすことにひとしい。私の妻になったら、きみはしじゅう危険にさらされることになる」

「まさか、最初の奥さんのように、わたしがあなたを裏切って部下のひとりとねんごろになるなんて思ってないでしょうね」

「ああ、そんなことは思わないさ。そういうことが問題じゃないのはきみにもわかっているはずだ。しかし、結婚すれば、きみは私のすべての敵から標的にされる」

「そんなに敵が多いってこと？」

「この世界にはいって長いからね」彼は言った。「物事には変えられないこともある。復讐を夢見ている連中もいるはずだ。そう、敵はいるさ。おまけに私はある程度の評判も培ってきた。私を滅ぼすことで自分の力を証明したいと思う人間は必ずいる」

「あなたってワイルド・ウエストにいた悪名高き拳銃撃ちの名人みたいね。挑戦してくる熱い血潮の若い男たちにいつも身がまえていなくちゃならないと思っている」

「私が築き上げたものを奪うためなら、何をもってしても止められない連中がいるのもたしかだ。きみが私にとって大事な存在だとわかったら、目的を達するためにきみを利用するのをためらいはしないだろう」

「わたしのために暗黒街で築き上げた帝国をあきらめるつもりはある、グリフィン？」

彼はアデレイドの手首をつかんだ。「一瞬のためらいもなく」

彼女はほほ笑んだ。「ええ、もちろん、そうでしょうね。また築けることはわかっているんだから」

「そういうことじゃないんだ、アデレイド」

「たしかに。でも、暗黒街の帝王様、あなたが自分の帝国や、並外れた評判など、それに付随するものから喜んで遠ざかるというなら、きっと今の悩みを解決する方法はあるわ」

「解決法などないさ。だから、きみを説得しようとしているんだ。私はこの悪夢を自分で築き上げた。そこで生きていくよりほかに選択肢はないんだ」

「地獄で支配するほうがましってこと？」アデレイドはそっけなく引用した。「でも、あなたは悪魔じゃないわ、グリフィン。ロンドンも失楽園じゃないし」

「私は堕天使でもない。私はありのままの私で、もう後戻りはできないんだ」

「ええ、でも、後戻りしようと言っているわけじゃないのよ。誰もあなたの過去を問うような無作法なことを考えもしないような場所へ行こうと言っているの。みな未来のことばかり考えている場所へ。あなたの評判を誰も知らないし、問題にもしない場所よ。いっしょに家庭や家族を持てる場所」

「それはきみがつくり出したドリームライトの幻想か何かなのか？」彼が訊いた。「悪いが、アデレイド、夢は日の光とともに消えてしまうものだと私はずっと前に学んだんだ」

「この夢は消えないわ。社会改革者としてのわたしのことばを信じてくれていいのよ。あなたも荷造りをはじめることをお勧めするわ」

「どうして？」

「アメリカ行きの蒸気船の切符を買うからよ。もちろん、船出する前にやることは山ほどあるけど、きっとあなたの仕事に関しては短時間で片がつくはずよ。あなたは指揮官として組織を動かす能力に長けているんだから」

50

「アメリカに移住するって？」とケイレブが訊いた。最初はぎょっとした様子だったが、やがて、すぐにも興味を惹かれた顔になった。

「われわれの乗る船は来週はじめに出航する」グリフィンが言った。「ミセス・トレヴェリアンと、ジェッドと、レギットと、デルバートもいっしょに行くことになっている。ああ、犬たちもいっしょだ」

ふたりは数日前に会ったときと同じ公園にいたが、今度はふたりきりだった。今回は女性たちはいっしょではなかった。

「今年いちばんの驚きだと言っても過言じゃないな」とケイレブが言った。しかし、驚いたというよりは考えこむような声だった。「アメリカは大きな国だ。どこに住むつもりだ？」

「アデレイドはサンフランシスコがわれわれにぴったりの場所だと思っているようだ」グリフィンは笑みを浮かべた。「霧のせいで、ロンドンにいるような気分になれるだろうってさ」

「ロンドンにあるあれこれの事業はどうする？」

「もっとも利益のあがる事業についてはミスター・ピアースに売るつもりだ。ほかについても買い手には困らないよ」

「きっと協会の株式を売ったら多額の現金が手にはいるだろうさ。アメリカに降り立つときに金に困っているということはなさそうだな」

「貧しいよりも金を持っていたほうがずっと都合がいいことは昔からわかっているからな」

グリフィンは言った。

「アデレイドの社会改革の活動はどうなる？」

「どうやら、社会改革の必要がある場所は地球上でロンドンだけじゃないようだ。アデレイドはサンフランシスコでもその活動をつづける機会が多々あると感じている」

「救護院と寄宿学校はどうなるんだ？」

「おちついて聞いてくれよ、ジョーンズ。彼女はその両方の慈善事業にかかわる責任をアーケインに引き継ごうと考えている。ジョーンズ家の女性たちのなかに、それを引き継ぎたいと思っている人間がいるようなんだ」

ケイレブは悲しげな笑みを浮かべた。「きっとそうだろうな。ミス・パインの動向に目を配るのがあんたの日課になるのもまちがいなさそうだ」

「彼女はすぐにミセス・ウィンターズになる。あんたとミセス・ジョーンズは結婚式に招待されることになっている」

「私はふつう結婚式に出るのは気が進まないんだが、この場合は例外になるな」ケイレブが言った。「悪名高き暗黒街の帝王が社会改革者と結婚するのを目にする機会なんて、そう頻繁にあるものじゃないからな。ゲイブの奥さんのヴェネシアには必ずカメラを持ってきてもらわないといけないな」

「サミュエル・ロッジの居場所について何か情報は？」とグリフィンは訊いた。

「まだ何も。ただ、狩猟能力を持つ人間にあとを追わせている。すぐに見つかるさ」

「それで、見つけたら？」グリフィンが訊いた。「どうするつもりだ？」

ケイレブは陽光の降り注ぐ公園にじっと視線を注いだ。悪夢に悩まされている人間のような目だ。「アデレイドとルシンダはやつが正気を失っていると考えている」

「ああ」

「たぶん、やつのことは病院に閉じこめるよう手配できるはずだ。そういったことは秘密裡に処理できるだろう」

「ロッジは正気を失っているだけじゃなく、強力な超能力も備えている。病院を逃げ出すまでどのぐらいかかると思う？」グリフィンは静かに訊いた。

ケイレブは彼と目を合わせた。

「あんたの言いたいことはわかるよ、ウィンターズ。じっさい、ほかに選択肢はないってわけだろう? ロッジは狂犬と同じだ。狂犬さながらに始末せざるをえないわけだ」

「それで、ほかの人間に頼むわけにはいかないから、なすべきことをあんた自身がやることになる」

ケイレブは何も言わなかった。

「今後もロッジのようなやつは出てくるはずだ」とグリフィンは言った。

ケイレブは深々と息を吐いた。「それはよくわかっている」

「そのすべてをあんたが始末するわけにはいかない。あんたが暗殺を請け負うために生まれた人間じゃないのはたしかだ」

「だったら、私の役目はなんだ?」

「あんたは戦争を指揮する司令官さ」グリフィンは言った。「あんたの仕事は情報を集めて分析し、作戦を立て、その作戦をもっとも技にすぐれた部下に実行させることだ」

「それで、サミュエル・ロッジのような人間と戦うことになったときには? 私はどうしたらいいんだ、ウィンターズ?」

グリフィンはポケットに手をつっこみ、小さな白い名刺をとり出してケイレブに渡した。

「これはなんだ?」ケイレブは名刺にひとこと書かれた文字をじっと見つめた。「スウィートウォーター?」

「昔からある家族経営の会社さ。スウィートウォーターの人間はそれぞれみな強い超能力を持っている。えらく高くつくが、極秘裏にことを進めてくれる。サミュエル・ロッジのような危険なカス野郎どもを始末するのを専門としている」

ケイレブは顔をしかめた。「つまり、スウィートウォーターというのは雇われて人殺しをする会社ということか？」

「そんなふうに言うこともできるだろうな。ただ、彼らは彼らなりに誇りをもってことにあたる連中だ。厳しい決まりに従っている。国のために仕事をしたこともある」

「協会のためにもか？」

グリフィンはその質問には答えないことにした。

「ふりの客がスウィートウォーターを雇うことはできない」と代わりに言う。「紹介でしか仕事をしないんだ」

「あんたはジョーンズ・アンド・ジョーンズのためにそういう紹介をしてくれようとしているわけかい？」

「あんたのことは喜んで紹介するさ」グリフィンは言った。「恩を売るつもりでね」

51

アイリーン・ブリンクスは教室の机の上に置かれたタイプライターの前にすわっていた。背筋は伸びており、肩もまっすぐで、指は優美にキーボードに置かれている。「ピアノを弾くような感じで」と教師のミス・ウィックフォードが言っていた。

女性がピアノを弾く姿を思い起こさせること——ミス・ウィックフォードは説明をつづけた——まさしくそれが世間や雇い主全般に、タイピストの仕事が女性にとって立派な職業だと認めさせることになります。

立派な職業婦人になった自分を思い描くことがアイリーンをふるいたたせた。寄宿学校に来て三日目には、雇い主のために優美な手紙やきちんとした書類を作り出して事務所で働く自分の姿が脳裏に浮かぶようになったのだった。

しかし今、さらに何日か教育を受けてからは、夢は広がっていた。今は自分の会社を持つ可能性を考えるほどになっていた。ロンドンじゅうの会社や事務所にタイピストを派遣する会社。タイピストはこの寄宿学校で調達すればいい。

アイリーンが架空の仕立て屋のために布地と針と糸を注文する見本の手紙を半分タイプし終えたところで、教室の扉が勢いよく開いた。

入口から男がひとりはいってきた。その後ろには三人のもっと若い男たちがいて、そのうちふたりが拳銃を手にしている。三番目はナイフを持っていた。女もひとりいた。その女が救護院の社会改革者、マロリー夫人であることにアイリーンは気がついた。

「みな机から離れるな」と男が命令した。「最初に動いた女は撃つからな。わかったか?」

アイリーンもミス・ウィックフォードもほかの九人の生徒たちも、椅子にすわったまま凍りついたようになった。

「私の名前はミスター・スミスだ」侵入者は名乗った。それから、マロリー夫人を思いきり前に突き出した。彼女はよろめいて床に倒れこんだ。「起きろ」と男は命令した。「机のひとつにつけ」

マロリー夫人はよろよろと立ち上がると、椅子に腰を下ろした。恐怖のあまり真っ青になっている。

「なんのご用です?」ミス・ウィックフォードがスミスに訊いた。タイプのレッスンをつづけているかのように、穏やかでおちついた声だ。

「あんたに用はない」スミスが答えた。「あんたが生きるも死ぬもアデレイド・パイン次第だ。そう、彼女には選択肢がふたつある。ここへ来て私の望みに従うか、あんたたちみんなの運命を天にまかせて逃げるか」

「アデレイド・パインって誰です?」とアイリーンが訊いた。

「たしか、きみたちは〝未亡人〟と呼んでいるはずだ」

アイリーンは娼館が襲撃された翌朝に救護院に現れた、威厳に満ちたご婦人を思い出した。

「未亡人はわたしたちを見殺しにはしないわ」とアイリーンは言った。

「そうだといいな」スミスはポケットから何かをとり出した。血のように赤い大きなガラスの塊に見えるものだ。「なぜなら、きみの言うとおりにならなければ、最初に命を落とすのはきみになるからだ」

52

救護院の玄関の扉には鍵がかかっていなかった。ふつうはそんなことはないので、アデレイドは手袋をはめた手をノブにかけて動きを止め、超常感覚を開いた。

馬車の御者台の上で辛抱強く待っていたジェッドが反射的に上着の内側に手を入れた。

「何か問題ですか？」と彼は訊いた。

玄関の石段には何層にもドリームプリントが積み重なっていたが、いつもとちがうものはなかった。

「いいえ」アデレイドは肩越しに振り返って言った。「すぐに戻ってくるわ」

つねにそばに用心棒がついていることはなんとも慣れない感じだったが、アメリカに出立するまで、グリフィンが多少なりとも心の平穏を保つためにはそれしか方法がないとわかっていたので、アデレイドはその不便さを我慢していた。用心棒として、ジェッドがいっしょにいて居心地よい相手であるのもたしかだった。それでも、みんなで出航して、ふたたび厳しく警護されることのない生活に戻るのを心待ちにせずにもいられなかった。

アデレイドは扉を開けて玄関の間に足を踏み入れた。床にいつもとちがういやなドリームプリントはなかったが、奇妙な静けさが建物全体を包んでいた。

また妙な直感に全身に震えが走る。まだ早い時間よとアデレイドは自分に言い聞かせた。ふつう昼になる前に街の女性たちがあたたかい食べ物を求めてやってくることはない。それでも、厨房からは音が聞こえてしかるべきだった。マロリー夫人がつねにスープを作ったり、洗い物をしたりしているはずなのだから。

「ミセス・マロリー？」と呼びかけてみる。「いないの？」

次の食事の支度のために、厨房の外の菜園で野菜やハーブを集めているのかもしれないとふと思った。

超常感覚はまだ全開にしたままで、アデレイドは厨房へ向かった。厨房の床に暗くねじれたドリームプリントが浮かび上がり、全身に衝撃が走った。少し前までサミュエル・ロッジがここにいたのだ。

「ミセス・マロリー？」とアデレイドは叫んだ。「どこにいるの？　答えて」

玄関の扉が勢いよく開いた。ジェッドが廊下を走ってくるのが聞こえる。まもなく彼が拳銃を手に厨房に飛びこんできた。

「叫び声が聞こえたんで」と彼は言った。部屋の隅から隅に銃口をくまなく向ける。「大丈夫ですか?」

「ええ、わたしは大丈夫よ。でも、ロッジがここにいたわ。そして、ミセス・マロリーがいなくなってしまった」

「ちくしょう」ジェッドが小声で毒づいた。「ボスはこのことを気に入りませんよ」

「わたしだってわくわくしてはいないわ。ロッジは大陸に逃げたとケイレブ・ジョーンズがはっきり言っていたのに」

そのときアデレイドは厨房のテーブルの上にたたんだ紙が置いてあるのを見つけた。ロッジのねじれたドリームプリントのついた紙だった。

53

「あの人、寄宿学校の場所を見つけたんだわ」アデレイドは小声で言った。ゆっくりと厨房の椅子に腰を下ろすと、まだわずかに麻痺したようになったまま、書きつけを調べているグリフィンをじっと見つめた。「たぶん、ミセス・マロリーを脅して住所を聞き出したのよ。それで、彼女と学校の女の子たちを人質にとったんだわ」

「読めばわかるよ、アデレイド」グリフィンは書きつけから目を上げなかった。

「わたしがランプを渡し、彼のためにランプのエネルギーをあやつらなければ、彼女たちをひとりずつ殺すつもりよ。その書きつけには誰にも言うなと書かれている。わたしがあなたに伝言を送ったことがわかったら――」

「おちつくんだ、アデレイド」グリフィンは書きつけをたたんだ。「この場所に私がはいったのは誰にも見られていない。私がもともと持つ能力も役に立つんだ」

いつもながら冷静で確信に満ちた声には妙に力づけられた。

「ええ、もちろんそうね」彼女は大きく息を吸い、気をしっかりもとうとした。「ただ、寄宿学校の女の子たちはわたしを信頼してそこにいるのよ。学校にいれば安全だと思っている。それに、わたしのことがなければ、安全だったはずなんですもの。こんな怪物に襲われるようなことになったのはわたしのせいだわ」

グリフィンはたたんだ紙を長く黒い上着のポケットに入れた。「ロッジのしたことはきみのせいじゃない。悪いのはやつだけだ。その結果どうなるにしても」

「生徒たちとミセス・マロリーを助けなければ」

「もちろんさ」

「ジョーンズ・アンド・ジョーンズに手を貸してくれるよう頼むべきだと思う?」とアデレイドは言った。

「いや。危険が大きすぎる。ロッジがまだアーケインの上層部に仲間や人脈を持っているかもしれないことを考慮にいれなくちゃならないからね。ジョーンズ・アンド・ジョーンズに連絡する手間をとっていたら、何が起こったか誰かに知られて、ロッジに連絡がいくかもしれない」

「何か作戦があるの?」

「作戦ならいつもあるさ」

心は動揺しきっていたが、アデレイドは震えながらもかすかな笑みを浮かべた。「この騒ぎのことをあなたが知ったのはほんの少し前よ。どうやってそんなにすぐに作戦が立てられたの？」

「こういう状況におちいったときの作戦にはひとつたしかな原則があるものだ。敵の弱みを考えるということだ。やつのアキレス腱《けん》はランプへの異常な執着だ。それを利用してやつを倒す」

「あなたってこんなふうにしてこれまで生きてきたの？　自分や他人の弱みや急所を考えて？」

「そういう血筋なんでね」とグリフィンは言った。

54

三時間後、アデレイドは寄宿学校の正面玄関を通り抜けた。後ろからは、通りをがたごと走り去る貸し馬車の音が聞こえてきた。自分の馬車を使ったり、部下を御者として連れていく危険は冒せないとグリフィンが考えたからだ。

アデレイドは厚手のヴェールのついた帽子と、鋼色のドレスと、長く黒いマントという、いつもの未亡人の衣装に身を包んでいた。バーニング・ランプは両手で抱えている布の鞄のなかに隠されている。

玄関の間で強面《こわもて》の若者が彼女を出迎えた。手には銃を持っている。

「やっと来たな」男はうなるように言った。「ミスター・スミスが苛々しだしているぜ。本気だとあんたにわからせなきゃならない場合に備えて、最初に殺す女もすでに選んでいる」

アデレイドは用心棒のドリームプリントを見た。暗いエネルギーが渦巻いているのが見えても驚きはしなかった。虹色のドリームプリントにはかすかながら、はっきりわかる乱れがあった。なんらかの超能力を持った男で、ロッジの水晶によって力を得ているのだ。すでにその障害が現れはじめている。時間がたてば、それだけそれがひどくなることだろう。

驚いたのは、そのドリームプリントに見覚えがあったことだ。

「あなた、劇場でわたしを拉致しようとした人ね」と彼女は言った。

男の顔が怒りにゆがんだ。「どこかのばかが邪魔しなければ、あんたをつかまえていたことだろうよ」

「そのどこかのばかは協会の会長だったのよ」

「まさか。それがほんとうなら、今頃おれは消されていただろうよ」

「遅くはないわ」彼女は言った。「まだ消される可能性はあるでしょうから。ロッジはどこ？」

「ロッジ？　誰のことを言っている？」

「気にしないで。スミスのところへ連れていって」

「二階の教室に女たちといっしょにいる」用心棒はおもしろがるように鼻を鳴らした。「ちくしょう。スミスはあんたがブツを持ってくると言っていたが、正直、まさか持ってくるとは思ってなかったぜ。あんたは本物のばかにちがいないな。どうして逃げなかった？」

「あなたに話してもわかってもらえないでしょうね」

「社会改革者か」男は首を振った。「あんたたちはみんな正気じゃない」

アデレイドは武器を持った男に先だって階段をすばやくのぼった。長く黒いマントの襞《ひだ》がまわりで揺れた。

彼女はすぐにも教室にはいり、入口の内側で足を止めた。ミス・ウィックフォードとマロリー夫人と生徒たちが緊張したおももちで、教室の奥に二列に並べられた椅子に静かにすわっていた。それぞれ驚きや安堵の入り交じった顔で彼女に目を向けた。

さらにふたりの用心棒がいて、彼女たちを監視していた。ひとりは拳銃を、もうひとりはナイフを手にしている。しかし、彼らのわずかに不安定なドリームプリントが、彼らも水晶を持っていることを知らせてくれた。

「誰かけがをした人は？」とアデレイドは訊いた。

女性たちは何も言わずに首を振った。

サミュエル・ロッジは窓辺にいたが、すばやく振り向いた。目とまわりの空気が忌まわしい興奮に燃え上がった。

「来るとわかっていた」かすれた声。「このあいだの晩、御者を守ろうと抗った様子から、こんな娼婦たちであっても、守れると思ったら、見殺しにはしないだろうとな。社会改革者は常識というものを知らない」

彼は片手に赤い水晶をにぎりしめていた。点滅する血のように赤いかすかな光が指のあいだからもれている。彼のドリームプリントが床一面に残っていたが、興奮して乱れたその痕跡がことば以上に多くを物語っていた。ロッジは超常的な深淵の縁に立っている人間なのだ。

「ジョーンズ・アンド・ジョーンズが今でもあなたの行方を追っていることはあなたにもわかっているはずよ、ミスター・ロッジ」彼女は穏やかに言った。「アーケインはなんとしてもあなたを追いつめるつもりだわ」

「ランプの力を得たら、アーケインなど問題ではなくなる」彼の目が布の鞄に落ちた。「持ってきたんだな？」

「もちろんよ」アデレイドは鞄を机の上に置いた。

ロッジは急いで前に進み出た。手に持った真っ赤な石がわずかに明るさを増した。まわりで冷たいエネルギーが震えている。それに反応するように椅子にすわっている女性たちが身震いした。ひとりの少女が声を出さずに泣きはじめた。

「鞄から出せ」ロッジが命令した。

「おおせのままに」アデレイドは鞄を開け、ランプをとり出して机の上に置いた。「正直、あなたがなぜランプの力を得られると思っているのか不思議だわ。言い伝えによれば、これほどの超常的な刺激に耐えられるのはウィンターズの血筋の男性だけということですもの」

「もしくは、ニコラス・ウィンターズの初期の仕事を研究し、彼が初期に行った水晶の実験をうまく踏襲できた人間だ」ロッジはランプに触れた。興奮して熱を帯びた目をしている。

アデレイドはさらに冷たいエネルギーを感じた。彼が手に持った水晶がわずかに輝きを増し、部屋はより寒くなった。

「そう、あなたが超能力を高める赤い水晶を作り出せたのはそういうわけね」彼女は言った。「ニコラスの手帳をどうやって手に入れたの？」

「何十年も前、アーケイン・ハウスの古い図書室で調べ物をしていたときに見つけた。錬金術師の暗号を解読するのに五年もかかったが、解読してみると、超能力を高める水晶を生み出す秘訣は単純明快であることがわかった」

「ニコラスの秘密を知ったからといって、ランプのエネルギーをあやつれるということにはならないわよ」彼女は警告した。

ロッジはうんざりしたように顔をしかめた。「きみはドリームライト・リーダーだ。超常的なものの仕組みについては何ひとつ知らない」

「わたしはたんなるドリームライト・リーダーかもしれないけど、まだ十五歳になったばかりのときに、あなたを深い眠りに落とすことができたわ」

ロッジは怒りに燃えた目をして彼女の脇をまわりこんだ。「それは娼館の主を始末するのに多大なエネルギーを使わなければならなかったからだ」

「それに、ドリームライトを読めるだけの女が、あなたのような男性から身を守ることができるとは予測もしていなかったからでしょうね」

「同じ手は二度とくわないさ。私に対して超能力を用いようとしているのがわかったら、部下たちに娼婦をひとりずつ殺させるからな」

彼が本気でそう言っていることがアデレイドにはわかった。椅子にすわっている女性たちが恐怖に身をこわばらせた。

「誰のことも傷つけなくていいわ」アデレイドは穏やかでおちついた声を保って言った。「言われたとおりにしたんだから。ランプも持ってきた。最近まで、あなたが大きな謎だったのはたしかよ、ミスター・ロッジ。今回のことについて、ほとんどの疑問に答えが出たわけだけど、まだひとつ疑問が残っているわ」

「私はきみの質問に答えるためにここにいるわけじゃない」彼は小声で言った。

「ジョーンズ・アンド・ジョーンズでさえも答えられない疑問なのよ」と彼女は言った。

ロッジは見るからに気をよくした様子で訊いた。

「それはなんだ?」

「あなたが最初にわたしをどうやって見つけたかはわかっているわ。ソサエティの家系の記録を調べたのよ。でも、数週間前にイギリスに戻ってきたわたしをどうやって見つけたのかはわからない」

「きみを見つけたのはあのラットレルのやつさ、私じゃない。誰かが自分の娼館を狙っていると考えていてね。きみの足取りを追ってエルム街の救護院をつきとめたんだ。それから、誰かにきみを尾行させてレックスフォード・スクエアにきみの住まいがあることを知った」

「そう」アデレイドは小声で言った。「たしかに、ミスター・ウィンターズに警告されたわ。彼にわたしが見つかったんだから、ラットレルにもできるはずだって」

「ラットレルはきみの名前に聞き覚えがあった。ミセス・パインという呼び名にも長くはまされなかった。かつてきみに私が大金を払おうとしたことを思い出したわけだ。まだ私がドリームライト・リーダーを買う気があるかどうかたしかめるために、すぐに連絡してきたよ。当然、私はきみの能力を持つ女性を必要としていた」

「どうして？　あなたはランプも持っていなかったし、わたしがランプを持っていることも知らなかったはずよ」

「超能力を高める私の水晶にいくつか問題が生じてね」

アデレイドは突然理解した。「水晶はドリームライトをもとに作られていて、それがあなたの能力に悪い影響をおよぼしているのに気がついたのね」

ロッジの顔がこわばった。「私が直面している問題はニコラス・ウィンターズを襲った問題と似通っているように思われた。それで、強い能力を持つドリームライト・リーダーが水晶の力を調整する役に立ってくれるんじゃないかと思ったのさ。私はラットレルにまた大金を払ってきみの住所を聞き出し、あの晩、部下のひとりに劇場まであとをつけさせた。彼はきみをつかまえようとしたが、ウィンターズに邪魔されたというわけだ」

「あなたの部下が撃った相手がウィンターズだとわかっていたの?」

「いや、そのときはわからなかった。しかし、あの晩きみを連れ去ったのが誰か、ラットレルがすぐに調べてくれたよ。そのときに、私は自分が最大の幸運に恵まれたことを知った」

「グリフィン・ウィンターズがわたしのために自分の命を危険にさらした理由はひとつしかないと気づいたわけね。彼がバーニング・ランプを手に入れて、それを動かすためにわたしを必要としているとわかったんだわ。それで、協会の会長に自分ひとりで対決するのは無理だと思って、ラットレルのところへ戻った」

「ラットレルは水晶と引きかえに君とランプを手に入れてくれると約束した。ほんとうのところ、あの男は私をアーケインの内通者として使えると思っていたにちがいない。あんな男に情報を流すほど私がおちぶれるわけはないのに。いずれにしても、やつが約束をはたすことはなかったわけだが」

「あの人はミスター・ウィンターズの能力を見くびっていたせいで命を落としたのよ。あなたも同じまちがいを犯そうとしている」

「私が三つの能力を手に入れたら、アーケイン同様、ウィンターズももはや問題ではなくなる。さっそく仕事にとりかかろうじゃないか」

「ここでランプを動かすっていうの? この部屋で?」

「私はこの瞬間を長いこと待ちわびていたんだ、アデレイド・パイン」

「みだらなことは言いたくないけど——」アデレイドは言った。「ランプのエネルギーをあやつるためには、ドリームライト・リーダーと肉体的につながらなければならないということはどうするの？　まさか、これだけの人が見ている前で、教室の床で行為におよぶつもりじゃないでしょう？」

ロッジの顔は手に持っている水晶ほども赤くなった。こんな状況でなければ、それほどに怒りに駆られた様子は滑稽《こっけい》に見えたことだろう。その様子はアデレイドには過剰な反応にも見えた。直感が考えられる理由を教えてくれた。この十三年のあいだに、この人は男性として役に立たなくなったのだ。それは水晶の副作用だろうか。

「結局、性的なつながりは必要ないという結論に達した」彼は歯ぎしりするように答えた。「必要なのは、われわれがランプに触れながら、互いにも触れ合うことだけだ」

ニコラスの日誌を読んでからは、アデレイド自身似たような結論に達していた。心が沈みこむ。ランプを動かす前に、ロッジが彼女をベッドに連れこむだろうとグリフィンは予測していた。つまり、少なくともしばらくは彼女とロッジがふたりきりになるだろうと。その予測があったからこそ、とても単純な計画を立てたのだった。しかし、物事はかなり複雑になってしまった。

「性的なつながりが必要ないなら、どうしてあのときわたしをわざわざ娼館に売らせたの？」彼女は時間を稼ごうとして訊いた。

「あの時点ではまだニコラスの秘密を全部解き明かしてはいなかったからさ」ロッジは答えた。「当時は性的なつながりが必要だとする言い伝えを多少信じていたんだ」

「ランプのエネルギーが強すぎて、あなたにあやつれるものじゃなかったら、どうするの?」とアデレイドは訊いた。

「もはやその危険はない」とロッジは答えた。驚くほど自信に満ちあふれている。「ランプにどんなエネルギーが封じこめられていようと、水晶の助けを借りれば、それをあやつれるはずだ」

「そのあなたの予測が正しいとしたら、どうしてまだわたしを必要とするわけ? あなたはランプも手に入れたじゃない」

「ばかな女だな」ロッジは吐き捨てるように言った。「言い伝えの一部が正しいことも研究によって明らかになったから、きみを必要としているんだ。ドリームライトを読める女だけが、ランプのエネルギーの波形をあやつり、それが私自身のエネルギーの波形にうまく協調するようにできるんだ」

「そんな繊細な仕事をわたしがきちんと実行すると信頼しているなんて驚きだわ。わたしがひとつまちがった動きをすれば、あなたの超常感覚は壊れて二度ともとに戻らないかもしれないのよ」

ロッジは大きく息を吸い、目に見えて自制心をとり戻そうと努めていた。「部下に命令してあるんだ。アデレイド・パイン、なんであれ、おかしなことになったら、きみの生徒も、教師も、救護院の社会改革者も、みな死ぬことになる。いいか？　ここにいる女たち全員の命がきみの手にかかっているんだ」

アデレイドは身震いした。「あなたと親密な行為におよぶ必要がないと聞いて、どれほどほっとしているか、ことばでは言えないほどよ」

「これだけはたしかだが、ほっとしているのはきみよりも私のほうだ。はじめる前に、ひとつだけ知っておかなければならないことがある」

「え？」

「グリフィン・ウィンターズのためにランプのエネルギーをあやつったときには何が起こった？」

「ミスター・ウィンターズは超常感覚や正気を失う危険を冒したいとは思っていなかった。ただ、ケルベロスになりたくなかったのよ。その過程を押しとどめるためにランプのエネルギーをあやつってほしいと頼んできたの。わたしは彼の要望どおりにしただけよ」

ロッジは満足したようにうなずいた。「ああ、そうにちがいないと思っていた」

「ほんとうに？　どうしてそう思ったの？」

「ジョーンズ・アンド・ジョーンズがウィンターズの息の根を止めようとしなかったからさ。ウィンターズが複数の超能力の持ち主になったと信じる理由があったら、ジョーンズ一族は一丸となって過激な手段に出ただろうからな。そういう手段がとられたとしたら、何時間もたたないうちにアーケインじゅうに噂《うわさ》が広がっていたはずだ」

「その代わり、ジョーンズ一族はあなたを始末するためにその過激な手段をとることになるわよ」とアデレイドは言った。

「こういう結果になるかもしれないと、私が綿密に計画を立てたとは思わないのかい？　ジョーンズ・アンド・ジョーンズは私がイタリアにいると思っている。あの会社が真実を知るころには、私はランプの力を得ていることだろう。そうなれば、連中が何をしても私を止めることはできない。さあ、さっさととりかかろう」

「いいわ」とアデレイドは言った。

ロッジは気持ちを集中させ、眉根を寄せてランプを見つめた。どこか恐れるようにその縁に触れる。

「ランプに手を置け」と彼は命令した。

アデレイドは縁にそっと指先を載せた。「ミスター・ウィンターズとの経験から言うと、まずはあなたがランプをともすのよ。いったんエネルギーに火がついたら、それをあなた自身のドリームライトの波形とうまく協調するように、わたしが調整できる」

「私の推測では、ランプを光らせる過程は、水晶にエネルギーを吹きこむときと似たようなものであるはずだ」

「ただ、ランプの場合はきわめて強い超能力が必要となるわ」とアデレイドは言った。

ロッジは軽蔑するような目を彼女に向けた。「私は昔から、アーケインでももっとも強い超能力の持ち主とされてきた。しかし、水晶のおかげで、私の能力はジョーンズ一族を含めたソサエティの誰よりも強いものとなった」

「でも、水晶を長年使うことで、もともとのエネルギーの波形が乱れてきていることはわかっているわよね」

「水晶が超能力をどれほど強めてくれたか考えれば、小さな代償にすぎない」

ロッジはルビー色の石を持ち上げ、武器のようにランプに向けてかまえた。アデレイドは彼のエネルギーが渦巻くのを感じた。自分の超能力のすべてをランプへと集中させているのだ。

張りつめた沈黙が流れた。

何も起こらなかった。

「さらなる力が必要だ」ロッジが不機嫌な口調で言った。「ランプをともすのに、エネルギーを無駄遣いしたくない。力をあとにとっておかなくては」彼は用心棒のひとりを手招きした。「おい、ここへ来い。ランプに触れ、水晶を使っておまえの超能力をすべてそこに注ぎこむんだ」

「了解」男は急いで前に進み出た。壮大な実験に加われることに嬉々とした様子だ。男は片手をランプに置き、ポケットから水晶をとり出した。

「今だ」ロッジが命令した。

ランプのなかでドリームライトが激しく渦巻いた。ランプがかすかに光り、それから一瞬、超常的な稲妻が走ったと思うと、ランプがともった。むき出しのエネルギーの波がアデレイドの超常感覚を沸き立たせた。ランプはすぐに半透明から透明へと変化した。エネルギーがまわりで爆発する。

その急激な変化にロッジも用心棒の男も虚をつかれた。

最初の衝撃に用心棒の男は悲鳴をあげ、後ろに下がったと思うと、意識を失って床にくずおれた。赤い水晶が激しく燃え立ち、やがて唐突に暗くなった。

しかし、ロッジはどうにかランプにしがみついていた。光る縁に指でつかまっている。唇はしゃれこうべの笑みのように引き結ばれていた。手に持った水晶が赤々と光る。

教室の隅の暗がりが物質としての形をとりはじめた。グリフィンが姿を現し、ロッジとアデレイドがランプをつかんでいる机へと歩み寄った。

「あんたはほんとうに自分がランプをあやつれると思っていたのか、サミュエル・ロッジ？」と彼は訊いた。

ロッジは彼を見つめた。目が猛々しく燃えている。「あやつっているさ。あんたはランプに触れてもいない。ランプはあんたではなく、私の力に反応しているのだ」

「私がエネルギーをあやつるのにランプに触れる必要はない」グリフィンは言った。「これぐらい近くにいて、ドリームライト・リーダーが波形を一定に保ってくれているときはな。私はウィンターズ家の人間だ。ランプをあやつれるのは私だ」

「ちがう」怒りと対抗心に燃えたロッジの甲高い声が四方の壁にこだました。

あたりに稲妻が走った。さらなるエネルギーが部屋に渦巻き、アデレイドのほつれ毛を持ち上げた。彼女は今やエネルギーの波形のなかで、重々しい力の波に乗っていた。ランプの縁にはめこまれた石がひとつを除いて光り、目のくらむような虹を作った。

即座にグリフィンが第三段階の能力に移行したのがアデレイドにはわかった。彼がどんな能力を発揮するのか見当もつかなかったが、ふたりで力を合わせれば、ランプをあやつれることはわかっていた。重要なのはそれだけだ。

ロッジはランプにしがみついていた。手の節が血の気を失っている。ゆがんだドリームプリントが刻一刻とさらに乱れていく。つかんでいる赤い水晶がさらに輝いたと思うと暗くなった。それでも、次の瞬間、彼はべつの水晶を上着のポケットからとり出した。エネルギーの新たな波がまわりに広がっていく。

ロッジが人を殺せる自分の能力をグリフィンに向けようとしているのがアデレイドにはわかった。その試みのばかばかしさに笑いそうになる。

ロッジはそれをあきらめた。

「彼を殺せ」と残っているふたりの用心棒に向かって叫ぶ。「今すぐだ。それから、娼婦全員と未亡人も殺すんだ」

ふたりの用心棒が前に飛び出した。手に持った水晶が赤々と燃える。バーニング・ランプが発する光がつかのま明るさを増した。グリフィンがさらなる力に達しようとしているのだ。アデレイドは嵐の真ん中で飛ばされまいとしていた。

ランプの内部の暗闇におぞましい悪夢に登場する化け物が現れては消えた。教室じゅうに甲高い悲鳴が響きわたった。

アデレイドは人質となっている女性たちにちらりと目を向けた。女性たちは凍りついたように椅子にすわったままでいる。しかし、グリフィンに飛びかかろうとしていたふたりの用心棒は気を失って床に伸びていた。手に持った水晶はくもって光を失っている。

ロッジが動揺をあらわにした。ランプから指を離そうとしていたが、離せないとすぐにわかったようだ。

「全部あんたのせいだ」彼はアデレイドに向かって叫んだ。「言い伝えはほんとうだったんだ。ドリームライトの能力を持つ人間はみな娼婦で嘘つきで信頼できないという言い伝えは」

彼は赤い水晶を彼女に向けた。凍るように冷たいエネルギーの波が超常感覚にたたきつけられたが、アデレイドはランプのエネルギーの波形をしっかり保ったままでいた。それを抑えるのをやめるつもりはなかった。ランプのエネルギーが抑えられなくなれば、グリフィンと人質も含め、教室にいる全員が命を落とすことになってしまうと直感が告げていた。どうにかして抑えつづけなければならない。

突然、殺人的な冷たい波が引いた。アデレイドの耳にまた甲高い声が聞こえてきた。ロッジが死に瀕し、苦痛に身をそらして断末魔の悲鳴をあげているのだ。次の瞬間、彼は床にくずおれた。ドリームライトのエネルギーもついえた。

少しして、バーニング・ランプの荒れ狂うエネルギーがおさまり、激しい光も薄れた。虹が消える。ランプはまたどっしりとした金属に戻った。

静けさが垂れこめた。その永遠とも思えるつかのま、誰も動かなかった。

やがて、椅子の最前列にいた若い女性が声を発した。

「言ったでしょう、未亡人がわたしたちを救う方法を見つけてくれるって」それはアイリーン・ブリンクスだった。

55

その晩、アデレイドは修道院の書斎にグリフィンといっしょにいた。本棚は空になっていた。トレヴェリアン夫人と用心棒の男たちが、アメリカへ運ぶために荷造りして箱に詰め終えていたのだ。

バーニング・ランプはまた暗く不気味な様子で小さなテーブルの上に載っていた。グリフィンはそれを蒸気船の貨物としてあずけるつもりはないと宣言していた。自分の手で運ぶつもりだったのだ。

「その瞬間が訪れたときに、このランプで何ができるか、どうやってわかったの?」とアデレイドが訊いた。

「はじめからずっとランプの潜在能力は感じていたんだ」グリフィンは答えた。「しかし、今日、それを使う必要に迫られるまで、どうあつかっていいかわからなかった。超能力を高めた三人の用心棒とサミュエル・ロッジに同時に対処するためには、ほかに方法がなかった。とくにやつらがあの赤い水晶で武装していたとあってはね。やつらのひとりかふたりを倒そうとしたところで、超能力を使いはたしてしまっていたことだろう」

「あなたのなかを流れるウィンターズ家の血が導いたのよ」アデレイドは言った。「そうなるとは思っていたわ」

グリフィンは立ち上がり、ランプの載っているテーブルのところへ近寄った。そしてしばらくランプをじっと眺めた。

「これは武器なんだ、アデレイド」やがて彼は言った。「私の能力をおおいに高めるだけでなく、同時に複数の人間相手に超能力を使えるようにしてくれる。そうしようと思えば、あの場にいた連中だけでなく、もっと多くを殺すこともできただろう。きみの手助けがあったから、ランプのエネルギーをあやつれたが、そうでなければ――」突然ことばが途切れた。

「ランプが制御不能に燃え上がっていたら、あの部屋にいた誰も生き延びられなかったわ」

彼女があとをひきとって言った。

「ああ」と彼も言った。「さらには、今日のことがあってからも、まだこのランプにどれほどのことができるか、完全にはわからない。今日したことも、そのほんの一部しか使わなかったからね」

アデレイドはブランデーを少し飲んだ。「そう考えるとぞっとするわね。ほかにもあるわ。ミッドナイト・クリスタルが光らなかった。あれ自体にはエネルギーが含まれていないのかもしれないと推測したわけだけど、今日のことを考えると、その推測はあらためたほうがいいかもしれないわ」

グリフィンは光らなかった水晶に触れた。「このランプのすべてが非常に危険だと思っておいたほうがいいだろうね」

アデレイドは鼻に皺を寄せた。「つまり、ジョーンズ一族の不安が正しいってことね」

「残念ながら、そうだ」

彼女は彼に目を向けた。「今日、あの男たちを全員殺せたはずだって言ったけど、結局、用心棒たちは死ななかったわ。一時的に超常感覚がおかしくなってしまったようではあっても。ロッジひとりが命を落としたのはなぜかしら？　たぶん、彼のドリームライトがゆがんでいたことと関係あるんでしょうけど」

グリフィンは何も言わなかった。ブランデーを飲むと、ランプに目を向けた。

アデレイドは大きく息を吸った。「そういうことね」

「彼を生かしておくわけにはいかなかったんだ、アデレイド。危険すぎるから」

「わかるわ」彼女はわずかに顔をしかめた。「いずれにしても、あの人があとどのぐらい生きられたかはわからないわ。長いあいだ水晶を使っていたことで影響を受けていたのは心だけじゃないもの。きっと肉体にも影響があったはずよ」

グリフィンは彼女のほうに顔を向けた。彼を包む影が濃くなった気がした。「今日、私はランプの水晶をひとつ残してみな使った。私の超常感覚と心はどうなる？　ロッジと同じ運命をたどるんだろうか？」

彼女はきっぱりと首を振った。「その心配はいらないわ。ランプのエネルギーと水晶のエネルギーはあなたのような能力の持ち主の波形に合っているんだから。波形が合うことで、すべてがちがってくるのよ」

「あれだけの力が――」グリフィンは言った。「すべて破壊のために生み出されたわけだ。ニコラスは知力と能力をひどく無駄にしたんだな」

「力は信じられないほど人を魅了するってあなた自身が言ったのよ」

穏やかな沈黙が流れた。

しばらくしてアデレイドが身動きした。「ランプについてわかったすべてを日誌に書きとめておくつもりよ。そうすれば、わたしたちの子供や孫やひ孫があなたの能力を受け継いだとしても、何が起こるか知っておくことができるもの。ドリームライト・リーダーへの指示も残しておくわ」

グリフィンは空になったグラスを脇に置いた。彼女がすわっている椅子のところへ行くと、手を伸ばして彼女をそっと立たせた。

「われわれの子供？」と彼は言った。「孫？　ひ孫？」

「あなたとわたしで家庭をつくるの」彼女は錬金術師のような引きしまった彼の顔に触れ

た。「それはつまり、子供をつくるってことよ」

「アデレイド・パイン、きみに出会うまでは、そんな未来など絶対に訪れないと自分に言い聞かせていたよ。私には絶対にありえないと」

「今は?」

「きみは私を待ちかまえていた、きわめて不愉快で、かなり残酷な運命から私を救ってくれた」彼はにっこりした。「暗黒街の帝王がベッドで死ぬことはまれなんだ。今はきみがそばにいてくれるかぎり、どんなこともありうると信じられるよ」

ふたりは長いあいだきつく抱き合っていた。

56

結婚式は伝統にのっとって午前中に行われた。式は短く、簡素で、効率のよいものだった。ケイレブ・ジョーンズと、デルバートと、ジェッドと、レギットがグリフィンの付添人を務めた。

ルシンダ・ジョーンズとトレヴェリアン夫人がアデレイドの世話人となった。

最初の式のあとに、ふたつめの結婚式が行われた。何人かが最初の結婚式とは役割を変え、デルバートとトレヴェリアン夫人の結婚式が行われたのだ。

そのあとでみな馬車に乗りこみ、ケイレブとルシンダの家に向かった。そこで伝統的な結婚祝いの宴が贅沢《ぜいたく》に催された。テーブルには、冷製のサーモンや、ロブスターのサラダや、卵や、ローストチキンや、うまそうなパイや、フルーツのタルトや、ブラマンジェや、結婚を祝う豪華なケーキがところ狭しと並べられていた。

少しして、グリフィンはケイレブと彼の大きな邸宅の玄関の石段に立っていた。

「きみたちの出立前にひとつだけ」とケイレブが言った。

グリフィンはデルバートとジェッドとレギットが二台の馬車の屋根に山と積まれた荷物を整理するのを見つめた。アデレイドは片方の馬車に乗っている。晴れやかな顔のトレヴェリアン夫人と二頭の犬がもう一方の馬車のなかにいるのが見える。女たちは玄関の石段のまわりに集まった人たちと別れの挨拶を交わすのに忙しくしていた。

「ランプの言い伝えのうち、どのぐらいが真実なのか知りたいわけだ」とグリフィンが言った。

「興味を持ったら悪いかな?」とケイレブが訊いた。

「いや。私がきみでも訊くだろうな。ただ、はっきりした答えは返せないと思うよ、ジョーンズ」

「返せないのか、それとも返さないのか?」

「返せないのさ」グリフィンはアデレイドから目を離さなかった。「答えがすべてわかっているわけじゃないから。それでも、言い伝えも多少あたっているということは言える。ランプをともすのはわが一族の血を引く人間でなければならず、エネルギーを制御するのに強いドリームライト・リーダーの能力を持つ人間が必要だということだ」

「それで、エネルギーが制御不能となったら?」

「何が起こるのか正確にはわからない」グリフィンは認めた。「寄宿学校の女性たちを救うために、ランプを使ったときに、水晶のひとつが光らなかった理由を説明できないのと同じで」

「ミッドナイト・クリスタルか？」

「そう、たぶんそうだ」

「水晶が力を失っていたから？」

「もちろん、それもひとつの可能性ではある」

ケイレブはしばらく黙りこんだ。

「超能力が第三段階に達したときに、ランプはなんらかの武器になる、そうだろう？」彼はしばらくしてから訊いた。

「ああ」

「しかし、きみの血筋の人間でないとランプを動かせないというわけか？」

「アデレイドはそうだと言っていた」

「なるほど」ケイレブが言った。「おそらく、ランプはアーケイン・ハウスに保管しておくのがいちばんだろうな。昔よりもそこの警備はずっとしっかりしている。ゲイブがそれを最優先にしているから」

「ランプはウィンターズ家のものだ」

「そう言うと思ったよ」ケイレブは言った。「まあ、言ってみただけさ。ジョーンズ一族はウィンターズ家が将来にわたってランプをしっかり守ってくれると信頼するしかないわけだ」

「そうするつもりでいる」

「アメリカで何をするつもりだ?」とケイレブが訊いた。

「まだわからない。なんであれ、堅気の仕事になるだろうな」

「社会改革者と結婚するとそうなるものさ」

「小さい代償さ。幸い、私には投資の才能がある」

「ルシンダと私は今年の夏の終わりにアメリカを旅行する計画を立てている」ケイレブが言った。「ニューヨークへ渡るのに五日ほどかかる。当然ながら、あの街を見てまわりたくてね。それから、もちろん、サンフランシスコへ列車で向かうことになるだろう。さらに四日か五日かかるだろうな。客を泊めることについてはどう思う?」

グリフィンは妙な驚愕《きょうがく》を覚えた。「客だって?」

「アーケインは東海岸には小さな事務所をかまえているが、ゲイブはあの国のほかの地方にもとっくに目を向けていいはずだと感じている。とくに西部にね。私にかの地の状況を調べて、ジョーンズ・アンド・ジョーンズの支店とソサエティの支部を設置する長期計画を立ててほしいと言っている」

グリフィンはアデレイドに目を向けた。彼女は馬車の開いた窓から彼にほほ笑みかけてきた。客をもてなすことは、結婚しているふつうの人間がすることのひとつだなと彼は胸の内でつぶやいた。

「きみとミセス・ジョーンズのための部屋を用意できると思うよ」気がつくと、そう口に出していた。

「すばらしい。そうだとしたら、われわれが数週間のうちに訪ねてくると心づもりしておいてくれ」

グリフィンは笑みを浮かべた。「そうしよう」

彼は石段を降りて馬車に乗りこんだ。ジェッドが手綱をふるった。もうひとつの馬車の御者台でレギットが同じようにした。二台の馬車は通りを走りはじめた。

「さっきミスター・ジョーンズと何を話していたの？」アデレイドが訊いた。「あなた、かなり奇妙な顔をしていたわ」

「ジョーンズと奥さんが数週間のうちにサンフランシスコを訪ねてくる予定だそうだ。われわれの家に滞在することになる」

「もちろん、そうなるわ」アデレイドは言った。「あの人たち、家族も同然ですもの」

「そうとまでは言えないな」

アデレイドは笑った。

彼は彼女を座席から引っ張り起こし、腕に抱いた。「きみといっしょにつくるのが本物の家族さ」

「ええ」と彼女は答えた。

グリフィンは馬車の屋根に載せたトランクのひとつから、ランプの暗いエネルギーがもれ出しているのに気づいた。ランプに封じこめられた超常的な力は永遠に自分につながっている。ランプとのつながりはウィンターズ家の血に流れる呪いで、それは否定できない。それでも、夢見ていた女とのあいだの明るく健全な愛情のほうが、バーニング・ランプに封じこめられた危険なエネルギーよりもずっと強かった。どんな呪いよりもずっと。

「愛しているよ、アデレイド」と彼は言った。

「愛しているわ、グリフィン。心から」

私は未来を腕に抱いているのだとグリフィンは胸の内でつぶやいた。その未来をけっして放しはしない。

訳者あとがき

アマンダ・クイックの『虹色のランプの伝説』(原題 *Burning Lamp*) をお届けします。本書は『運命のオーラに包まれて』『オーロラ・ストーンに誘われて』などでお馴染みの〈アーケイン・ソサエティ・シリーズ〉の一作で、ソサエティの創設者、シルヴェスター・ジョーンズの最大のライバルだったニコラス・ウィンターズがつくり出したバーニング・ランプという装置による呪いが子孫へとつながっていく三部作、〈ドリームライト・トリロジー〉のひとつとなっています。

このトリロジーはヒストリカル、コンテンポラリー、未来物の三作品からなり、それぞれの時代におけるバーニング・ランプをめぐる物語を、ミステリアスかつロマンティックに壮大なスケールで描いています。第一作はジェイン・アン・クレンツ名義で現代を舞台に描かれた作品『夢を焦がす炎』(二見文庫)、第二作が本書、第三作はジェイン・キャッスル名義で未来を舞台に描かれた*Midnight Crystal*（ヴィレッジブックスより刊行予定）です。

バーニング・ランプの呪いとは、みずからの超能力を高めようと超能力増強装置とも言えるバーニング・ランプをつくり出したニコラスとその遺伝子を受け継ぐ子孫が、ランプのせいで複数の能力を持つケルベロスへと変化し、そのせいで正気を失い、最後は命を奪われてしまうというものでした。

ニコラスの直系の子孫であるグリフィン・ウィンターズは、自分に第二の超能力が現れたことに気づき、ランプの呪いがみずからに降りかかったと感じます。ニコラスの日誌を読み解いた彼は、呪いを解くにはランプのドリームライトをあやつれるドリームライト・リーダーの手助けがいることを知りますが、そんな彼の前に、強いドリームライトの能力を持つアデレイド・パインが、盗まれて失われていたランプとともに現れます。

アデレイドの力を借り、グリフィンはランプの力を引き出します。しかし、そんなふたりに、ランプの力を知り、ランプとアデレイドを奪いとろうとする謎の人物が戦いを挑んできます。グリフィンとアデレイドは、ウィンターズ家と敵対するジョーンズ家のケイレブやルシンダを巻きこみながら、命がけでその戦いにのぞむことになります。

はたしてランプの呪いは解けるのか、謎の人物との戦いにふたりは勝てるのか。スリリングに物語は展開していきます。

これまでの〈アーケイン・ソサエティ・シリーズ〉では、ソサエティの創設者の秘薬をめぐる陰謀が語られていましたが、この〈ドリームライト・トリロジー〉では、創設者のライバルが生み出したバーニング・ランプという新たな問題がとりあげられ、その子孫であるウィンターズ家の人間に光があてられています。〈アーケイン・ソサエティ・シリーズ〉ではいわばスピンオフとも言える作品ですが、謎に包まれた暗黒街の帝王グリフィン・ウィンターズなど、ジョーンズ家の人間とはひと味ちがう魅力的なキャラクターが活躍し、ドリームライトにかかわる能力など、新たな超能力も登場します。ジョーンズ家の人間と秘薬にかかわる物語とはまたちがったおもしろさをおたのしみいただけると思います。

アマンダ・クイックは〈アーケイン・ソサエティ・シリーズ〉の枝葉を広げるこのような作品をほかにも精力的に発表しています。それらの作品についても、いずれご紹介できれば幸いです。

二〇一三年九月

BURNING LAMP by Amanda Quick

虹色のランプの伝説

著者　アマンダ・クイック

訳者　高橋佳奈子《たかはしかなこ》

2013年10月19日　初版第1刷発行

発行人　鈴木徹也

発行所　ヴィレッジブックス
〒108-0072 東京都港区白金2-7-16
電話 048-430-1110（受注センター）
03-6408-2322（販売及び乱丁・落丁に関するお問い合わせ）
03-6408-2323（編集内容に関するお問い合わせ）
http://www.villagebooks.co.jp

印刷所　中央精版印刷株式会社

ブックデザイン　鈴木成一デザイン室

 ISBN978-4-86491-087-3 Printed in Japan

ジュリー・ガーウッドの好評既刊

全米ミリオンセラー作家が贈る 珠玉のロマンティック・サスペンス!!

鈴木美朋＝訳

雨に抱かれた天使

924円（税込）ISBN978-4-86332-879-2

美しき令嬢と彼女のボディーガードを命じられた無骨な刑事。不気味なストーカーが仕掛ける死のゲームが、交わるはずのなかった二人の世界を危険なほど引き寄せる……。

震える夜が終わるまで

882円（税込）ISBN978-4-86332-116-8

白昼のパーティ会場で起きた謎の爆破事件——見えざる殺意に翻弄される女と、彼女を守る刑事。二人を待ち受ける予想外の結末とは……!?

嘘はオアシスに眠る

903円（税込）ISBN978-4-86332-203-5

テキサスの平穏な田舎町で起きた殺人事件——罠にかけられた才媛と彼女を守るFBI捜査官の抑えきれない情熱の炎、そして、絡み合う謎の行方は?

マージョリー・M・リュウの好評既刊

超能力者たちの探偵社〈ダーク&スティール〉をめぐる絶賛シリーズ!

《Romantic Times》
2005年
パラノーマル
部門受賞

マージョリー・M・リュウ

「虎の瞳がきらめく夜」

松井里弥=訳

不死の呪いとともに奴隷として生きることを強いられたシェイプシフターの戦士と、彼を“召還”してしまった美貌の超能力者。二千年の時を経て出会った魂は、悲しくも残酷な宿命を乗り越えられるのか——?

903円(税込) ISBN978-4-86332-151-9

「眠れる闘士がささやく夜」

松井里弥=訳

超能力者アルトゥールは、ある連続殺人を追うなか、謎の研究所に拉致される。瀕死のところを一人の女性により救われた彼は、超能力者狩りをめぐる強大な陰謀に巻き込まれるが……。

903円(税込) ISBN978-4-86332-274-5

「赤い翡翠がときめく夜」

桐谷知未=訳

千里眼の持ち主ディーンは台湾の放火殺人事件を追うため現地に飛ぶ。待ち受けていたのは、おぞましきシェイプシフターと20年前に死んだはずの初恋の女性の姿だった——!

924円(税込) ISBN978-4-86491-023-1

デボラ・ハークネスの好評既刊

世界38カ国熱狂のファンタジーシリーズ〈オール・ソウルズ・トリロジー〉

デボラ・ハークネス 中西和美＝訳

魔女の目覚め 上・下

〈上〉924円（税込） ISBN978-4-86332-329-2
〈下〉945円（税込） ISBN978-4-86332-330-8

魔女の契《ちぎ》り 上・下

〈上〉903円（税込） ISBN978-4-86491-042-2
〈下〉924円（税込） ISBN978-4-86491-043-9

オックスフォード大学の図書館に眠っていた一冊の写本。錬金術をひもとくその古文書には、世界を揺るがす強大な秘密が隠されていた……。魔女の血を引く歴史学者と天才科学者のヴァンパイアが活躍する絶賛ファンタジー!